Cette fille est dangereuse

Sylvie Granotier

Cette fille est dangereuse

NOUVELLES

Albin Michel

COLLECTION « SPECIAL SUSPENSE »

Trahison

ASSEYEZ-VOUS toujours, ça me reposera les jambes. Un drôle de choc. J'aurais pas imaginé ça. C'est tout le problème de Gabriel. Il raisonne pas plus loin que le prochain arrêt de bus. Qu'est-ce qu'il va y gagner de m'avoir donnée ? La prison, c'est pas le genre de fardeau à être moins lourd parce qu'on le porte à plusieurs. Et tant que je restais dehors, il pouvait compter sur moi. Tandis que là...

Notez que c'est pas l'idée de l'enfermement. La cage, on a tous la sienne, entre les deux oreilles. Alors qu'elle soit posée ici ou là...

Mais j'aime pas me tromper sur les gens. C'est comme vous. Flic peut-être, vous sentez le grand large. Odorat et feeling, c'est le tiroir et la caisse de mon fond de commerce. S'ils commencent à gripper, je suis aussi bonne que la politique française en Afrique.

Alors comme ça, vous voulez que je vous raconte l'histoire depuis le début. J'espère que vous avez votre soirée, j'ai jamais su faire court. C'est parti et bon courage à vous. Alors, le début...

J'étais au Saloon, accoudée au bar comme de coutume, pour mes petits calvas du soir espoir. Je prends toujours mon temps, passé le premier verre. Quand j'ai la patience, disons une fois tous les six mois, je tourne le ballon lentement, le verre tiède contre ma paume ouverte, la pulpe des doigts en contact effleuré. Je malaxe un moment et vous savez quoi ? Je le sens grossir ! Parfaitement, le ballon. C'est pas grave, oubliez ça, c'était une blague.

Quand le liquide est à point, je pénètre la surface de réparation, où tous les maux de la terre se font rectifier, et j'ondule du nez vers la zone odorante, dorée par les feux de la rampe, vous savez les petits spots au-dessus du bar. Là ça commence à stimuler mes zones alcoogènes et j'en ai, c'est pas croyable. Quand le cul picote, c'est bon, je m'en jette une lampée direct au fond de la gorge. Ça brûle, ça éclaire. Je m'élargis, je m'encrème, je me capitonne, j'avale et je me fais pénétrer de partout. Ça explose doucement d'abord, des petits pétards dans les creux et puis boum, le bouquet final. La fameuse déprime d'après et hop... j'en commande un autre. Là, je prends mon temps. Je suis à point. S'agit plus que d'entretenir le foyer, sans se cramer trop vite. Une gorgée. On laisse agir, une autre. Je vous l'ai dit. Je prends mon temps.

La journée, j'attends le soir. Je traîne au lit un maximum, même si je dors peu. J'ai renoncé au café que je digère pas. Un verre d'eau. Quand elle est descendue assez bas pour pas risquer de remonter, je grignote un quignon de pain de la veille. Faut qu'il soit sec et sans saveur. Tout d'un coup, il est quatre heures. En dépit de ma lenteur, les aiguilles du temps ont gardé le rythme. Je me déloque de ma tenue de la veille. J'ai beau rien voir, je ferme les yeux, histoire d'éviter le contact avec ce que j'ai toujours su si bien cacher sous mes déguisements en cashmere : tripes puantes, canalisations bordéliques, organes visqueux mal recouverts d'une membrane grossièrement fendue par endroits, hérissée de touffes incommodes. Je pourrais défendre une thèse en chair sur le moi haïssable et ça serait pas métaphorique. Enfin, bon, j'astique le tout, centimètre après centimètre, à l'eau froide, au gant de crin et au savon de Marseille.

Le plus dur est à venir. Je reste à poil en cas d'accident et j'attaque les peintures de guerre, ma tenue de camouflage pour affronter la guérilla urbaine. Ma vision étant désormais limitée à un angle externe entre disons, 160 et 180 degrés, je dois m'en remettre à l'expérience et au toucher pour combler les poches, renforcer les dômes survivants par des ombres adéquates. Une bonne structure osseuse est le seul cadeau valable que puisse dispenser la déesse génétique. Surtout pour une créature dans mon genre que l'intelligence n'a cessé d'enfoncer et qui n'a survécu que par l'entretien d'une beauté calibrée aux caprices du désir masculin.

Vous croyez à la réincarnation ? Moi, je m'en suis fait quatre en une seule vie. Si, après ça, j'ai pas gagné le gros lot du néant, c'est à désespérer de la philosophie. Eh oui, telle que vous me voyez, je suis dans ma quatrième et j'espère bien dernière incarnation depuis ma naissance, il y a cinquante-quatre ans de ça. Merci pour le toussotement. Je sais bien que je les fais. Et puis franchement, je ne suis pas mécontente d'être débarrassée des corvées de la séduction.

Vous savez que vous êtes très joli garçon ? Ha ! C'est ma méthode accélérée, l'Assimil de la tombeuse débutante. Dites-leur qu'ils sont beaux. Étant quasiment aveugle, je risque pas de me laisser influencer par la réalité. Vous avez le droit de rire. Vous êtes jeune. La jeunesse sent bon, vous imaginez pas. La crasse a pas encore eu le temps de s'incruster.

Donc, mes incarnations. Vierge naïve, entartrée

d'innocence jusqu'à vingt-deux ans, salope bourgeoise avec la quincaillerie habituelle, mari, enfants, amant et résidence secondaire jusqu'à la quarantaine. Le gin m'a anesthésiée pendant les dernières années. Comme moitié, j'étais plus ingérable que dix entières. Mon ex a fini par m'expulser de mes limbes climatisées et je ne lui jetterai pas la pierre, d'autant qu'il avait rencontré mon double moins vingt ans. Je parie que le calcul était votre matière faible, je me trompe ?

Exeunt donc mari et enfants. Hé, ho, ça va le curé, c'est pas la peine d'arrêter de respirer. Je savais ce que je faisais. C'étaient les enfants de leur père, à part le petit dernier, mais je suis sûre que, depuis, l'éducation aura terrassé l'hérédité. De toute façon, les gamins ils veulent de la convention, et ça finit comme ça commence, par les parents. Regardez-moi un bon coup, comme ça, j'aurai pas besoin de vous faire un polaroïd.

Bref, j'entrai dans ma troisième mue en même temps que ma vision commençait de se détériorer. J'avais bêtement refusé une pension alimentaire. L'opération possible ne l'était plus pour moi. Disons que, pendant cette période, j'ai tout accepté et pire, pour une bouteille, un moment de réconfort et un abri provisoire. Je vais pas m'étaler. Je l'ai trop fait pendant cette troisième vie et, en plus, je me souviens de presque rien.

Un petit miracle a mis fin à cette incarnation-là. Une vieille cousine du côté de mon père est décédée sans héritier. Comme elle ne m'avait jamais connue, je me suis retrouvée son unique légataire. Et voilà, j'ai hérité de cette chambre de bonne, telle que vous la voyez. Je n'ai touché à rien. J'ai juste changé l'ampoule au plafond.

Et, dans les six mois, j'ai appris que ma presque

cécité me donnait droit à une petite pension. J'étais enfin officiellement intronisée handicapée de la vie.

J'emménageai avec ma seule fortune, une garde-robe indémodable, dans mes dix-neuf mètres carrés avec lucarne et lavabo et passai deux jours entiers assise par terre pour mieux réfléchir. Exercice difficile car je n'avais plus aucun entraînement. Le bilan fut vite tiré. Restait plus qu'à le boire. J'étais seule et déterminée à le rester maintenant que j'étais devenue économiquement autonome. Je décidai de laisser la vie me couler dessus sans résistance, c'est-à-dire sans le frein d'une quelconque activité, ce cache-misère du désespoir.

Oh là là, pourquoi vous m'arrêtez pas. C'est pas du tout ce que vous m'aviez demandé. Je vous embête avec mes digressions. C'est tout moi ça, l'écriture automatique incarnée. La ligne droite, connais pas. Tours et détours pour être sûre de jamais arriver.

Je m'excuse, j'accélère et conclus. Il m'aura fallu cinquante ans pour découvrir le plaisir. Ce qu'aucun homme n'avait réussi, le calva l'a accompli. Il ne s'agissait plus que de gérer mon temps et mon argent, également limités, pour étirer le plaisir au maximum. J'ai finalement les problèmes de tout le monde.

Donc, je suis lavée, maquillée, j'enfile robe, veste, chapeau, chaussures quand j'y pense, y a déjà eu des accidents. Je ne mentionne pas les sous-vêtements parce qu'ils ont moins bien résisté au temps que le reste et je m'amuse parfois à imaginer les commentaires quand les pompiers ramasseront mon cadavre à un coin de rue et qu'un de ces beaux garçons, à moins que ce ne soit le légiste, me déshabillera pour la dernière fois. Je me ferais bien tatouer un petit message définitif en haut des cuisses, genre, « L'origine du monde ». Histoire de rigoler un dernier coup.

Patience, on y est presque. Une fois que je suis présentable, je descends et je grignote habituellement un plat de chez le traiteur. L'approche du plaisir m'anime un peu. Mon vêtement de la veille au pressing, j'arrange mon lit pour n'avoir plus qu'à y tomber au retour.

C'est incroyable comme je suis conditionnée à force. Vous voyez, là, j'ai pas soif. C'est pas l'heure. Je commence juste à sentir que je vais avoir soif. Le fait d'en parler, ça pourrait déclencher des trucs, mais je crois pas. Je contrôle bien.

En fait, tout a commencé et c'est pas la peine de soupirer, le commencement finit toujours par arriver, au meilleur moment de la soirée, aux alentours du troisième verre et ça tient jusqu'au quatrième. C'est comme d'entamer les préliminaires après l'acte. L'avantage c'est que la gorge est encore réceptive, mais déjà un peu faite, la langue curieuse sans timidité. C'est un moment de pure jouissance avant la routine. Disons qu'après on entretient et qu'au bout on anéantit, comme une ardoise effacée à l'acide. Il y avait quoi ce soir-là ? Six, sept clients ? C'était calme. Moi, je suis toujours à la même place, sur le tabouret du bout, à droite en entrant. La porte s'ouvre, doucement, normal, sans éclat. Elle se referme, pareil et là en cinq secondes, pandémonium. PANDÉMONIUM. Capitale de l'enfer. Le bordel quoi !

Une voix de gueulard, le genre à crier d'autant plus fort qu'il a les chocottes :

– Espèce d'empaffé, enflure de mes deux. Qu'est-ce que tu viens me narguer jusqu'ici, comment t'oses, j't'aurais cru plus rapide à la comprenette...

Ce genre de choses. Et je crois deviner que ce discours s'adresse à l'individu solitaire assis à la table derrière moi sur la gauche.

André, qui est pourtant rapide, a à peine commencé son tour du bar pour rejoindre la salle que le nouvel arrivé saisit une table à bras-le-corps, la brandit et la balance sur la gueule du client. Dans la seconde, il y rajoute une chaise qui se brise en trois quatre morceaux. Silence. Un temps.

Je veux dire silence général. Tout le monde est effaré. C'est allé tellement vite. Moi, je fais ce que je peux pour voir mais je ne distingue que des masses informes. Je devine un mouvement. C'est l'intrus, il paraît qu'il avait l'air salement emmerdé. Il pouvait. Il s'approche de sa victime à moitié estourbie, lui tend la main, la dégage de la table et des barreaux de chaise, la remet sur pieds, lui époussette la veste et dit d'une voix d'agneau :

– Pardon, je vous avais pris pour quelqu'un d'autre.

Du coup, tout est rentré dans l'ordre. L'agressé a voulu protester et André lui a signifié que ça allait bien comme ça. Les victimes ont forcément tort et, de toute façon, il était sonné, pas trop capable de réagir, alors il s'est rassis. Tout le monde était rassuré. Pas de règlement de comptes dans l'air, pas de fusillade intempestive, pas besoin de lécher la poussière sous les tables ni de filer avant le débarquement de la police. C'est-à-dire, en vérité, que monsieur Hollande, affalé devant sa bière sous le miroir, n'allait pas devoir se poser le dilemme entre le risque de représailles s'il faisait semblant de regarder ailleurs pendant que ça se canardait et celui de griller son identité de pochetron anonyme, en brandissant sa carte tricolore, « Ici Police ».

C'est André qui m'a appris qu'il était flic. André sait tout. Il s'est surtout habitué à moi, à force, et ça, ça n'a pas de prix. Il me fout généralement la paix et réciproquement. Parfois on parle. Il raconte bien. Et pour moi, c'est essentiel. Il me sert de regard.

J'avais donc écouté la saynète avec un certain intérêt. La bêtise est la seule tyrannie qui résiste à tous les soulèvements et je la respecte autant que les dinosaures. Oui, je pense qu'il y a du mérite à durer. Le connard donc, à la pensée trop lente pour qu'il ait jamais la patience d'attendre sa conclusion avant d'agir, est venu se jucher sur le tabouret à côté. Après tout, il avait le droit.

J'ai senti qu'il se penchait pour m'examiner de très près car son souffle m'a chauffé le tympan gauche.

J'ai adopté ma tactique habituelle, mon regard a filé au-delà du miroir que je vois même pas, à la recherche du grand trou noir qui fait écho à ma petite pupille impuissante. En général, c'est un répulsif aussi efficace qu'un sourire d'édenté.

Effectivement, le quidam a détourné la tête, le temps de s'avaler un pastis. Au secours. Ça, j'ai jamais pu comprendre le goût du pastis, entre dentifrice et after-shave.

Il m'a à nouveau fixée et il a fait ce truc détestable des gens qui prennent les autres pour des portes. Il a cogné à mon bras. *Toc, toc toc.*

Là, je me suis retournée avec mon sourire de Joconde sur le retour et avant que j'aie pu ouvrir la bouche, il s'exclamait dans une giclée d'air anisé :

– Élisa !

La vie et ses tracas m'ont généralement épargné ce genre d'épreuve. Où avais-je pu rencontrer cette brute épaisse ? Ça allait être difficile car j'ai perdu, depuis belle lurette, le code du fichier où s'entassent les milliers de personnes rencontrées et plus, même sans affinités.

– 68 ! L'Odéon, Avignon !

Ça pouvait pas être pire. Et qu'il m'ait reconnue après toutes ces années transformait la jeune fille que j'étais alors en clone de la vieille peau que je suis devenue et ça, franchement ça me chagrinait pour nous toutes.

Je me rappelai à temps que mon nom n'est pas Élisa, mais Françoise, Françoise Maurier. Mais ça ne voulait rien dire. Il m'avait peut-être reconnue. J'y étais à Avignon en 68.

Gabriel est un de ces types reposants qui parlent sans attendre les questions. Je l'ai écouté en essayant de retrouver les mirages de ce passé antédiluvien. L'avantage de ne plus stocker d'images depuis quelques années, c'est qu'il y a de la place pour les anciennes. Donc, j'ai bien revu le sac de couchage étroit et ce garçon qui faisait craquer toutes les filles sauf qu'il en avait qu'après moi et je crois bien qu'on a tout fait sauf le piston parce que la pilule, c'est venu un peu après et que j'ai jamais été folle. D'ailleurs j'allais me marier assez vite derrière. L'amour libre, c'est-à-dire la possibilité pour un gars de se taper un maximum de nénettes tout en passant pour un révolutionnaire éclairé, moi je voyais pas l'intérêt féminin de la chose dans la mesure où j'étais pas portée dessus.

Bon, alors, il me raconta sa vie in extenso, son départ en Albanie pour reconstruire des villages, son retour en France et ses désillusions quand il s'était retrouvé tout seul à force d'exclure les autres, son désir de venger ses illusions perdues en montant des coups. Tous plus foireux les uns que les autres, il faut reconnaître. J'aurais dû me méfier.

Question business, c'était Balzac. Il a commencé par fabriquer de l'huile de haschisch avec un chimiste américain. Ils engagent deux filles pour transporter le produit dans des pots de confiture. Les pouffes perdent leurs tickets de bagages et, au lieu de ramasser leurs sacs sur le tourniquet et de partir tranquillement, elles attendent jusqu'à ce qu'il n'y ait plus que leurs deux grosses Samsonite et elles, les deux blondasses en face à face sous l'œil des douaniers. Prison pour les filles et perte sèche pour Gabriel et son copain. Je vous passe les détails. Il s'est fait vendre des fausses émeraudes en Argentine, il a essayé d'exporter des huîtres aux États-Unis, il a tenté d'écrire un best-seller et le voilà, la soixantaine enthousiaste, dérouillant un inconnu qu'il avait confondu avec un ancien associé marron. Et bien sûr, il conclut :

– Je vais me refaire.

– C'est sûr, je lui réponds.

– Mais modestement il me dit. Les gros coups, c'est dangereux. Des petits coups, plein de petits coups, sans risque quoi. Tu mets toujours ton rouge à lèvres avec une truelle ? Attends, je vais t'arranger ça.

Alors, c'est peut-être ça qui l'a emporté. Il a sorti un Kleenex de sa poche et, avec douceur et légèreté, il a effacé tout ce qui débordait.

Je pouvais pas en vouloir à André. Il avait menti par gentillesse mais d'imaginer que toutes ces années j'étais entrée au Saloon comme une reine sans savoir que je ressemblais plus souvent qu'à mon tour à la Folle de Chaillot...

Peut-être aussi que je m'emmerdais sans le savoir dans ma petite niche organisée. Peut-être aussi que j'avais envie de retrouver une ou deux sensations avant le grand soir. Peut-être aussi que j'en avais marre d'être seule. Bref, le lendemain, j'ai écouté son plan. C'était assez naze pour m'enthousiasmer. La cécité guidant la bêtise. J'ai un grand faible pour le tableau de Poussin, vous savez le géant aveugle et... Ah, je vois que la peinture... Vous avez le droit.

En même temps, c'était pas con son arnaque à l'immobilier. J'aurais dû me méfier. Sa bêtise avait eu un moment d'inattention, d'accord, mais pour le reste elle était vigilante.

Pourquoi moi ? Vous avez vu sa tronche ? On lui a mal réparé l'œil gauche et il a les dents pourries. Il pouvait se taper tout le boulot de repérage mais après il avait besoin de moi. Il donnait rendez-vous au futur locataire à proximité de l'immeuble, généralement dans un café-tabac, ce qui causa sa perte. Notre perte. Ou bien... Enfin, on verra ça plus tard.

Donc, lui visitait des appartements à louer par le biais d'agences. Quand il tombait sur le bon, il s'arrangeait pour refermer lui-même la porte, et se procurer une petite empreinte de la clé. Le lendemain, on passait notre annonce proposant l'appartement à un loyer dérisoire mais avec reprise..

L'adresse n'était pas donnée, juste le café-tabac où Gabriel attendait le gogo. Moi, je les rejoignais dans l'appartement. Gabriel nous laissait seuls et allait faire le guet. Plus tard, il a amélioré le système. Il se faisait passer pour le concierge ou le syndic et prévenait l'agence qu'il valait mieux pas faire visiter ce jour-là pour cause de travaux d'égouts. Comme je lui ai dit, vu l'état de sa dentition, c'était pas vraiment un mensonge.

J'arrangeais le versement d'une reprise en liquide, annonçant toujours qu'ils étaient déjà trois concurrents mais que celui-ci ou celle-là me paraissait particulièrement sympatico...

On aurait fini par se faire pas mal d'argent. Moi-même je n'étais pas mécontente de pouvoir entamer mes soirées au Saloon en début d'après-midi. Allez, j'ai décidé de tout dire. En vérité, je m'amusais. Pour la première fois de ma vie. Préparer le coup, le suspense à chaque fois, l'excitation du risque même si j'en avais rien à faire d'aller en taule et puis l'autre, Gabriel, qui me faisait marrer parce qu'il était tellement content...

C'était la première fois qu'une de ses combines tenait la route. Quand on faisait le partage, il se mettait là où vous êtes et il me rejouait tout depuis le début. Faut dire qu'il inventait de ces scénarios... Il avertissait le client que j'étais une vieille toquée phobique, aveugle de surcroît et qu'avec un peu d'astuce, on pouvait en tirer parti. Du coup, je me retrouvais face à un nègre qui essayait de passer pour un Blanc, ou un vieux pour un jeune et vice versa. Vous pouvez imaginer des variantes à l'infini. Un jour, il a obligé un P-DG à aboyer régulièrement pour me faire croire qu'il avait un chien. Là, j'ai vraiment mesuré ce que c'était que la crise du logement.

Écoutez, c'est le seul prolo que j'aie jamais fréquenté. Pour moi, y avait pas une classe sociale pour racheter l'autre, artistes compris, mais les prolétaires avaient le bénéfice du doute en tant que terra incognita. Eh ben, ce type-là était nickel. Con d'accord, mais ça, il serait né dauphin, il aurait été le con de la bande. Foncièrement honnête, plutôt marrant, direct, pas faiseur d'embrouilles.

Enfin, vous connaissez la chute. Pas dans le détail, peut-être ?

Eh bien, c'est très simple. Un jour, il prend le métro, il est à la bourre, il y a la queue au guichet. Il n'a pas la carte orange parce qu'il trouve ça vulgaire. Vous avez vu son embonpoint. Bon. Il prend son élan, tente le saut du tourniquet, retombe au milieu, une jambe coincée, tordu de douleur, et les contrôleurs, plaqués contre le mur, tordus de rire.

Gabriel se met à gueuler, qu'il est au RMI, ce qui

est vrai, et que s'il avait de l'argent, ce qui est le cas, il se les paierait volontiers ses tickets, mais qu'il déteste tout ce qui est contrôleurs, fouille-merde et autres Oncles Tom des exploités etc. La dialectique n'est pas son fort, il s'embrouille dans son argumentation, refuse de donner ses papiers. Les flics arrivent, le fouillent et qu'est-ce qu'on trouve dans ses poches... une masse de billets de la Loterie nationale. À chacun de ses rendez-vous, pour passer le temps, il se payait un ticket de rêve. Il en avait plein les poches. Et sur les tickets, qu'est-ce qu'il y a ? Des codes-barres indiquant l'heure et le lieu de l'achat. Et voilà-t-il pas que les dates et les heures correspondent à celles indiquées par tous ceux de nos anciens clients qui ont eu le mauvais goût de porter plainte pour escroquerie.

Si j'avais su, je l'aurais prévenu. Mais je vois rien, moi, et lui, ben lui il est con. Égalité.

Franchement je ne pensais pas qu'il me donnerait. Je vous avoue que c'est une grosse déception. Pour le principe, parce que pour le reste, je vous l'ai dit, la prison ne me fait pas peur. Remarquez, c'était bête mon raisonnement. Pourquoi un prolo il serait meilleur qu'un autre ? C'est comme cette connerie de mon époque, Black is beautiful... Black est pas toujours beautiful. Et Gabriel non plus. C'est peut-être le début de la sénilité quand on s'accroche à de vieilles lunes genre amitié, loyauté et tutti quanti...

Elle s'arrêta de parler comme un acteur arrivé au bout de son texte attend le baisser du rideau. Avant que le silence fige définitivement les mots au bord des lèvres, le jeune inconnu en costume négligé qui avait écouté, assis sur le lit crade, le récit de la femme aux yeux pervenche, dit :

– La vie est comme vous. Elle fait de drôles de détours.

– Hein ?

– Pourquoi croyez-vous que je suis ici ?

Elle le regarda sans le voir et sans comprendre, même pas vraiment curieuse.

– Vous êtes flic, vous faites votre boulot.

– Non, non, vous y êtes pas du tout. Je... La vérité, c'est que... je sors de taule. J'ai croisé votre Gabriel avant de sortir.

– Comme d'habitude, je me mêle de ce qui me regarde pas mais vous avez la voix drôlement enrouée d'un coup. Vous pouvez cracher, vous gênez pas. Le lavabo est là pour ça.

– Merci, c'est juste que... Enfin, je veux dire que... Gabriel m'a donné quelque chose pour vous. Celui-là il l'avait bien planqué. C'est un billet gagnant. C'est pour ça que...

– Quoi ? Vous me chambrez là. Gabriel avec un billet gagnant, c'est Mac Do au *Gault et Millau.* Et puis pourquoi vous me l'auriez apporté, d'abord ?... Pardon. Je voulais pas vous blesser. Comme vous l'avez certainement remarqué, j'ai l'esprit tourné comme du vieux lait... Il fait chaud tout d'un coup, non ? Vous voudriez pas ouvrir la lucarne... Merci bien.

Malgré l'arrivée d'air frais, l'atmosphère restait curieusement chargée. Le jeune homme regarda autour de lui. Sur son fauteuil de toile grise, la femme se taisait, le billet abandonné entre ses cuisses, au creux de la jupe fripée en lainage rose pâle, avec son bout d'ourlet décousu. L'inconnu esquissa un pas vers la porte. La femme redressa son visage barbouillé, entrouvrit les lèvres, les humecta du bout de la langue. Le jeune homme rougit. Il retourna lentement vers le lit, comme s'il luttait contre un vent contraire, tête baissée, épaules rentrées. Il s'assit, se racla la gorge.

– Il y a... Quel effet ça vous fait ?

– Quoi ?... Ah, le billet... C'est surtout par rapport à Gabriel... Je trouve ça... Vous vouliez partir.

– Non, non. J'aime bien parler avec vous.

– Vous êtes gentil d'appeler ça comme ça... Vous voulez peut-être... On pourrait... Écoutez, c'est un problème ni dans un sens ni dans l'autre. Mais, si vous voulez m'attendre au Saloon, je pourrais vous présenter André. Et puis, après tout, vous avez été... J'aime bien votre voix. Et si vous êtes en panne, je veux dire, de projets, j'ai eu une idée, pour une combine. Il me manquait l'investissement de base mais maintenant... Et puis, toute seule, c'était... Non, c'est idiot. Vous devriez partir.

– Il y a autre chose.

Il secoua la tête mais elle ne pouvait pas voir son drôle de sourire. Elle rougit pourtant et détourna la tête. Sa main se crispa sur le billet de loterie. Jamais papier ne s'était froissé si bruyamment.

Le jeune homme se leva, se retourna et sembla s'adresser au mur :

– J'aurais jamais imaginé que vous me plairiez, si on, si jamais on...

Elle soupira mais il y avait du soulagement quand sa voix reprit avec son tonus du début :

– Ah non. Gâchez pas tout. Pas à mon âge ni au vôtre. Déjà entre jeunes, je trouve ça grotesque.

Elle rit un poil trop fort :

– Enfin, bon, je suis pas une méchante femme. Vous sortez de taule. Si ça peut vous soulager. Comme dirait Feydeau... Et allez donc, t'es pas mon fils !

– Ben justement...

Même les particules de poussière cessèrent de danser dans leur rayon sous la lucarne.

– Justement, je le suis...

Comme le mur restait de pierre, le garçon regarda au plafond :

– Le petit dernier, la mauvaise graine, c'est moi, Édouard, Édouard Maurier. Votre... ton fils.

Il s'était retourné maladroitement sur le dernier mot, à temps pour voir la femme appuyer des deux mains sur les accoudoirs branlants et se hisser hors du fauteuil. Son teint avait viré vert-de-gris sous le rouge. Elle retomba d'un bloc et la honte monta par vagues, marbrant sa peau de plaques sombres. Le jeune homme s'approcha de la femme pour la première fois et quand il lui mit la main sur l'épaule, ils se figèrent en un bloc de pierre primitif. Une brève éternité plus tard, le garçon reprit la parole :

– Reste assise. Écoute-moi. On va pas changer de répertoire, comme ça d'un coup. On va pas se la jouer tragédie. J'ai toujours préféré Feydeau. Alors, tu sais quoi ? Moi, je vais descendre. Je t'attendrai en bas. Toi, tu vas te faire tes peintures de guerre. Je rectifierai les bavures et puis on ira au Saloon et tu me raconteras ta combine. Pourquoi on s'associerait pas ? Pour le reste... le dessin tu me l'as fait et il me va comme ça. Pas besoin de l'encadrer. Prends ton temps et le mien avec. Je t'attends en bas et ne t'inquiète pas. J'ai de quoi m'occuper un bon moment.

Il referma doucement la porte derrière lui et, après une longue pause, Françoise Maurier se leva. Elle défit la lavallière de son chemisier gris pâle et elle laissa tomber sa jupe rose sur le sol poussiéreux avant de défaire son soutien-gorge distendu et de s'extraire de sa culotte jaunie. Elle alla jusqu'au lavabo. L'eau froide coula longtemps sur ses paumes ouvertes. Puis elle s'éclaboussa le visage et ses mains accompagnèrent l'eau ruisselant sur ses joues, puis son cou, ses épaules, ses bras, et sa poitrine. Et elle se caressa ainsi le corps, bout par bout, comme on reconnaît un ami perdu.

Le dormeur du val

C'EST un promeneur qui avait trouvé le cadavre dans la forêt de Fontainebleau. De loin, dans ce décor bucolique, paisiblement allongé sur le dos, le jeune homme évoquait le Dormeur du val, sauf pour quelques détails d'importance que les hommes notèrent en progressant vers lui : le crâne avait été fracassé, probablement à l'aide de la grosse pierre maculée de sang et de matière cervicale qui gisait à côté ; il ne portait pas d'uniforme mais un sweat-shirt noir ; son jean était replié en accordéon sur ses chevilles et, au bout de son sexe rabougri, un préservatif pendait, petit sachet de plastique alourdi à son extrémité par un trouble liquide. Cette image de vaine virilité avait provoqué chez les trois spectateurs, familiers pourtant du versant le plus noir de la nature humaine, un imperceptible recul du buste. Fugitivement, leur regard s'était voilé de mélancolie avant de retrouver leur neutralité professionnelle.

« Tu peux y aller », dit le commissaire Penot.

Dans le silence de la nature engourdie par le froid, on n'entendit plus que le déclenchement sec du vieux Nikon et le froissement étouffé des feuilles mortes gorgées d'eau à chaque déplacement du photographe.

« Jeune, dit Penot en relevant inutilement son col de pardessus déjà relevé. Pas de papiers, pas de manteau, pas de témoin. Vous diriez que ça remonte à quand ? »

Le légiste, qui s'affairait depuis un moment, retira le thermomètre de l'incision dans le flanc du mort.

« Quatre à cinq heures. Une vingtaine d'années.

– Et il a plu non-stop. Je sens qu'on va rigoler.

– On peut l'emporter ? »

Penot hocha la tête.

« Une capote, tu parles d'une piste ! Enfin, essayez d'en tirer tout ce que vous pourrez, marque, taille, etc. »

Des pas se rapprochaient. Une voix nettement plus jeune et cachant mal une certaine satisfaction s'éleva :

« Feeling de Durex, boîte de douze, modèle lubrifié avec réservoir.

– Nous raconte pas ta vie, Bourgois. »

Mais Michel Bourgois brandissait dans une main gantée de latex le sac transparent dans lequel reposaient un pochon de papier et un étui cartonné beigeasse.

« Acheté ce matin même, pharmacie Lemonnier, rue Cardinet dans le XVIIe. Il a dû s'équiper discrètement, à l'écart, pour ne pas effaroucher la dame. Je l'ai trouvé derrière le bosquet, en haut du talus. Rien d'autre.

– C'est bien, Bourgois. Mais arrête de penser, surtout à haute voix. La dame on sait pas. Un monsieur aussi bien. Et c'était peut-être un viol. Continue tes recherches avec Franju. On se retrouve au bureau. Je m'occupe de la pharmacie. »

Petite clochette à la porte, grand comptoir de bois et une étagère de bocaux anciens sur toute la longueur du mur. L'odeur de cire, inattendue, céda devant un parfum autrement tenace quand la pharmacienne surgit de l'arrière-boutique. Précédée d'effluves capiteux, coiffure laquée, ongles effilés rouge carmin, sourire de tirelire et œil aguicheur : Mme Lemonnier fit son entrée et son sourire tint aussi ferme que ses cheveux quand Penot déclina son identité de flic.

« Vous vendez beaucoup de préservatifs ? demanda-t-il en préambule. Je ne vois pas de distributeur...

– Nous avons une clientèle un peu âgée, fidèle, que ce genre d'étalage mettrait mal à l'aise.

– Vous voulez dire tellement fidèle que toute précaution est inutile... »

Petit rire.

« C'est vrai également.

– Donc, et pour résumer, chez vous, il faut demander les capotes au comptoir et si, par malheur et hasard, vous avez mal entendu, il faut répéter bien fort.

– Ce n'est pas la peine de crier. Je ne suis pas sourde.

– C'est déjà ça », soupira Penot qui se morigéna intérieurement de ne pas être encore le cynique désabusé dont il empruntait la dégaine, chandlerienne à ses yeux, pour séduire les nombreuses femmes de sa vie.

Si elles savaient qu'il était en fait un idéaliste assez con, profondément moral et foncièrement sentimental... Ouais, je serais déjà marié, conclut-il et il souffla une petite giclée d'air qui libéra sa poitrine soudain comprimée par la vision d'un Marlowe domestique. Ne changeons rien, sifflota-t-il in petto.

« Vous pourrez donc me dire facilement qui vous a acheté, ce matin, des Feeling de Durex ? »

Mme Lemonnier se mit soudain à tripoter d'un air affairé des papiers invisibles sur son comptoir.

« J'ai dit un gros mot ?

– Je ne suis pas une oie blanche. »

Penot essaya de se rappeler la dernière fois qu'il avait entendu cette expression et laissa vite tomber.

« Alors ?

– C'est que... Je peux savoir de quoi il s'agit ? »

Penot improvisa aussitôt une colère froide lardée de menaces indicibles et ne fut pas mécontent du résultat : tel un regret d'artiste, une rougeur inégale traversa le fond de teint épais.

Mme Lemonnier emmaillota sa bonne conscience d'une série de protestations machinales ; elle espérait qu'il ne s'agissait de rien de grave, la personne faisait partie de sa clientèle depuis longtemps et n'était vraiment pas le genre à...

« À baiser, niquer, foutre, bourrer, bander, rugit Penot avant d'être interrompu, confus mais un peu tard, par la vision du jeune mort qui n'était plus du genre à rien.

– Ah, triompha la pharmacienne, votre vocabulaire prouve bien que vous faites fausse route. C'est une jeune fille. Je dois dire que je ne m'y serais pas attendue. Une demoiselle très bien, professeur de violon, Mlle Perrier. Elle habite à deux pas, au numéro 26. »

C'était un immeuble sans code, ni ascenseur ni tapis sur l'escalier, qui conservait encore des toilettes communes à mi-étage. La demoiselle très bien habitait au sixième.

Message reçu qu'il fumait trop, Penot se demanda soudain ce qu'il foutait là. Ce n'était pas un boulot de commissaire, et personne n'allait s'occuper de la paperasserie accumulée sur son bureau en échange. Tout ça pour donner un nom à un mort, ce qui était à la portée de n'importe quel flic de base, même s'il ne partageait pas l'obsession de Penot pour qui tout mort avait droit à une identité. C'était la dignité minimale. Comme avoir ses papiers pour un vivant.

« Mademoiselle Perrier ? »

À quoi s'était-il attendu ? Coiffée à la diable, des yeux vert d'eau et malicieux, le nez long et cabossé, une bouche d'enfant renflée de partout, de petite taille, frêle aussi et jeune, très jeune. Il soupira.

« Je suis le commissaire Penot. Je peux entrer ? »

Elle avait ouvert sans précaution mais là, hésita. Elle voulait en savoir plus.

« C'est à propos des préservatifs que vous avez achetés ce matin...

– C'est un délit maintenant ? »

Et elle rit, une cascade de gaieté et d'ironie qui roula sur la tête de Penot, le laissant vieux et bête. Quarante-cinq ans, merde, et bel homme, enfin... séduisant. Elle les préférait sans doute jeunes, comme l'inconnu.

Il faillit faire demi-tour pour protéger cette insouciance des éclaboussures de la mort, mais bon, personne ne l'avait forcé à choisir ce métier, enfin si, un peu, la petite pauvreté familiale qui vous maintient la tête hors de l'eau, tout juste, à condition de ne pas chercher à atteindre la rive verdoyante de la vraie prospérité.

Donc, il entra et s'assit dans la première pièce où un violon avait été abandonné sur le patchwork qui recouvrait un mince matelas. Par terre, une grosse théière et un bol plein, des partitions, des cigarettes.

Il commença, la voix atone, comme un chanteur à qui manque le *la*.

Le paquet de préservatifs avait été trouvé dans la forêt de Fontainebleau, cet après-midi même, avec le ticket de la pharmacie.

Elle écouta attentivement, semblant peser chaque mot avant de lui attribuer une place, lentement, dans la charade qui finirait par livrer son message. Mais pas tout de suite. Elle voulait, d'instinct, prolonger son séjour dans les limbes de l'émotion, là où on n'est ni gai ni triste, entre enfer et paradis, nulle part.

Et Penot, le comprenant, l'aida à gagner du temps :

« Vous les aviez achetés pour votre usage personnel, peut-être ? »

Elle demanda d'une voix ferme, un peu irritée pourtant :

« Il a *fait* quelque chose ou il lui est *arrivé* quelque chose ? »

Il se dit qu'il était en train d'interroger un témoin capital, tout seul, qu'à quitter les sentiers balisés de la procédure, il risquait de s'enfoncer dans les ornières inextricables de la sympathie. Il ne fallait pas lui en dire trop. C'est elle qui devait parler. Il se sentait rouillé. Il continua :

« Qu'avez-vous fait de la boîte ?

– C'était pour mon usage personnel. »

Un ton de défi, familier.

Tant pis.

« À proximité, un promeneur a découvert le cadavre d'un jeune homme, en jean, sweat-shirt et chaussures de sport noirs. »

Elle cilla une fois, sans le quitter des yeux, son regard à peine écarquillé.

« Salaud. »

Elle caressa son violon, étira un peu plus sa colonne vertébrale, jusqu'au cou qui s'allongea, la tête trop haute.

« Salaud. »

Elle se leva alors, marcha jusqu'à la fenêtre, lui tournant le dos. Il attendit. Ça, il savait faire.

Le petit temps que dura le petit bout de route qu'ils firent ensemble, il ne la vit jamais pleurer. Simplement la carapace de son corps devenait plus fine d'heure en heure jusqu'à lui évoquer une coquille d'œuf prête à se briser au premier choc. Elle ne céda jamais. Et l'excitation qu'il ressentait, cette fois comme les autres, d'entrer par effraction au cœur d'une intimité à laquelle même les proches peuvent rarement prétendre, ne cessa de l'agacer sans jamais être satisfaite, car Mlle Perrier, après lui avoir ouvert son appartement, ne le laissa jamais entrer chez elle.

Au bout d'un long moment, elle alla faire chauffer de l'eau, refit du thé, sortit un bol qu'elle posa près de Penot, puis elle passa dans la deuxième pièce et il entendit un tiroir glisser, des froissements de papier.

Elle revint avec une photo qu'elle tendit devant le visage de Penot.

« Christophe Perrier. Mon frère. »

Sur le ton de : « Je t'emmerde. »

La photo la représentait avec le dormeur. Ils étaient à un pas l'un de l'autre, debout face à l'objectif, mais leurs deux têtes, exagérément inclinées, se rejoignaient joue contre joue et, comme elle était plus petite, il avait dû tordre le buste pour descendre son visage à la hauteur de celui de sa sœur.

Elle retira le cliché, le posa face contre terre et versa le thé. Penot dit :

« Oui, c'est lui.

– Qu'est-ce qui lui est arrivé ? »

Elle but et fixa le fond de son bol. Il lui dit ce qu'il avait vu, d'une voix trop forte, surtout comparée au silence qui suivit ses paroles, comme une juste réprimande.

Elle le laissa mariner dans son malaise un bon moment avant de s'adresser au bol pour raconter Christophe. Au présent, tout au présent. Christophe Perrier. Vingt-quatre ans, étudiant en médecine, sérieux, timide, très timide et amoureux. Depuis peu. Amoureux d'une déesse, idolâtre.

Presque vierge encore, le frangin. Trop sérieux. Sauf avec sa sœur. Les parents, institutrice et directeur d'école à Aubusson. Sérieux aussi. Sympas sérieux.

La musique mûrit son homme à défaut de le nourrir. C'est pour ça peut-être qu'elle est plus audacieuse que son aîné. Alors elle le bouscule, elle le sort, elle le houspille de moqueries. Elle trouve ça bien qu'il soit amoureux.

Et hier, alerte rouge. La déesse a décidé d'accorder ses faveurs. Où faire ? Comment faire ? T'as pensé aux préservatifs ? Houps, quoi ? Non. Bon. Démonstration. La sœur en a. Mais pudiques dans la famille. Ils ne vont pas faire ça in vivo. Donc, elle achète... des courgettes, des concombres, des bananes.

Penot se sent rougir. Quarante-cinq ans. Séducteur. Les capotes n'ont plus de secret pour lui. Pourtant, il a rougi.

Mlle Perrier sourit. Tout ce qu'elle ne raconte pas. La gêne de Christophe, la sienne aussi qu'elle masque sous des blagues nulles que lui, le carabin, devrait raconter.

Elle est effarée de tout ce qu'il ne sait pas, ce pauvre niais lamentable. Le petit réservoir au bout qu'il faut pincer, pour l'air. Et puis la capote qu'on remonte en douceur, comme un bas. À son tour d'essayer. Elle le minute. Si ça dure des plombes, tu plombes l'atmosphère. Vite mais bien.

Et je l'enfile quand ? demande l'empoté.

Elle lui explique : ne pas penser capote, penser corps, plaisir, celui de la déesse, penser caresses, s'apprivoiser, prendre le temps et surtout pas à l'extrême limite, ça fait rustre. Un peu avant, quand on est deux à avoir envie et qu'il va s'agir pourtant de prolonger ce suspense du désir jusqu'à ce qu'on n'y tienne plus.

Là, Christophe s'inquiète un peu de tout ce savoir. La musique céderait-elle la place à des passions terrestres et grossières ? Sa sœur serait-elle une gourgandine, une fille facile soumise au désir des hommes ?

Une végétarienne carnassière, rétorque-t-elle, et croque le concombre. Des fous rires jusqu'à point d'heure. Passablement nerveux les fous rires, quand même. Ils ne s'étaient jamais accompagnés si loin sur les rivages de leur intimité et ils sentent bien la force du lien entre eux, parce qu'ils ont osé, se sont exposés, eux qui répugnent aux confidences.

Elle résuma sèchement :

« On a beaucoup ri et, comme il était encore un peu mal à l'aise et que, bien sûr, il voulait que tout soit nickel chrome pour la grande première, je suis allée les acheter à sa place.

– Et la femme ? »

Cette fois, il avait parlé trop bas, rauque comme un ado confronté aux mystères obscènes du monde adulte.

« Inconnue. Mariée, je pense. À cause de deux ou trois choses qui lui ont échappé. Plus âgée, à mon avis. C'est la façon dont il parlait d'elle. »

Elle ajouta, tendue :

« Je veux le voir. »

Et elle le vit, de toute façon il fallait bien l'identifier, et ne pleura pas, mourut seulement un peu avec lui, Penot le vit bien.

Et Penot continua, malgré les sourcils levés de ses collègues. C'est lui qui alla chez Christophe, avec elle. Une chambre sans eau, où l'étudiant n'avait pas voulu emmener son amoureuse.

De là à l'emmener à Fontainebleau, comme une fille qui s'allonge où on lui dit, sur la terre battue d'une cave ou sur un tapis de feuilles mortes humides, au bon plaisir du mâle dominateur. Penot s'interrogeait à voix haute. Ils pouvaient aller à l'hôtel, se faire prêter un appartement. Mais la forêt en automne...

« Elle craignait peut-être d'être vue ? » proposa Mlle Perrier sans y croire et elle ajouta pensivement : « Il aime bien Fontainebleau, la forêt. Pour marcher, escalader. La campagne lui manque. »

Ils allèrent à la fac, à l'hôpital, virent les copains. Partout les femmes mariées abondent, ils s'en rendirent vite compte. Et c'est ainsi que, délaissant trop souvent son bureau, Penot rata le rapport d'autopsie quand enfin il lui parvint, qui lui aurait évité d'autres détours.

C'était tellement plus intriguant de jouer les limiers avec Mlle Perrier. Ils retrouvèrent la femme, grâce à un fax tombé dans la doublure d'un imperméable. Lisant ces quelques lignes, même un étranger aurait éprouvé du chagrin que soit mort un jeune homme si tendrement aimé. La machine avait mécaniquement imprimé le nom et le numéro de l'envoyeur, Dampierre. Le mot était signé Claire.

Ils la virent ensemble. Elle pleura beaucoup, confessa tout, c'est-à-dire peu. Peu à pleurer effectivement. Christophe s'était raconté une belle histoire. Et en était mort.

Sans se le dire, Mlle Perrier et Penot surent que son chagrin à elle ne durerait pas, vite expulsé, vite soulagé. C'était effectivement une belle femme, au bord de se faner.

Elle avait rendez-vous avec Christophe l'après-midi de sa mort. Chez une amie. Il n'était jamais venu. Elle en avait éprouvé du dépit en même temps que du soulagement. Elle n'avait jamais trompé son mari. Spontanément, elle parlait de Christophe au passé, mais ne mentait pas. C'est ce que révéla le rapport d'autopsie. Christophe était déjà mort à l'heure de son rendez-vous. Il avait fait l'amour tout seul. Le préservatif n'avait été mouillé que par la pluie. Aucune partenaire ne l'avait enveloppé du jus de son plaisir. Aucun poil pubien à la frisure distinctement femelle ne s'était accroché à la toison brune du dormeur.

Penot se raconta l'histoire à sa façon. La promenade pour tromper la nervosité et arriver nonchalant au rendez-vous trop attendu. La peur d'être maladroit, de tout foirer bêtement, la brusque décision d'essayer, dans la solitude du bois, de tester la capote. Tout ce qu'on peut se raconter dans ces moments-là : si elle fuyait, si elle plissait, si elle glissait. Et le pire : que Claire se rende compte qu'il n'était qu'un débutant, maladroit, ridicule, peu fiable. De quoi tuer l'amour le plus véritable.

Et quelqu'un était arrivé, l'avait vu. Un homme, que la situation excitait, avait fait des propositions à Christophe et l'amoureux romanesque, choqué, dégoûté, avait mal réagi. La lutte brève, et la pierre assenée. La panique. Le tueur qui s'enfuit avec le blouson, le portefeuille. Ou peut-être un crime plus directement crapuleux. On a déjà tué pour moins qu'un blouson de cuir et quelques billets de vingt euro.

L'enquête repartait. Ils avaient convoqué le promeneur, pour commencer. C'était peut-être lui, après tout. Penot suivrait l'affaire de près. De moins près. Il y avait toute cette paperasserie et l'enquête pouvait être longue. Mais elle aboutirait. Elles aboutissent toujours. Presque.

Il avait convoqué Mlle Perrier dans un café pour ce qu'il savait être leur dernier rendez-vous. Quand elle leva la tête, il lut dans son regard qu'elle le voyait par gentillesse. Elle n'avait plus besoin du flic et l'homme l'ennuyait.

Son frère était mort à cause d'un préservatif. Il était mort bêtement. Mais Mlle Perrier savait voir au-delà des apparences. Ce n'était pas affaire de circonstances, son frère était mort bêtement, parce que la mort est bête.

Elle raconta l'enterrement à Penot. Une miette à un mendiant, se dit-il. Il écouta distraitement. Il pensait à Rimbaud. Quand il considéra qu'un temps convenable était passé, il prit congé, promettant de la tenir au courant des progrès de l'enquête.

Il se dirigea vers la Seine, se retourna pour un dernier adieu avant de traverser hors des clous. Il distingua, à peine, la petite silhouette de Mlle Perrier perdue dans la foule des consommateurs. Il repartit d'un pas vif. Le ciel était clair par-dessus les quais. On voyait loin.

Un véritable ami

Il n'avait jamais rien vu de si beau, ce premier dimanche, assis sur sa dune.

Il n'avait jamais rien vu de si beau, à part sa mère.

Enfin, sa mère dans sa mémoire. Parce que, sur photo, sa mère ressemblait plus à la caravane déglinguée où il logeait qu'au pavillon de brique dont il rêvait.

C'était si beau, à courir sur le sable, à sauter une vague, puis l'autre, encore une et plouf, dans l'eau.

Lui avait horreur de l'eau. Fallait pas lui en parler.

Une petite bière ou même deux mais plate ou gazeuse, en robinet, en baignoire, en cascade, en rasade, c'était sans lui et merci quand même.

Il aimait la pluie, ça oui. Il n'aurait pas su dire pourquoi. Il l'aimait fine et invisible, cette farceuse. Tout à coup, t'es trempé, tu dégoulines. Tiens, il pleut ! Tu l'aurais même pas su si t'étais pas mouillé. Tu tends la main pour vérifier, elle se marre et vlan, elle monte le volume. À croire que tu vas te noyer par en haut.

Il l'aime aussi quand elle rature le paysage à grands traits épais jusqu'à ce qu'on le voie plus. Ce qui vaut le coup.

Parce que c'est moche chez lui. Plat rasibus. Même l'herbe, elle la ramène pas.

Mais le mieux, c'est quand il porte sa casquette avec la grande visière dure en forme de bec de canard qui fait gouttière. Une fois remplie, elle déborde et ruisselle en fausses larmes chatouillantes.

Et ça le rend joyeux.

Ça et les dimanches quand il commence à attendre sur sa dune. Plus il attend, meilleur c'est. Parce que ça rate jamais. Le petit point qui grossit. Moulinets, *slac*, *slac*, ça se tortille comme une petite puce et c'est parti à courir sur le sable. Et c'est beau.

C'est beau, de loin.

Et puis, un jour, c'est beau, de près. Le jour où il a pensé à prendre les jumelles.

C'est tout ce que son père lui a laissé. Une paire de vieilles jumelles. Et encore de justesse. La vieille salope de voisine les lui a collées dans les mains : « Il est mort et enterré. Voilà ce qui te revient. Point. »

Sûr qu'elle avait tout raflé, une fois le vieux clamsé. Ni témoin, ni parent. Pourquoi elle se serait gênée ?

Parce qu'il était pas là, inutile de tourner la langue cinq fois autour du pot. Jamais là quand il faut, c'est son histoire en cinq mots.

Il s'en foutait des jumelles mais c'était le principe.

Et voilà. Orphelin, bon à rien. Pas aidé. C'est la vérité. Une mère expédiée au Bon Dieu à coups de poing, retour à l'envoyeur, tombe trop souvent en panne.

Quand il était chez tante Madeleine et oncle Édouard, un dimanche d'enfance, le paternel s'était fendu d'une visite. « Je profite du jour férié. » Pour ce qu'il faisait les autres jours...

Bref, il avait profité du jour férié pour lui annoncer que sa mère était plutôt morte, une petite santé sous ses airs costauds. « C'est pas comme lui. Il nous enterrera tous. » Comme une injustice. Parlant de son fils.

Enfin, bon, bref, le paternel ne l'avait pas emporté au paradis mais au fond du puits. Trop seul.

N'empêche qu'aujourd'hui, les dimanches sur la dune, s'il n'avait pas les jumelles pour se rapprocher de la beauté, qui c'est qui serait le dindon du bal ?

De toute façon, il n'avait jamais été du genre à se plaindre. Sans compter qu'y avait plus malheureux.

« Où ça ? » demandait Paul les soirs de RMI.

C'était vache comme question mais il répondait : « En Afrique, tiens. »

« En Afrique, ils ont pas froid, c'est déjà ça », affirmait Paul qui est du genre à croire qu'ailleurs l'herbe est plus verte.

Alors, lui, il comptait sur ses doigts. D'accord, ils ont chaud, mais ils ont pas d'eau. Ils ont le sida, la guerre, la famine, le truc d'Ebola et surtout, beaucoup trop de monde.

Avec Paul, on pouvait avoir des conversations.

Faire la conversation, c'est ce qu'il aimait par-dessus même la pluie. Et ce qui est beau. Un amateur de raretés, c'est ce qu'il était.

Et pour la beauté, depuis des semaines, il était servi. À domicile presque.

Mais c'est toujours pareil, on goûte à un bon truc, on en redemande. Malgré les risques.

Les jumelles le rapprochaient mais de loin. La vie n'en finit pas de vous contredire. Comment résister à la tentation de voir la beauté de près ? Sans la distance.

Elle s'était penchée pour ramasser sa serviette, son maillot mouillé, un peu rentré dans les fesses, qui en dénudait l'arrondi qu'il avait jamais pu voir parce qu'elle se baissait toujours dos à la mer, donc face à lui, la farceuse.

Ça vaut le coup de se rapprocher pour de vrai. Il avait vu l'arrondi.

Et avait dit, histoire de faire la conversation :
« Aaa frileuse. »
Le froid avait avalé le début de la phrase.
« Ouah ! »
Elle s'était retournée d'un bond, la serviette devant elle. Mais c'était pas grave. Y avait plus de distance, c'était ça l'important.
Il avait articulé avec application :
« Êtes pas frileuse.
– Non. »
Elle le regardait comme si elle l'avait jamais vu de sa vie. Il se rappela que c'était vrai. Il avait les jumelles, pas elle et ça le fit sourire, cette complicité entre eux.
« Êcheur ? » elle a demandé.
Il laissa les mots défiler tranquillement, bêcheur, lécheur, mâcheur et s'arrêta sur pêcheur. Bingo.
« Non », il a dit.
Elle était encore plus belle vue de près. Il se demanda s'il était beau, lui aussi. Y avait qu'une femme pour décider. Ou une mère.
Bon la mère. Morte.
À part Tatie Madeleine qui l'appelait la limace mais c'était pour rire et la fille du service social qui avait des lunettes épaisses comme lui, ça les faisait rire... Deux. Ça faisait quand même deux femmes qui l'avaient regardé à part sa mère.
À elle, il lui demanderait quand ils se connaîtraient.
Elle a dit :
« Bon, faudrait pas attraper froid, hein ? Au revoir. »
Et elle regardait fixement ses jumelles. Il les lui prêterait. Pas de problème.
Il aurait pu répondre, « Au revoir Juliette », parce qu'il avait déjà fouillé ses affaires pendant qu'elle faisait le poisson, à nager si loin qu'au début il avait cru qu'elle allait en Angleterre. Juliette Manzoni.

Il avait tout recopié, l'adresse, tout.

Il avait même appelé chez elle un jour.

« Bonjour. » Il avait répondu bonjour mais elle avait continué à parler comme si de rien : « Je ne suis pas là. » Quoi ? « Vous pouvez me joindre... » C'était enregistré.

Il avait appelé l'autre numéro, à la Cogema. Où elle travaillait. Juste pour vérifier.

Voilà. Il faisait connaissance. En douceur.

Et le dimanche suivant. Personne.

Pas croyable, non ?

Déjà qu'il s'était vanté à Paul de son amie de la plage. De quoi il avait l'air maintenant ?

Et si elle revenait jamais ?

Il avait pensé qu'à ça toute la semaine.

Soit elle était malade, soit elle avait changé d'endroit.

Le dimanche suivant, il fait toute la plage et bingo, il tombe nez à nez avec elle. Elle sortait de l'eau en courant. Elle s'est arrêtée net dis donc.

« Qu'est-ce que vous faites là ?

– Et pourquoi vous avez changé d'endroit ? Vous avez eu peur de moi, c'est ça ? Je vous fais peur.

– Laissez-moi. »

Et elle court vers sa serviette et son petit tas de vêtements.

S'il la laissait partir, elle reviendrait plus jamais.

Il prend le plus gros caillou qu'il trouve et bang, sur le crâne.

Elle est devenue toute molle. *Boum* par terre. Et il lui a dit que son père, c'était avec les poings, elle pouvait s'estimer contente. Non mais.

Maintenant, tout était nickel. Plus de soucis à se faire pour l'avenir.

Il l'a ramassée toute mouillée sur son épaule. Ça ressemblait à la pluie sur sa poitrine. Ils sont partis à la recherche de la voiture que bien sûr Mademoiselle avait fermée à clé.

Il a quand même fait attention en la posant par terre. Il a trouvé les clés, ouvert la voiture. Pas si con. Et il l'a mise dans le coffre. Au cas où.

Il avait pas conduit depuis longtemps mais il avait pas non plus bien loin où aller.

À un feu rouge, une voiture de flics est venue se coller à côté. Sans paniquer, il leur a souri en agitant la main et les deux flics se sont parlé très vite et quand ils se sont retournés vers lui, ils étaient morts de rire.

C'était à cause de la casquette en tête de canard.

Pour se débarrasser de la voiture, pas de problème. Le gros problème, c'est qu'il avait pas souvent d'invité à part Paul et la caravane était pas prête, mais alors, pas prête du tout.

Il l'a allongée sur la banquette. Il dormirait par terre, c'était pas grave. Il avait plus de gaz mais il a ouvert une boîte de choucroute qui se mange très bien froide.

Comme ça, quand elle s'est réveillée, c'était prêt, les deux assiettes sur la minitable en formica, les couverts, les canettes.

Elle l'a regardé avec des yeux énormes. « Qui êtes-vous ? » Il lui a dit qu'elle pouvait l'appeler comme elle voulait.

Elle s'est pas gênée, l'a comme qui dirait traité de tous les noms mais ce n'est pas ce qu'il voulait dire, il lui a expliqué. Il n'aimait pas trop son vrai nom, donc elle pouvait lui choisir un nom de son choix à elle pour lui.

Et là, elle s'est tue tout net et elle s'est mise à grelotter. Mais y avait plus de gaz, alors il lui a prêté un pull, le moins sale des deux.

Il a dit que le dîner était prêt. Et bon appétit. Un vrai gentleman. Et comme elle avait pas faim, il a attaqué, parce que, franchement, une bonne choucroute, ça se refuse pas.

Elle a rien répondu, alors il a demandé si elle aimait bien se baigner, histoire de faire la conversation.

« Je veux partir. »

C'était pas une réponse, ça.

Il ne s'est pas énervé et pour lui expliquer la conversation, mode d'emploi, il a répondu que non seulement elle ne partirait pas mais qu'elle allait habiter avec lui maintenant. Il la regardait depuis longtemps. Elle était belle. Voilà.

Et quand elle a voulu sortir de force, il a juste eu à se lever et il lui a donné une toute petite beigne pour qu'elle se tienne tranquille et il a compris qu'il devrait l'attacher jusqu'à ce qu'elle s'habitue.

Le lendemain, elle était toujours pas habituée alors il l'a laissée attachée pour téléphoner à la Cogema.

Il a dit qu'il appelait de Paris et il a retenu son rire parce que ça faisait drôle, la campagne plate rasibus, même pas verte, tout autour de la cabine. Il a expliqué que Juliette Manzoni avait eu un décès dans sa famille et avait dû partir de toute urgence en Amérique. Elle leur écrirait.

Et puis il est rentré faire du Nescafé froid à cause du gaz mais elle ne voulait toujours rien prendre. En plus, elle était nettement moins belle qu'avant et en plus si Paul passait il se foutrait de sa gueule, tu parles d'une amie qu'on est obligé d'attacher.

Tout ça devenait très compliqué, comme il lui a expliqué.

Elle ne devait pas avoir peur. Il la traiterait bien. Ce serait sympa. De temps en temps, ils pourraient faire la conversation. Par exemple, elle lui raconterait sa vie et lui la sienne.

Elle en avait rien à foutre de sa vie.

Belle peut-être, mais moche question conversation.

Il tombait de haut. Une chute interminable dans un trou de silence.

Tout à coup, in extremis, un miracle, elle a commencé une conversation :

« Pourquoi moi ? » elle a demandé.

Il s'est assis sur son tabouret. Il a siroté son Nescafé froid avec une goutte de lait et il lui a expliqué.

Les jumelles, l'héritage et sa peur de l'eau quand il faisait pipi au lit à cause des cauchemars. Elle allait rire, dans les cauchemars il se noyait, plus d'air, les yeux ouverts et il coulait et il coulait. Et y avait pas d'eau. C'est drôle pour ça les rêves, jamais comme ça devrait. Et en plus, son père il avait fini dans le puits. Et à cause du lit mouillé, son père lui flanquait la tête dans une bassine en plastique vert. Comme si le cauchemar continuait. Du coup, il avait jamais appris à nager. Pas fou.

Tout ça pour dire que l'eau, merci bien, sans lui.

C'était intéressant comme conversation. Et d'ailleurs Juliette l'a regardé. Ce qui s'appelle regarder. Pour la première fois. Parce qu'il y a façon et façon. C'est-à-dire pas le regard patinoire, ni le regard vitrier, ni le regard miroir, ni le regard boomerang... Un vrai beau regard qui avait vraiment l'air de le voir. Même qu'il a failli lui demander si elle le trouvait beau. Mais c'était trop tôt. Il commençait à piger deux trois trucs.

Quand chacun y met du sien, l'herbe est verte partout.

Le lendemain, ça allait mieux. Il a pu la détacher. De toute façon il la laissait jamais seule. Elle a même mangé les haricots blancs. Elle les a vomis après, mais elle avait fait l'effort. Il espérait que ce n'était pas une petite nature.

Pour la distraire, il lui a raconté l'histoire de Paul, l'ancien mineur qui avait viré pochetron sans l'aide de sa femme qui l'avait laissé tomber, à quoi ça servait de se marier. Il lui a même fait un clin d'œil pour qu'elle comprenne l'allusion. Qu'elle se fasse pas d'idées. Lui, le mariage, il avait vu les dégâts, merci, sans lui.

Il se disait qu'à force de parler, la conversation démarrerait. Il refusait de céder à la déception. Déjà il était plus seul. Il avait plein de choses à s'occuper. L'avenir agitait ses grelots... Mais quand même, la grosse, grosse déception, c'est qu'elle était de moins en moins belle.

Sans compter qu'elle le privait des plaisirs du dimanche, que la pluie, c'était pas tous les jours et que la conversation à un tout seul, merci, il avait pas besoin d'elle pour ça. Alors si, en plus, la beauté vue de près disparaissait.

Ça le travaillait salement. Il sentait monter l'énervement qui est bon pour personne. Il l'a rattachée par précaution et il a marché un peu pour tuer l'énervement et réfléchir, ce qui est difficile quand quelqu'un vous regarde tout le temps d'un regard illisible.

Finalement, il a décidé que la beauté de Juliette était le problème de Juliette, pas le sien et que le mieux serait de la mettre face à ses responsabilités.

Il est rentré dans la caravane, remonté à bloc, il l'a même pas détachée pour pas avoir le temps de changer d'avis et il lui a annoncé qu'il y avait un problème, elle était presque plus belle et que faire ?

Elle a baissé les yeux. Elle a respiré fort avant de donner sa réponse d'une petite voix triste. Il fallait qu'elle nage. C'était ça le problème.

Elle a sursauté quand il s'est donné un grand coup sur la tête mais c'était juste qu'il s'en voulait de pas y avoir pensé plus tôt.

Il a pesé les risques et décidé que le mieux, c'était

la nuit, sûr qu'il y aurait personne sur la plage. Ils seraient tranquilles.

Bon, pas la nuit noire parce qu'il voulait voir quand même mais disons l'aube.

Elle était déjà un peu plus belle avec son regard impatient sans la tristesse.

Elle a proposé de ramasser du petit bois pour faire un feu pour chauffer la boîte de soupe. Ça aussi il aurait pu y penser. Mais c'était la nature, ils étaient complémentaires. Les femmes savent tenir la maison. Désormais tout irait bien.

Ils sont partis à pied dans la nuit puisque la voiture était à la décharge. Elle avait remis ses vêtements du dimanche, il portait sa serviette. Il caillait un peu beaucoup mais elle lui a rappelé qu'elle était pas frileuse. C'était gentil, encore une complicité entre eux.

Elle a continué la conversation :

« C'est désert par ici.

– C'est pas beau mais c'est tranquille. On peut pas dire. »

Une bonne heure de marche quand même sans qu'elle ait l'air fatiguée.

Il a pu observer de près comment elle se déshabillait avec le maillot en dessous. Il lui a même demandé de se baisser comme pour ramasser sa serviette. Avec le maillot sec, c'était pas pareil.

En tout cas, elle l'a fait. Elle toussait un peu mais elle a dit que c'était rien.

Il a marché avec elle jusqu'au bord de l'eau et il l'a regardée plonger comme un petit dauphin doré et c'était beau. Il était content.

Elle a nagé vite pour se réchauffer, elle a nagé loin et il lui a lancé pour blaguer :

« Faut un passeport, pour l'Amérique. »

Et puis il a attendu sans s'ennuyer. Le jour se levait.

La lumière gagnait et rien n'aurait pu l'éteindre. Il lisait son avenir dans le ciel.

Même sans montre, il a fini par s'inquiéter. Jamais elle ne s'était baignée aussi longtemps. Il s'est hissé sur la pointe des pieds pour voir loin et elle n'était plus qu'un petit point qui nageait parallèle aux vagues.

Et tout à coup il a compris la trahison. Elle ne revenait pas. Il a appelé pour en avoir le cœur net. « Juliette ! » Le vent a attrapé son cri et le lui a renvoyé en pleine figure. Il a failli tomber.

L'espoir est revenu sur la pointe des pieds comme s'il avait peur de se faire jeter. Et si elle attendait... Si elle attendait qu'il la rejoigne. Comme s'il devait franchir l'obstacle de sa peur pour gagner la beauté.

Après tout, si les poissons pouvaient nager, bêtes comme ils étaient, pourquoi pas lui ? Et pour pas que l'espoir ait le temps de partir, il s'est vite déshabillé. Au premier contact de ses orteils avec l'océan, il a reculé fissa.

Il a regardé vers elle mais au lieu d'elle, il a vu la mer. On ne sait jamais où elle s'arrête la mer. Longueur, largeur et profondeur. La seule certitude c'est qu'elle est un vide sans fond et plein d'eau, ce qui représente beaucoup de dangers à la fois.

Puis il s'est dit, si elle peut y arriver, moi aussi. Et il s'est jeté à l'eau. Déjà là il a cru mourir, son cœur pris en tenaille, la bouche coincée ouverte par l'air durci en glaçon de la gorge aux joues écartelées. Rien qui entre, rien qui sort. Sauf l'eau qui s'engouffre soudain, un grand rouleau salé suffocant. Tu boiras l'océan jusqu'à la lie.

Il a fait des bonds vers le ciel en agitant les bras et puis il a replongé et, comme les chiens, a secoué tout ce qu'il pouvait dans tous les sens. Il a réussi à maintenir la tête hors de l'eau.

Le courant l'entraînait vers le rivage. Il s'est dit, c'est juste une barrière à franchir, après il m'entraînera vers elle. C'est forcé. Et il a mis toute son énergie à avancer contre.

Elle était toujours aussi loin et, quand une vague l'a retourné, il a vu que le rivage aussi était loin et lui, entre les deux. Panique. Il a cherché le sol du pied et il s'est senti couler alors vite il a remonté les jambes et aussitôt piqué du nez. Son père le tenait immergé dans une cuvette de glaçons. Il s'est débattu. C'était impossible. Il n'y arriverait jamais. Il a voulu reprendre un peu d'air et il a pris la mer, toute la mer. Il avait plongé dans son cauchemar, tête la première. Sa dernière pensée fut qu'il allait se réveiller.

Juliette Manzoni le regarda se noyer sans bouger un orteil. Elle commençait à avoir des crampes. Elle crut ne pas pouvoir tenir le temps qu'il mit à mourir.

Quand tout mouvement cessa à la surface de l'eau, malgré son épuisement, elle s'obligea à un grand détour pour regagner le rivage. La fatigue alourdissait ses membres, la terreur les engourdissait. Des tentacules s'enroulèrent autour de ses jambes, le vide l'aspira, de longs doigts glacés lui agrippaient la peau et tiraient vers le bas. Ses mains affolées claquaient l'eau, s'y brûlaient. Elle le repoussa de toutes ses forces. Il n'avait pas renoncé. Il ne renoncerait jamais.

Un joggeur la trouva deux heures plus tard, à plat ventre sur le sable humide. Il eut la peur de sa vie. Mais elle n'était pas morte. Pas vraiment.

Sur les conseils d'un psychologue, elle a essayé de vaincre sa phobie dans un bassin pour enfants et découvert que les noyés ont les moyens de troubler l'eau la moins profonde, l'eau la plus transparente, la plus innocente comme la plus coupable.

Ses collègues ont organisé une fête avec des banderoles célébrant son retour d'Amérique et elle a fondu en larmes. Elle avait pourtant de l'humour avant. Ils ont essayé d'être patients et compréhensifs mais se sont lassés devant son manque de coopération.

Son fiancé était fier d'elle au début. Elle avait été astucieuse et courageuse. Il a fini par se lasser de s'entendre répéter qu'il ne pouvait pas comprendre.

Elle-même n'est pas sûre de comprendre. Elle a fait des recherches sur la vie de Jonas Beller. Elle a appris qu'il avait été retiré à ses parents à l'âge de sept ans, confié à des familles d'accueil qui ne le gardaient jamais longtemps. Il n'était pas méchant pourtant, ni violent, mais asocial, buté. Elle a rencontré Paul qui n'a pas pu lui raconter grand-chose. Même sobre, il affirme qu'ils se connaissaient à peine.

Elle sort de moins en moins, ne regarde plus la télévision.

Souvent, assise dans son fauteuil, le soir, elle réécrit sa rencontre avec Jonas. Dans l'histoire qu'elle invente, il ne lui fait pas peur. Elle lui donne rendez-vous le dimanche suivant. Quelquefois, elle partage son thermos de café avec lui et ils font la conversation. Un dimanche où il ne vient pas, elle part à sa recherche et, comme il est mal fichu, elle le soigne et, le dimanche suivant, elle lui apporte une bonbonne de gaz. Il est discret. Il ne l'appelle jamais chez elle ou au bureau. Comme il lui dit toujours : « Avec vous, on n'est jamais à court de conversation. » Il est parfois agaçant avec ses sautes d'humeur. Ses bouderies. Chaque fois qu'il la voit, il semble étonné et ravi. Contrairement au reste du monde, jamais il ne se lassera d'elle. Avec le temps, elle a fini par s'en faire un véritable ami.

Fenêtre sur rue

Le commandant de police Pierre Mainal venait de terminer la lecture du rapport signé par Daphné. Il fixait le mur lézardé couleur d'hôpital à trois mètres de son bureau mais, sur l'écran blanc d'une journée pas plus noire que les autres, c'est le film de la matinée dont il venait de parcourir le résumé factuel qui se déroulait.

Le style des deux pages imprimées évoquait bien leur auteur, incolore et sans saveur. L'imagination de Mainal saurait y remédier.

Le décor lui était familier. Le quartier des Prairies, décrit par les journaux comme difficile et dangereux, était une cité HLM ni particulièrement difficile ni particulièrement dangereuse. Graffitis incluant quelques tags dignes de ce nom, pannes d'ascenseur dans des limites raisonnables, population sans minorités à prétention majoritaire, confrontée aux mêmes querelles de voisinage que toutes les communautés humaines, taux de chômage flirtant avec les 10 % et absence criante d'équipements sportifs.

De même, il se figura sans mal l'appel à Police secours par Mme Poquet, institutrice à la retraite, que les bruits d'une violente dispute chez le couple à l'étage au-dessous avaient fini par alarmer, au cinquième gauche exactement, les invectives, elle-même étant au sixième, elle aurait préféré être au premier ou au deuxième rapport à l'ascenseur qui marchait un jour férié sur cinq mais, en même temps, pour la lumière, c'était quand même mieux, il fallait savoir faire des choix dans la vie et on ne pouvait pas avoir le beurre, l'argent du beurre et le porte-monnaie de la crémière, certains jeunes du quartier feraient bien de s'en souvenir.

Mainal connaissait Rose Poquet, membre actif de bon nombre d'associations dont elle avait initié la plupart, parmi lesquelles une association de tricoteuses et une autre de jeunes grands-mères qui n'avait jamais vraiment décollé mais bon... ainsi va la vie, spécialement celle de Rose Poquet, dans son inexorable avancée vers un mieux qui ne serait jamais l'ennemi du bien. La vieille dame s'inquiétait surtout à cause du bébé qui hurlait fort, ce qui n'était pas habituel, il faut dire qu'avec l'abus de tétines les parents se la coulent douce de nos jours, sans se poser de questions, excusez du peu.

Quand le malheureux planton avait réussi à raccrocher, Daphné et Tonio étaient partis sur les lieux pour une intervention de routine, cellule de dégrisement à la clé et refus de porter plainte à l'arrivée, en dépit des sages conseils de policiers qui en avaient assez de retrouver des cadavres de femmes définitivement muettes pour l'avoir trop été de leur vivant.

Ils s'étaient garés sur le parking à usage de jardin public, terrain de foot, salle de réunion, bar en plein air, et néanmoins désert à cette heure de la matinée. Ils étaient descendus de voiture d'un même élan, synchrones à force. En dépit de sa variété tant vantée en période de recrutement, le métier de policier est routinier et répétitif. Daphné et Tonio, synchrones comme des gymnastes, avaient donc refermé leurs deux portières en un seul claquement, repéré simultanément la bonne cage d'escalier, la C indiquée par Mme Poquet, confirmé leur accord par un hochement de tête identique avant d'immobiliser leurs visages le temps d'un soupir pour marquer leur perception du silence inattendu... Ils avaient donc été également synchrones dans leur perception d'un objet lourd tombant à la verticale, un paquet apparemment enveloppé de linges, qui rebondissait sur un toit de voiture, avant de rouler jusqu'au bord de la calandre, où il s'était enfin arrêté. Les deux lieutenants de police avaient alors refait le parcours à l'envers, leur regard remontant la façade, comptant silencieusement mais forcément à l'unisson jusqu'à cinq, oui, la seule fenêtre largement ouverte était au cinquième, escalier C.

Aussi fugitive qu'ait été leur vision, aussi rapide qu'ait été la chute, quelque chose dut les alerter, la taille de l'objet, sa couleur claire, son aspect curieusement familier, car ils coururent, sans concertation préalable, d'une même foulée, jusqu'à la voiture, une Fiat Uno ıouge déglinguée.

Tonio avait battu Daphné d'une semelle, retenu son souffle bruyamment et saisi le paquet, chair rebondie, couche-culotte de traviole, brassière blanc sale, yeux clos, bras flasques, les jambes trop potelées pour une quelconque raideur, oui, un bébé, six mois à tout casser, comme avait dit Tonio aux collègues de retour au poste, histoire de rire un coup, comme il fallait bien tenter de le faire, jour après jour, saloperie après saloperie, pour conjurer le chagrin et la colère.

Daphné, qui n'est pas une sentimentale, toujours ce manque d'imagination, frein inéluctable à ses espoirs de promotion, avait quand même dû blêmir à la vue du petit cadavre. Tonio, garçon sensible sous ses allures de loubard, avait dû relever la tête, son regard habituellement précis évoquant soudain l'infini sidérant de tous les univers où le nôtre s'abîme.

Mainal se persuada même que les larmes avaient dû s'amasser derrière les globes oculaires, retenues à grand-peine jusqu'à ce que Tonio s'exclame, incrédule :

– Je crois qu'il est vivant !

Daphné et Tonio étaient des professionnels. À peine la phrase prononcée, Daphné était déjà dans le hall de l'immeuble et Tonio raccrochait après avoir réclamé une ambulance en urgence, gardant le corps inerte au creux du coude, n'osant ni bouger ni déposer l'enfant, guettant impatiemment la sirène qui lui permettrait d'entrer en action, évitant ainsi le tourniquet incessant des vaines questions : un bébé, par la fenêtre, qui, pourquoi, comment peut-on et tout cela trouvera-t-il, un jour, éventuellement, du sens...

L'ascenseur ne marchait pas et, si Daphné avait été capable de raisonnement à ce stade, elle s'en serait sans doute réjouie car sa rage commença de s'exprimer dans l'urgence de sa course, enjambée après enjambée, qui la mena en un temps record au cinquième étage. L'étiquette, au-dessus de la sonnette, en grosses lettres manuscrites et majuscules, indiquait Denis et Liliane Robert. Elle sonna sans obtenir de réponse, n'hésita pas longtemps. Ce ne serait pas la première porte des Prairies qu'elle enfoncerait. Elle sut doser exactement le recul nécessaire qui, associé à la puissance du coup de pied, effectivement força la serrure à bâiller légèrement, permettant au loquet de se déboîter.

Daphné se trouvait maintenant dans la minuscule entrée-couloir qui ouvrait sur le living et elle put englober toute l'image d'un seul coup d'œil. Devant elle, exactement dans l'axe de la porte, la fenêtre fatale grande ouverte et, de part et d'autre, semblables à deux acteurs posés par un metteur en scène incapable d'inventer midi à quatorze heures, un homme à droite, une femme à gauche, dans un vis-à-vis égaré, bras ballants, lui, grand, maigre, petites lunettes cerclées d'acier d'intellectuel d'autrefois, en pyjama froissé, et elle, grande aussi, maigre aussi, mais le visage rond, les yeux, le nez, la bouche, tout dessiné en rond, ses cheveux frisottés dans une mise en plis de vieille, un manteau entrouvert sur une robe-chemisier en lainage, chaussures plates.

L'arrivée bruyante, intempestive de Daphné les fit pivoter, d'un mouvement simultané, eux aussi comme deux partenaires chevronnés, et chacun s'écria avec la même conviction :

– C'est elle !

– C'est lui !

Et de leurs deux bras tendus, index pointé l'un vers l'autre, ils se désignèrent mutuellement à la vindicte policière : c'est pas moi, c'est l'autre.

Intérieurement, Daphné, telle que la connaissait Mainal, dut soupirer. Elle aimait les histoires simples.

Après leur accusation véhémente et contradictoire, l'homme s'effondra en sanglots désespérés tandis que la femme, d'une voix blanche, au-delà ou en deçà de l'émotion, lâchait comme autant de petits missiles attirés par leur cible que... quel salaud, quel hypocrite, espèce d'assassin, et puisque l'enfant n'était même pas de lui, s'il fallait en croire sa parano, qu'est-ce qu'il avait à pleurer maintenant ? Hypocrite, salaud, assassin...

Daphné envoya l'homme s'habiller et elle embarqua le couple sans menottes. Mainal était persuadé qu'elle avait été trop dégoûtée pour supporter le moindre contact physique avec eux. Évidemment, elle s'était gardée de fournir le moindre descriptif de l'appartement.

Une fois le bébé embarqué, Tonio avait fait le tour des voisins. Un nombre étonnant d'entre eux étaient au travail, mais ceux qui étaient chez eux avaient rapporté des témoignages concordants : un couple sans histoire, un bébé soigné, choyé. C'est vrai qu'ils ne se voyaient pas beaucoup avec leurs horaires de boulot discordants mais, pour un couple, ce n'était pas la plus mauvaise solution et, le dimanche, on les voyait pousser ensemble le landau jusqu'au bois proche pour une petite promenade hygiénique. Des gens discrets qui disaient bonjour-bonsoir, polis sans plus.

Une bande de collégiens tapant dans le ballon sous les fenêtres de l'immeuble avait été dûment interrogée :

– Le bébé des Abonnés absents ?

Ils appelaient les Robert les Abonnés absents parce qu'ils ne répondaient jamais à rien, avaient-ils logiquement expliqué. Absents de la vie, quoi...

– Quelle vie ? Leur vie ? avait interrogé Tonio qui aimait la précision en toutes choses.

– La leur et celle des autres. Ils n'étaient pas vraiment là.

Et, sans plus se démonter, ils avaient expliqué leur propre absence du collège ce matin-là par une inexplicable épidémie de rhume bronchitique. Tonio, qui n'avait pas d'enfant, estima que c'était le problème des parents, pas le sien, et continua sa tournée sans obtenir d'information cruciale.

À l'hôpital où travaillait Liliane, on n'eut que des compliments à faire concernant son travail d'infirmière. Douce, gentille, efficace, elle ne rechignait à aucune tâche. Manquant peut-être un peu d'initiative mais, après tout, elle n'était pas médecin. Respectueuse de la hiérarchie, soumise, avait expliqué une collègue. On ne savait pas grand-chose d'elle. Pas d'amie particulière. Personne ne la fréquentait en dehors du service. Elle déjeunait seule, d'un sandwich préparé à la maison. Elle parlait strictement boulot. On la savait mariée, mère de famille, mais elle n'évoquait jamais sa vie privée, ne semblait même pas avoir d'avis sur les programmes de télévision.

À l'hôtel où Denis travaillait comme veilleur de nuit, ses employeurs furent moins diserts encore. Denis Robert était ponctuel. Il avait toujours un livre en poche. Un intellectuel. Il ne profitait pas de la télévision mise à sa disposition. Il parlait anglais et espagnol, et savait faire face à l'imprévu, une qualité essentielle dans ses fonctions. Beaucoup de sang-froid. À peine s'étonnait-on que cet homme clairement intelligent n'ait pas eu plus d'ambition. À l'intérieur même de l'hôtel, il aurait pu viser un autre poste, espérer une promotion. C'était un trois-étoiles d'une chaîne internationale où l'avenir pouvait être radieux pour qui osait considérer la réussite en face.

Les deux prévenus avaient été interrogés séparément, les interrogatoires filmés à la demande de Mainal.

Le commandant décida de visionner d'abord le face-à-face entre Daphné et Denis Robert. Il sourit, persuadé que Daphné avait choisi l'homme par souci d'impartialité. Sa rigueur morale frôlait la rigidité. Elle était capable d'utiliser un langage ordurier, levait le coude en stakhanoviste du comptoir, soir après soir, mais, typiquement, ne se serait pas fait confiance pour affronter une mère infanticide avec l'impartialité nécessaire, même par défaut. Elle dut insister pour que Denis s'assoie enfin. Il faisait les cent pas, sans nervosité mais avec intensité, comme s'il essayait de résoudre un problème complexe. Il avait un physique parfaitement oubliable. Un individu qui ne s'imprime pas dans la mémoire. Son seul trait distinctif était sa pomme d'Adam protubérante, le genre d'exagération de la nature que tout le monde évite de regarder, mais à laquelle l'œil retourne sans cesse.

Denis Robert essuyait régulièrement ses lunettes, son visage encore chiffonné de sommeil, ses cheveux hirsutes. Le visage long, bouche fine, nez fin s'élargissant aux narines, joues creusées, oreilles un peu décollées, ne manifestait aucune émotion particulière. Juste l'étonnement commun aux citoyens confrontés pour la première fois au rituel de l'interrogatoire : comment me suis-je retrouvé ici ?

Il avait enfilé ses vêtements, rapidement semblait-il, puisqu'il portait un jean en velours côtelé un peu froissé et un sweat enfilé devant derrière, des baskets sans chaussettes.

Il avait trente-deux ans. Orphelin à seize ans, autodidacte, solitaire, timide, il avait toujours choisi des emplois où le contact avec les autres était réduit au minimum. Pas misanthrope, non, sauvage. Il n'aimait pas les hommes parce que les hommes ne l'aimaient pas. La formulation lui semblait juste. Mais ce n'était pas une souffrance, en aucun cas une souffrance. Juste la réalité.

L'unique désir, l'unique ambition qu'il se soit jamais autorisée, c'était la paternité. Il n'aurait pas su dire pourquoi. Sinon que seul un enfant lui paraissait pouvoir donner un sens, une direction, plutôt, à son existence, le sauver du désespoir absurde.

Il s'exprimait vraiment comme ça. C'est-à-dire qu'il répondait à des questions factuelles par un commentaire abstrait.

Un enfant lui semblait la bonne manière de réparer l'injustice de la mort de ses parents, disparus ensemble dans un accident de voiture sur le périphérique quand un camion avait raté un virage et s'était mis en travers de leur route, de la sienne aussi alors, bien sûr.

Il avait hérité de l'appartement où ils habitaient,

une clause de l'assurance stipulant qu'en cas de décès des contractants les remboursements ne seraient pas exigés. Il avait obtenu l'émancipation, renoncé aux études supérieures que ses résultats scolaires lui auraient permis d'envisager et avait été successivement coursier, manutentionnaire, mécanicien occasionnel, trieur chez un chiffonnier, jusqu'à ce qu'il se paie des cours de langues et trouve enfin son éden personnel avec ce poste de veilleur de nuit à l'hôtel Beaumarchais.

Il avait connu peu de femmes.

À partir de ces quelques mots, Mainal imagina la prostituée le besognant en un temps record et le félicitant de sa prouesse, le genre de clients comme elle aurait aimé en avoir plus souvent.

Puis, souvenir personnel du commandant qu'il était prêt à projeter sur tous ceux qu'il aurait pu être, à un ou deux embranchements de la vie près : la femme mûre l'empoignant dans un recoin sombre après le bal et lui enjoignant brutalement de remuer le cul, histoire de lui procurer quelques sensations. Et lui, embarrassé, rouge, défait par avance, gigotant en soubresauts désordonnés, cachant sa honte derrière un mépris feint. Le problème de Denis, c'est qu'il avait arrêté là son apprentissage amoureux.

Mainal reconnut que l'adjectif « amoureux » était sorti de son lexique personnel puisque Denis Robert ne prononça pas un seul mot susceptible d'évoquer ce sentiment particulier et universel.

Il y a des limites à l'identification. Au sortir de cette étrange empoignade à but sexuel, l'adolescent Mainal, honteux et confus, jura qu'on ne l'y prendrait plus. Il poursuivit son apprentissage pas à pas, si l'on peut dire, se tapant les préliminaires de la séduction quitte à se faire jeter parfois et découvrant, comme un grand, que caresses et plaisir ne sont que la concrétisation du mystérieux tissage qui lie soudain deux individus curieux. Et un jour, il put nommer « amour » cette étoffe délicate. Son seul problème était qu'une fois le motif trouvé, il se lassait et essayait d'autres matériaux. Mais était-ce vraiment un problème ?

Gravement rationnel, Denis Robert, lui, décida un jour de dresser la liste de ses qualités et de ses défauts : sérieux, fiable, régulier, non fumeur, sobre, en bonne santé, intelligent, cultivé. Aimant la musique, les requiems surtout, marchant beaucoup, en forêt surtout, pas très bavard, grand et mince, pas de caractéristique notable.

Sans douter une seconde de voir aboutir sa démarche, il se présenta alors dans une agence matrimoniale, où « une jeune infirmière paisible, discrète, timide, souhaitait rencontrer un jeune homme sérieux pour bâtir une famille ».

Ils se rencontrèrent dans un café, décidèrent que leurs emplois du temps inversés leur permettraient de s'occuper, à tour de rôle, dans une parfaite harmonie, de l'enfant conjointement souhaité.

Il vendit l'appartement de ses parents afin d'ouvrir, à l'enfant pas encore conçu, un compte en banque, qui lui assurerait un avenir grâce aux études supérieures qu'il ferait, en quelque sorte, à la place de son père.

Le temps de publier les bans, Denis et Liliane se marièrent, s'installèrent aux Prairies, s'appliquèrent à des rapports sexuels quotidiens jusqu'à ce que le test de grossesse mensuel vire à la bonne couleur. Événement qu'ils allèrent fêter au restaurant avec une bouteille de champagne.

À ce stade de son récit, Denis Robert se prit la tête entre les mains et resta longtemps silencieux, comme pour préserver ce moment de grâce de leurs deux existences. Quand il reprit la parole, ce fut pour annoncer :

– J'ai compris alors qui j'avais épousé.

Mainal devina le froid frisson qui raidit l'échine de Daphné. En disant cela, Denis Robert semblait avoir descendu un rideau de fer devant son visage. Regard vidé, lèvres serrées en un trait mince et cruel. Une tête de psychopathe, ne put s'empêcher de songer Mainal. Absence totale d'affect.

Denis consentit à développer sa remarque laconique.

La grossesse, selon lui, était une forme de maladie. Il fallait être prudent, faire passer l'enfant avant ses plaisirs, avant même ses devoirs. Or, Liliane avait continué de travailler dans ce nid à virus qu'est l'hôpital. Elle avait certes diminué sa consommation de cigarettes mais sans totalement arrêter. Il avait semblé à Denis Robert qu'elle cherchait malicieusement, par avance, à handicaper l'enfant.

Lui s'était montré patient, gentil. Son salaire leur aurait largement suffi. Leurs besoins n'étaient pas dispendieux, leurs loisirs réduits à l'écoute de France Musique et aux promenades en forêt. Elle lui avait semblé obéissante et raisonnable. Elle s'était soudain montrée têtue, intraitable. Son attachement à son travail s'était révélé quasi pathologique. Elle revendiquait une indépendance d'autant plus absurde qu'ils s'étaient tout de même mariés en bonne et due forme.

C'était sans cesse, et avant tout, elle, sa vie, son moi, moi, moi, et, avant même de voir le jour, l'enfant n'avait déjà plus qu'une place relative.

– Alors qu'il était pour moi, déjà, un absolu. Irréconciliables. Nos positions étaient irréconciliables. Mais l'enfant était là. Il grandissait déjà en elle. Il n'y avait pas de retour possible.

Les choses avaient été de mal en pis. Ils restaient des semaines sans s'adresser la parole, chacun muré dans un sentiment d'injustice inexprimable. Il l'accompagnait en père de devoir lors de ses visites à l'hôpital, il avait assisté à chaque échographie. Il allait jusqu'au marché biologique pour s'assurer que l'enfant, à travers elle, serait nourri de légumes sains, de produits frais.

Il avait fait des efforts surhumains pour rétablir la communication. Il avait accepté de reprendre les rapports sexuels, bien que peu convaincu que l'effet n'en serait pas traumatisant pour l'enfant. Il redoutait, pardessus tout, les stigmates du malheur maternel sur le bébé en gestation. Il s'efforça de deviner le comportement que Liliane attendait de lui et mima les gestes, les paroles, les attentions d'un tendre amoureux dévoué.

Les jours d'angoisse, il pensait à ce ventre gonflé de vie et se disait que, une fois l'enfant né, la vie se réglerait selon ses volontés. Enfin.

La naissance avait été magnifique. L'enfant, né à terme, était parfait, ainsi qu'il l'avait vérifié dix fois, comptant et recomptant les doigts de pied et de mains. La fatigue de l'accouchement avait adouci Liliane qui s'était émue en découvrant cette petite vie posée au travers des grandes mains de son mari. Mais il devait à la vérité de dire qu'il avait été soulagé quand le congé maternité de Liliane s'était terminé.

Sur un point seulement ils avaient toujours été d'accord : l'allaitement. Elle ne souhaitait pas nourrir l'enfant et, comme il désirait être aussi un père nourricier, il était un farouche partisan du biberon.

Pour le reste...

Il pensait que l'enfant devait être nourri à intervalles réguliers. Elle prônait le biberon à la demande. Si l'enfant dormait, qu'il dorme ! Une femme de désordre. Et elle ne le changeait qu'après le biberon, si bien qu'il retrouvait souvent l'enfant les fesses rouges et meurtries. Elle s'adressait à lui en bêtifiant, ânonnant des onomatopées quand il s'était astreint, dès la naissance, à la discipline d'un langage organisé qui préparerait le cerveau de l'enfant à une acquisition du savoir plus efficace. Elle ne le couvrait pas assez pour les sorties, jouait avec son zizi sous prétexte de le changer, n'hésitait pas à lui donner son doigt à sucer quand il pleurait et, d'une manière générale, s'évertuait à créer un rapport sensuel avec cet enfant, qui l'excluait, lui, le père, forcément plus distant et plus autoritaire.

En même temps, elle était incroyablement maladroite. Une infirmière, en plus ! Combien de fois avait-elle mal collé la couche-culotte, s'énervant, recommençant, fébrile, et finissant par arracher la languette à force de violence. Elle laissait l'enfant pleurer pour s'endormir, jusqu'à plus soif, disant qu'il devait s'habituer, et insultait son mari quand il se relevait pour prendre l'enfant dans ses bras et le mettre dans leur lit où il se rendormait, apaisé contre son flanc.

– Je le rassurais. Elle lui faisait peur. Avec moi, il ne pleurait presque jamais parce qu'il savait à quoi s'attendre. Ou alors il avait une bonne raison. Elle était trop impulsive, trop irrégulière. Elle l'affolait. Elle le rendait nerveux, inquiet. Je savais quoi penser. J'ai lu tous les livres. Elle, aucun. Elle disait que la vie ne s'apprend pas dans les livres. Je vous le demande : où, alors ?

Mainal s'attarda sur cette question sincère que Denis accompagna d'un regard également interrogateur. Il semblait vraiment espérer une réponse.

Où s'apprend la vie ?

Sacrée question, songea Mainal.

Denis, orphelin, n'avait pas vécu assez longtemps avec ses géniteurs pour en obtenir au moins des indices sur l'apprentissage du petit d'homme. Mainal savait, d'expérience, que les parents ne sont pas seuls à pratiquer cet enseignement hors de prix, hors école. Encore faut-il faire les bonnes rencontres. Il avait déjà été confronté à des orphelins auxquels un étranger avait su transmettre ne serait-ce qu'un seul de ces outils invisibles mais essentiels à la vie. Apparemment, pour Denis, il n'y avait pas eu de transmission. Par personne. Ses parents avaient dû être occupés ailleurs.

Peut-être avaient-ils confié le garçonnet encombrant à un grand-parent, à une nourrice indifférente, avant de s'effacer pour de bon...

À la place de Daphné, Mainal aurait persisté autour de ce thème. Il aurait gratté le passé, tenté de comprendre où avait commencé la perte. La perte de quoi, d'ailleurs ? La perte d'humanité ? L'abonné absent. Absent aux autres ?

À la place de Daphné, Mainal aurait perdu un temps précieux dans un boulot où on en manque en permanence. C'était donc très bien ainsi.

Et Daphné, songeant sans doute aux rapports à remplir, aux collègues débordés, arriva vite à la question centrale :

– Et ce matin, qu'est-ce qu'il s'est passé ?

– Ce matin, rien ne s'est passé comme d'habitude.

Me voilà rassuré, pensa Mainal, ils ne s'amusaient pas à balancer leur bébé par la fenêtre chaque matin. Il ne ricana même pas. Il s'étonnait lui-même d'une vague envie de pleurer, peu familière.

Donc, rien ne s'était passé comme d'habitude. La nuit à l'hôtel d'abord, pendant laquelle Denis Robert n'avait pas fermé l'œil, entre les arrivées tardives, un client malade, un autre insomniaque et bavard. Il n'avait pu ni lire ni dormir. Si bien que, une fois rentré, il n'avait pas assumé le relais immédiatement mais avait exceptionnellement laissé l'enfant entre les mains de sa mère. Un biberon à donner et elle le recouchait.

Denis s'était déshabillé et enfoui entre les draps encore tièdes du corps de Liliane.

Était-il dégoûté chaque matin de retrouver la chaleur animale, les odeurs de nuit déposées par sa femme ? Il avait déjà réussi à éviter le contact physique en transformant ses jours en nuits et inversement, était-ce suffisant ?

Mainal ferma les yeux, écoutant toujours, se reposant de l'image qui l'entraînait à chercher, derrière les traits indécis de l'adulte, l'enfant insatisfait.

Denis croyait se rappeler qu'il s'était endormi tout de suite, épuisé, comme une masse. Il s'était endormi comme on meurt, absent de tout.

Mainal rouvrit les yeux à force de silence.

Denis fixait, cette fois, la caméra, regard intérieur, regard aveugle, et, quand il reprit la parole, c'est à Mainal, par le truchement de la caméra, qu'il s'adressa :

– Tout est de ma faute. Si j'avais rempli mon rôle comme d'habitude, rien ne serait arrivé.

Mainal le soupçonna fugitivement de leur jouer la comédie. Un grand classique : s'accuser d'une responsabilité pour mieux démontrer qu'on n'est pas coupable. Et puis, cette sincérité appuyée, ce charme fait à la caméra, c'était du domaine de l'acteur, rien à voir avec la sincérité de l'innocent perdu.

Les pleurs de l'enfant l'avaient tiré de ce sommeil de brute, expliqua Denis. C'est affreux, d'être tiré d'un sommeil profond. Une violence inouïe, épuisante.

Il s'était levé, le pas incertain, pour aller jusqu'au

living où Liliane, passive, le bébé entre les bras, s'était contentée d'annoncer que l'enfant refusait son biberon. Un biberon qu'elle avait sans doute laissé dans la cuisine, puisque Denis ne le vit nulle part.

– J'étais fatigué, épuisé, à bout de nerfs. Je lui ai dit des choses dures que je pensais.

Des choses dures en effet : qu'elle n'était ni épouse ni mère, qu'elle n'avait été bonne qu'à mettre bas comme une pouliche aux flancs larges, qu'elle avait rempli sa fonction et que maintenant, décidément, on pouvait se passer d'elle.

Il faisait chaud. L'enfant, toujours l'enfant. Jamais de fenêtre ouverte. Il faut éviter les courants d'air. Les bébés s'enrhument si facilement, à cet âge.

Du coup, les adultes étouffent, comme les enfants. L'air n'est pas renouvelé. Le monde extérieur n'existe plus. Misère, pensa Mainal.

Donc, la fenêtre fermée sans bonne raison et tout le monde crève de chaud, donc les esprits s'échauffent, avec les conséquences qu'on a vues.

Denis avait saisi l'enfant pour l'emmener dans la cuisine.

– Elle a perdu tout sang-froid, me demandant qui c'était. Qui ? Elle voulait savoir qui c'était. Une vraie crise de folie, une scène d'hystérie comme elle m'en faisait régulièrement, expliqua-t-il. Jalousie maladive qui la persuadait que je couchais avec les clientes de l'hôtel, avec la voisine du deuxième, avec le chauffeur de bus. Ce n'est pas comme si nous avions été amoureux. Nous avions un arrangement, je n'ai jamais fait semblant d'autre chose, je ne lui ai jamais promis davantage. J'ai refusé de lui répondre. Je déteste les disputes. J'avais brièvement perdu mon sang-froid mais, maintenant, je contrôlais la situation.

Elle s'était mise en travers de son chemin. Elle éructait : qu'est-ce qu'il s'imaginait ? Il avait raison, l'enfant n'était pas de lui. L'enfant était à elle et à elle seule. Elle ne le laisserait pas une seconde de plus entre les mains de cet homme froid, de cet homme malade qui n'avait même pas été foutu de l'engrosser.

Mainal avait-il bien vu la petite étincelle de plaisir sadique danser dans ses yeux ? Denis Robert répéta deux fois, avec satisfaction, qu'il n'avait rien répondu. Le flegme incarné, il l'avait laissée vociférer dans le vide. Comme si elle n'était pas là. Même pas l'aumône d'un regard. Son silence, comme prévu, avait redoublé la rage de Liliane.

Elle lui avait arraché l'enfant des bras, toujours hurlant, l'enfant et elle au diapason désormais, et elle avait dit :

– Parle-moi au moins, réponds-moi. Insulte-moi, si tu veux, mais je suis là. JE SUIS LÀ. Si tu ne me parles pas, je le jette par la fenêtre et moi derrière.

C'est un petit tour que Denis Robert maîtrisait parfaitement, semblait-il : faire disparaître l'autre. Elle n'avait plus aucune existence pour lui, de toute façon. Il pensa tranquillement que, cette fois, c'était décidé, il arrêtait les frais. Ils devaient se séparer, la situation était clairement intenable. Voilà.

Mainal perçut l'incrédulité dans la voix de Daphné face à ce « voilà » comme un point final.

– Qu'est-ce qu'elle a fait alors ?

– Alors ? Elle est allée à la fenêtre et elle l'a lâché dans le vide.

– Et vous ?

– Ce n'était pas réel. Je n'y ai pas cru. C'était impossible. Quand elle s'est retournée, elle avait les mains vides là où quelques secondes auparavant... J'ai pensé que j'avais rêvé. Elle l'avait recouché. Avant. J'avais dû oublier. Je me souviens juste avoir pesé dix tonnes, incapable de lever un pied, de bouger. On s'est regardés. Elle triomphait.

– Elle triomphait ?

– C'était le seul endroit où elle pouvait me toucher. Mon talon d'Achille. L'enfant était sa seule arme contre moi. Elle l'a tué pour me punir.

Son visage détendu, presque perplexe, flotta dans le silence.

Daphné s'éclaircit la gorge, à bout de mots.

On aurait dit, à regarder la bande, que quelqu'un avait appuyé sur le bouton d'arrêt. La poitrine de Denis continuait de se soulever légèrement, on entendait, au-delà des murs, la rumeur du commissariat et pourtant rien ne bougeait plus dans la salle d'interrogatoire, le temps était arrêté.

Puis on frappa à la porte et tout se remit en mouvement. Denis tourna la tête. Alain Bélier, qui avait assisté à l'interrogatoire sans jamais intervenir, se leva, entrouvrit la porte, sortit, rentra. Mainal l'entendit chuchoter à l'oreille de Daphné, qui dit alors :

– L'enfant est vivant. Il va bien.

Elle se reprit vivement comme si elle niait l'évidente contamination : elle venait de parler de « l'enfant » et entendait, du même coup, que Denis Robert ne l'avait jamais nommé autrement.

– Votre fils est vivant. Il va rester en observation mais c'est un vrai miracle. Rien de cassé.

Le visage de Denis s'était éclairé d'un coup, comme sous l'effet d'un énorme projecteur intérieur.

– Je veux le voir. Emmenez-moi à l'hôpital. L'enfant a besoin de moi. La salope peut crever. Elle a tout perdu.

Mainal resta sonné par la sauvagerie de sa joie. La bête humaine à l'état brut.

Il arrêta le magnétoscope. Il voulait deux choses : savoir et comprendre.

Et il n'était sûr d'obtenir satisfaction sur aucun des deux points.

Il éjecta la première cassette, la remplaça par celle de Liliane, appuya fortement sur ses tempes alors qu'il n'éprouvait aucune migraine et enclencha la lecture.

Claude Adjaj s'était chargé de la femme.

Mainal arrêta l'image dès le commencement pour simplement regarder Liliane Robert. Les propos du mari en disaient plus long sur lui que sur elle. Avant de l'entendre à son tour, il voulait l'observer. Il nota d'abord le front trop plissé pour son âge, en particulier entre les sourcils qu'elle devait souvent rapprocher, exprimant ainsi son désarroi face à l'incompréhensible.

Désarmée.

Est-ce parce que Denis Robert avait parlé d'arme que cette expression lui vint spontanément ? Liliane Robert apparut à Mainal comme une personne totalement désarmée.

Avait-elle jamais eu un âge précis ? Ses traits étaient figés dans un flou incertain. Il leur manquait le relief de l'espoir ou de la nostalgie. Son œil triste était celui des vieux qui ont cessé de croire en l'avenir. Non pas triste, mais éteint. Éteint sans avoir jamais été allumé, aurait-on dit. Ce qui était impossible. Tous les enfants étincellent et rêvent.

Ses cheveux teints en noir corbeau, artificiellement frisottés, ne laissaient rien paraître de leur nature. C'est la coiffure d'Andrée, l'amie de ma mère, songea Mainal. Une coiffure comme un casque qui ne protégerait de rien sinon de la séduction.

Car, oui, poursuivit-il en lui-même face au fin visage délavé de Liliane, elle aurait dû être jolie, sauf qu'elle était comme un bouton de fleur fané avant d'avoir éclos. Et là, il rit sans joie, moqueur, car ce genre de métaphore imbécile était un symptôme de décrépitude, décida-t-il.

Son long cou, qui aurait dû lui donner un port altier, évoquait plutôt le héron égaré. Elle portait une robe informe bleu pâle sur un chemisier bordeaux boutonné jusqu'au cou. Elle respirait la souffrance par chaque pore, suintait la souffrance plutôt, la peau luisante de malheur, ses mains aux longs doigts osseux tourmentées par une agitation intérieure.

De ce désordre, pourtant, surgissait l'image d'une bonne élève, soucieuse de bien faire, d'être bien considérée, soumise, atrocement soumise.

Avant de décliner son identité, elle osa pourtant demander s'il serait possible qu'elle s'adosse au mur, quitte à s'asseoir par terre. Son dos lui faisait atrocement mal et les larmes coulèrent sur ses joues sans qu'il soit possible de savoir si c'était la situation, le drame, ou simplement ses vertèbres qui en étaient cause.

Adjaj, le plus empoté des démunis face à l'imprévu, commença par expliquer que c'était quand même embêtant, tandis que Mangin le suppliait silencieusement d'accepter. Il était impératif qu'elle se détende, relâche ses tensions. Surtout ne pas la contraindre. Denis, oui, il l'aurait enfermé dans un carcan de sévérité et de froideur mais pas elle, non. Il aurait voulu détendre jusqu'à ses pauvres boucles artificielles et dures, de laque sans doute.

Même Adjaj sut déterminer qu'elle ne jouait pas et il accepta, lui faisant promettre que, dès qu'elle le pourrait, elle réintégrerait sa place face à la table.

Oui, elle était infirmière de jour dans un service de soins palliatifs.

Pourquoi Daphné avait-elle omis ce point essentiel dans son rapport ? Mainal était furieux, comme s'il avait été victime d'un traquenard. Et cet imbécile de

Denis Robert ? N'avait-il pas, même brièvement, considéré le sens du travail de sa femme ? On n'accompagne pas les mourants impunément. On ne choisit pas d'accompagner les mourants par hasard.

Mainal se vit taper violemment du poing sur la table et se trouva ridicule, ce qui rétablit l'équilibre entre lui et lui, entre sa fonction et l'homme.

Liliane Robert continua spontanément, les joues encore humides : elle avait choisi cette spécialité, elle s'excusa du terme, parce qu'elle aimait les mourants, aimait les voir passer le cap de la révolte pour accepter et se soumettre.

Nom de Dieu, se dit Mainal.

Et puis, c'est vrai, la mort ne l'affectait pas. Du moins pas comme d'autres. Surtout depuis la naissance de l'enfant qui lui avait apporté une satisfaction tellement intime et forte, comme quelque chose d'enfin accompli. Après, on pouvait toujours mourir... Ou voir mourir... pas vrai ? Elle avait été déterminée à jouer son rôle de mère comme elle avait assuré son rôle d'infirmière. Au mieux de l'attente des autres.

D'autant qu'elle avait le modèle de ses parents inscrit dans sa mémoire.

Oui, une enfance heureuse, que des bons souvenirs.

Épaté, Mainal entendait Adjaj la mener en douceur vers les confidences.

Ne pas oublier de lui en faire compliment.

Des parents qui s'entendaient bien, une petite fille élevée dans les règles. Qui aimait surtout les poupées et ne se faisait pas remarquer. « Une enfant dont on ne sait même pas qu'elle est là ! » s'exclamait la mère, satisfaite, fermant le livre du devoir sans voir...

Pas le moment de vagabonder en Rimbaud, pensa Mainal.

Une fille unique d'autant plus appréciée qu'elle vivait au ralenti, qu'elle bougeait à peine, déplaçant un minimum d'air. L'image surgit dans l'esprit de Mainal : un corps flottant dans une eau qui absorbait les bruits. Appréciée pour son inexistence, elle avait continué à l'âge adulte.

– Oui, une enfance très heureuse, répéta plusieurs fois Liliane. Nous ne manquions de rien.

Enfance solitaire se muant en jeunesse solitaire. Une timidité maladive, s'excusa Liliane comme elle aurait confessé un gros péché.

Ses parents l'avaient pourtant bien poussée. L'été, ils partaient en voyage en amoureux et l'envoyaient en colonie de vacances, ses seuls mauvais souvenirs. Une tête de Turc désignée, qui se faisait traiter d'« adoptée » et de « concombre », comme la salade du même nom que tous, unanimement, exécraient.

Elle n'était pas bonne en sport, détestait les périodes de camping obligatoire. C'était sale, cette promiscuité. Les enfants pas gentils et les moniteurs moqueurs. Les boums étaient l'horreur. Elle y pointait le nez pour ne pas aggraver son cas par une réputation de bêcheuse, mais filait vite dans sa chambre que personne n'avait voulu partager et dont elle jouissait seule, sa compagne désignée préférant tirer son matelas dans la chambre voisine où ça papotait jusqu'à point d'heure, toutes ces adolescentes obsédées de garçons, d'amour et de baisers gluants. Elle, non merci, pas son genre, jamais de flirt.

Un garçon de salle avait bien essayé, mais il était vraiment trop noir. Elle n'était pas raciste... Avec une ombre de regret quand elle ajoutait qu'il avait été sincèrement gentil.

Personne n'avait été gentil avec elle, songea Mainal. La gentillesse a besoin d'un objet. Liliane n'avait été ni sujet ni objet. Même à ses propres yeux.

Jusqu'à « l'enfant » ?

Est-ce pour cela qu'elle aimait les mourants, si

dépendants qu'ils n'osaient se rebeller, lui étaient reconnaissants, au contraire, de la moindre attention, de chacune de ses interventions qui soulageaient douleur et inconfort ? Eux craignaient de la perdre, d'encourir sa mauvaise humeur.

Les mourants, eux, peut-être, l'avaient considérée. Juste ça.

Pas de garçons, pas de copines, le déjeuner dominical chez ses parents qui, du moment qu'elle répondait que tout allait bien, ne poussaient pas leur enquête au-delà d'un : « Et toi ça va ? »

Elle ne les avait pas prévenus de son inscription dans une agence matrimoniale. Ils auraient été humiliés que leur fille se place ainsi comme un bestiau sur le marché.

L'idée lui était venue pendant certaines nuits de veille où son attention, retenue par le souffle de plus en plus incertain d'un malade en stade terminal, laissait son cerveau raisonner loin des rivages de l'émotion.

Sa timidité la rendait inapte à toute initiative sociale. Elle restait fermement persuadée que la vie était autre chose qu'un sablier se vidant grain après grain avec une régularité monotone. Elle sentait qu'elle recelait des trésors d'amour auxquels il ne manquait qu'un destinataire. Cette jeune personne invisible se sentait des capacités de bonheur sans limites.

Il fallait d'abord convaincre l'élu. Elle se chargeait du reste.

Elle en connaissait un bout sur les hommes, grâce aux mourants. Un mourant, contrairement à ce que pensent beaucoup, est d'abord un vivant. Arrivaient dans son service des individus parfaitement conscients, intelligents, curieux, égoïstes, mais seuls. Liliane parlait avec eux. Ou plutôt les écoutait, car il n'était pratiquement jamais arrivé qu'on l'interroge. À son grand soulagement. Qu'aurait-elle eu à dire ?

Un thème récurrent des confidences masculines était le désir d'enfant frustré. Combien avaient rêvé qu'une femme leur annonce qu'elle était enceinte d'eux, en dépit de leur affirmation qu'un enfant, eux, jamais ! Liliane n'avait cessé de s'étonner que les hommes espèrent, sans se décourager, être compris tacitement, tels des enfants projetant une puissance magique sur leur mère, capable de savoir et de vouloir à leur place mais comme eux. Dire simplement : « J'ai envie d'un enfant », ou, encore mieux : « J'ai envie d'un enfant de toi » était au-dessus de leurs forces.

Affirmer devant des tiers qu'ils ne renonceraient jamais à leur indépendance, que la corde au cou, très peu pour eux, merci, menacer les fiancées potentielles qu'ils se carapateraient inévitablement en cas de grossesse intempestive, dans ce domaine ils étaient imbattables.

Mais dire la vérité : « Je voudrais un bébé, je voudrais, moi aussi, être un père comme mon père, prendre enfin la place du père », non, cela, il fallait le penser à leur place.

Liliane entreprit de rédiger une annonce qui répondrait aux désirs secrets des hommes, sans en avoir l'air.

Dire la vérité : infirmière paisible, timide, jeune, mariage souhaité avec un jeune homme sérieux, ce que tous ces garçons étaient persuadés d'être au fond, et glisser les mots clés : bâtir une famille.

Liliane devinait qu'il fallait éviter la vérité vraie : en vue amour fou, passion éternelle, sentiments fusionnels. Mais si elle exauçait le souhait de l'homme, il se sentirait tenu d'exaucer le sien en retour.

De même qu'elle ne parlerait des soins palliatifs

que beaucoup plus tard. Les hommes, plus encore que les femmes, redoutent tout ce qui a trait à la mort.

Quelle horreur, se disait Mainal, elle était archi-prête, elle serait tombée amoureuse d'une pompe à essence, tandis qu'il l'entendait raconter, joues rosies, œil embué, qu'elle avait trouvé Denis beau, dès la première rencontre dans un bistrot. Beau ! Avec sa pomme d'Adam !

Elle n'avait plus eu dès lors qu'un seul but : satisfaire le moindre de ses désirs. Le premier, le plus grand d'entre eux, serait sa priorité : l'enfant. À sa grande surprise, lui n'avait pas fait mystère de son désir de paternité. Autre sujet d'étonnement : il n'avait pas besoin qu'elle l'écoute, il n'aimait pas parler. Elle se réjouit d'être tombée sur un homme particulier.

Comme beaucoup, se dit Mainal, elle avait pensé que, de particulier à exceptionnel, il n'y avait qu'un petit saut d'espérance.

Denis l'avait besognée méthodiquement jour après jour. Elle avait pris cela pour de l'amour.

Oui, ils s'étaient mariés, bien sûr. Vite. Ils étaient aussi pressés l'un que l'autre. Les parents de Liliane avaient adopté Denis sans enthousiasme ni dépit. Après tout, quand leur fille changeait de coiffure, ils n'avaient pas non plus l'habitude de faire des commentaires. Les deux témoins de Denis étaient le sous-directeur de l'hôtel et une bibliothécaire qui lui conseillait des livres. Ceux de Liliane, une copine d'école et sa chef. Un vin d'honneur et une semaine en Irlande. Mariage accompli.

Les premiers temps, leur décalage horaire avait été un des charmes de leur nouvelle vie. Ils prenaient leur petit déjeuner ensemble et il venait souvent déjeuner avec elle après avoir dormi toute la matinée. Ils avaient le temps d'une petite promenade, d'un film et d'un coït avant le départ de Denis pour l'hôtel.

L'enfant annoncé changea tout cela. Denis l'entourait d'une extravagance d'attentions dont elle comprit vite qu'elles ne s'adressaient pas à sa personne mais à son ventre. Ses parents rappliquèrent, l'étouffant de leur présence, de leurs conseils, de leurs cadeaux. Il lui sembla qu'elle n'existait plus du tout.

Quant à la naissance, tout le monde la qualifia de rapide, facile, c'était un événement parfaitement réussi, selon les proches, sages-femmes en tête, une réussite vécue par Liliane comme une humiliation dégradante au-delà des mots. La péridurale n'avait pas agi. Elle qui avait tant aspiré à acquérir un statut d'adulte responsable s'était retrouvée infantilisée, grondée quand elle ne poussait pas assez fort, ou exagérément encouragée, flattée pour la même raison. Le bouquet avait été le regard de Denis sur le petit objet vagissant, rouge et plissé comme un vieux parchemin. Un regard de pure adoration, le regard du mécréant face au miracle qui va changer sa vie.

Elle sut qu'il ne la regarderait jamais comme ça, la jalousie, sentiment qui lui avait été totalement étranger, la transperça de part en part et elle éclata en sanglots, ce que tout le monde mit sur le compte de l'émotion. Autrement dit : du bonheur.

Sa vie, ces derniers mois, avait été comme l'enchaînement ininterrompu de cauchemars qu'aucun réveil ne saurait abolir. Elle était tombée dans un piège dont il lui était impossible de s'extirper.

Elle était persuadée que Denis partait de plus en plus tôt, rentrait de plus en plus tard pour réduire au minimum les contacts obligés avec elle. Les jours de repos, il dormait énormément pour compenser son manque de sommeil, disait-il. Il est vrai qu'il consacrait à l'enfant un temps dont elle n'avait jamais eu que les miettes. Il dormait quand l'enfant dormait, le prenait dans ses bras pour un oui ou pour un non, partageait leur lit plus souvent avec lui qu'avec elle pour être sûr, prétendait-il, qu'il l'entendrait pleurer.

Quand il l'avait encouragée à ne pas allaiter, elle avait cru qu'il pensait à elle, imbécile qu'elle était, alors qu'il ne l'avait fait que pour être le nourricier à l'égal de la mère. Elle avait mis du temps à voir la vérité. Le rêve avait opacifié ses carreaux.

Elle se disait parfois qu'il la haïssait d'avoir porté l'enfant à sa place.

Les premiers temps, elle avait songé à lui proposer d'en faire un deuxième dans l'espoir fou de revivre l'époque de son attention mais elle n'y croyait plus elle-même. Le peu de temps qu'ils passaient ensemble dans l'appartement, quand leurs chemins se croisaient, il s'effaçait jusqu'à rentrer le ventre pour éviter tout contact physique avec elle.

Dans un bref éclair de lucidité, elle pensa : Il voudrait que je m'efface moi-même jusqu'à disparaître. Comme ma mère, il voudrait ne pas savoir que je suis là. Mais elle avait changé.

Elle décida, au contraire, de se faire entendre et voir. Un maximum.

Elle ne lui avait plus laissé un moment de répit, expliqua-t-elle triomphalement. Elle le contredisait en tout, arguant de son expérience d'infirmière. Il fallait laisser l'enfant pleurer.

Ce qu'elle faisait, d'ailleurs, en son absence.

Il devait apprendre l'autonomie et la solitude. L'apprentissage du sommeil est une expérience solitaire.

Par contre, il fallait le nourrir à la demande mais ne pas le changer au premier pipi. Il ne serait jamais propre à ce compte-là. Voulait-il donc faire de l'enfant un assisté, un handicapé ?

Elle laissa entendre qu'elle envisageait une séparation. Il se comportait en père nuisible au développement de l'enfant et les tribunaux accordaient la garde de l'enfant à la mère dans l'immense majorité des cas.

Il eut beau tenter de donner le change, elle vit la terreur nue envahir son visage. Elle sut qu'elle avait enfin identifié l'arme de sa vengeance. Elle ne l'aurait jamais fait, bien sûr. Rester seule avec l'enfant, quelle horreur !

La semaine précédente, elle avait fait une découverte qui l'avait glacée : l'arme qu'elle avait utilisée allait se retourner contre elle. L'idée d'une séparation avait fait son chemin dans la tête de Denis, ouvrant un boulevard à des rêves d'avenir où il pourrait s'abandonner à sa folle passion pour l'enfant.

– Oui, dit-elle d'un air de défi, je lui faisais les poches depuis belle lurette. Je voulais savoir, savoir où était sa vraie vie puisqu'elle n'était pas avec moi.

Et c'est ainsi qu'elle était tombée sur un carnet où il notait, jour après jour, la moindre de ses défaillances, allant jusqu'à interroger des voisins, des collègues de travail, l'air de rien, sous couvert de conversation.

Il voulait l'éliminer définitivement. Curieusement, elle avait tout envisagé sauf ça. Il pouvait se passer d'elle. Elle ne pouvait plus se passer de lui.

Ce matin-là, Denis était arrivé livide, épuisé, et lui avait ordonné, d'un ton sec, de donner le biberon à sa place. Il devait impérativement dormir. De fait, il s'était endormi dans le quart d'heure qui avait suivi son retour.

Elle avait réchauffé le biberon, puis réveillé l'enfant qui dormait à poings fermés. Elle n'avait pas le choix. Elle ne pouvait pas se permettre d'être en retard. Le lait était peut-être un peu chaud, elle était prête à l'admettre. Elle était nerveuse, pressée, et n'avait pas vérifié. L'enfant s'était mis à hurler comme jamais.

– Un bébé qui hurle, on peut avoir envie de le jeter

contre un mur parfois, vous savez. Juste pour qu'il s'arrête.

Mainal laissa une pitié profonde l'envahir, pour l'ensemble de l'humanité, tant qu'à faire, avant de revenir à des sentiments plus raisonnables. Liliane était juste plus honnête que la moyenne. En plus, elle nouait avec soin la corde pour se pendre.

Elle lui avait enfoncé la tétine dans la bouche, pour qu'il tète, bon sang, c'était l'heure, il avait forcément faim. Il la rejetait, bombant ses lèvres musclées, empêchant toute pénétration. Elle eut l'impression qu'il la rejetait, elle, sa mère. Comme l'heure tournait, elle ne savait plus quoi faire, à part le bâillonner, l'attacher sur son lit et partir sans se retourner.

Denis avait surgi comme une bombe et hurlé qu'elle lui passe l'enfant, il le prendrait avec lui dans son lit.

Elle avait refusé de le lui donner. Ils étaient fatigués l'un et l'autre, saisis d'une rage plus vigoureuse que jamais. Quand même, que d'horreurs il avait dites, comme si, enfin, la vérité était la plus forte et jaillissait du fond de lui, en un jet puissant, ininterrompu. Il nommait, sans hésitation, chacune de ses incertitudes, de ses inquiétudes, et, les nommant, les rendait vraies.

Elle n'eut même pas le réflexe de penser qu'il avait appris à la connaître, qu'il l'avait donc un peu considérée, même si c'était pour mieux la blesser. Mainal eut aussitôt honte de sa pensée.

Denis avait égrené les mots comme autant de petites épingles enfoncées dans la chair.

Elle était devenue un fantôme, sans chair, sans charme à force de fréquenter les morts, elle était dure, égoïste, effrayante, sa seule présence rendait l'appartement irrespirable. Loin d'être timide, paisible et discrète comme elle l'avait mensongèrement inscrit dans son descriptif – il l'avait alors parodiée en prenant la voix d'une enfant mièvre –, elle était jalouse, possessive, dominatrice, insupportable. Elle lui avait pourri la vie dès la première seconde et il lui avait fallu sa rasade de whisky chaque jour avant de la rejoindre dans leur lit. La seule chose bonne et noble de sa vie mortifère, c'était cet enfant qui, heureusement, n'avait rien d'elle, ne ressemblait qu'à lui, et même ce petit être fragile, exquis et doux, n'avait pas échappé à sa méchanceté. Il jetait l'éponge. C'était terminé. Aucun juge ne laisserait la garde d'un bébé à une telle mégère. Il allait la quitter et emmener l'enfant avec lui, et elle pourrait continuer de s'adonner à ses plaisirs morbides en toute tranquillité. Lui était dans la vie.

Liliane avait elle-même haussé le ton jusqu'à cette dernière phrase. Sa voix se brisa sur la dureté des mots.

Elle reprit sa voix du début, apeurée et incertaine. Elle présenta ses excuses à Adjaj. Elle était désolée mais il faisait chaud.

Voulait-elle qu'il ouvre la fenêtre ?

Non, elle voulait dire qu'il faisait chaud dans le petit appartement, ces chauffages collectifs, souvent trop poussés, toutes les fenêtres fermées, à cause des courants d'air, pour l'enfant. Toujours pour l'enfant. Toute leur vie. Toute sa vie. Pour l'enfant.

Elle avait crié à son tour que, s'il avait un dossier contre elle, elle en avait un contre lui et des témoins aussi, qu'elle se ferait fort de prouver qu'il avait des tendances pédophiles, qu'il mettait l'enfant en danger. On verrait qui aurait la garde !

– C'est alors qu'il a dit que, dans ces conditions, il préférait voir l'enfant mort. Il me l'a arraché des bras et l'a balancé par la fenêtre, le plus loin possible. Comme un suicide, vraiment. Parce qu'il a tué ce qui lui était plus précieux que la vie.

Sur la vidéo, Liliane se levait, allait appuyer son front contre la vitre derrière laquelle les barreaux faisaient semblant d'arrêter le désespoir.

Adjaj n'était pas visible, bien sûr, mais Mainal n'avait aucun mal à imaginer son visage tiré par la tension et la fatigue. Ce genre d'interrogatoire est une épreuve, un accouchement, et c'est rarement la vie qui est au bout.

Mainal n'accéléra pas la lecture mais fixa l'écran tout le temps de l'interminable silence. Adjaj avait attendu que Liliane se retourne, le visage calme, revienne à la table, s'assoie. Il avait réglé le point de la vidéo puis il avait dit :

– L'enfant n'est pas mort. Il va être placé en observation mais il est indemne.

La détresse envahit Liliane. Elle fixait Adjaj, ses yeux de plus en plus brillants. Elle secoua la tête puis elle dit :

– Ce n'est pas possible. Il est tombé du cinquième ! Il a vraiment une chance de cocu !

Adjaj dut, comme Mainal, se dire, elle est folle, elle a vraiment dit ce que j'ai entendu ?

Il interrogea doucement :

– Qui a une chance de cocu ?

– Mon mari !

– Vous préféreriez que votre enfant soit mort ?

Adjaj parlait lentement, déposant chaque mot comme un fardeau trop lourd. Et elle, si lasse, avait oublié, aurait-on dit, où elle était, la charge que pouvaient représenter ses paroles.

– Ce serait mieux pour tout le monde, non ? Qu'est-ce qu'on va devenir maintenant ? L'enfer va recommencer. Parce que, avant la naissance, tout était possible. Mais maintenant...

Même sur la mauvaise image du téléviseur, Mainal croyait voir onduler sous la peau tendue du front les pensées qui obligeaient Liliane à confronter hier, aujourd'hui et demain, état des lieux, bilan désastreux. Ce ne fut pas long avant qu'elle ait pesé le pour et le contre et qu'épuisée, semblant renoncer au combat de la vie, elle marmonne qu'elle préférait tout avouer et en finir. Oui, elle n'aimait pas cet enfant qui était un obstacle à sa vie. Oui, c'est elle qui avait jeté l'enfant par la fenêtre. Elle était consciente de ce qu'elle disait, elle était prête à signer des aveux.

La comédie est finie, on baisse le rideau, ne put s'empêcher de penser Mainal. Pourtant Liliane ne jouait pas la comédie. On ne s'accuse pas d'un meurtre pour faire une sortie réussie... ?

Le point d'interrogation se dessina en bout de phrase, comme un ajout de dernière minute... Mainal avait sur son bureau les aveux signés par Liliane Robert. Affaire bouclée, à la satisfaction générale. Les aveux, c'est ce qu'on préfère dans la police française. Ça évite les embrouilles.

Et cependant...

Mainal laissa défiler en accéléré les différentes informations qu'il avait absorbées. Il ne s'agissait pas de faire une analyse psychologique, non, il était certain d'avoir enregistré un élément concret qui rendait l'affaire moins simple qu'il n'y paraissait. Une contradiction ? Un paradoxe ? Ce n'était pas une preuve, il en était certain, plutôt un gros point d'interrogation. C'était revenu plusieurs fois sur le tapis mais, comme d'habitude, il s'était laissé aller à rêvasser sur le hors-champ et avait oublié de regarder ce qui se déroulait dans le cadre.

Il n'avait aucune envie de revisionner l'ensemble.

Il décida de convoquer Denis Robert, sans même se donner la peine d'inventer un prétexte.

Le mari de la pauvre Liliane exultait littéralement, en homme qui a triomphé du sphinx.

Encore une image incongrue, se reprocha Mainal.

Denis Robert entra dans le bureau, le pas élastique, le sourire aux lèvres. Puis, comme rappelé aux convenances de la situation, il essaya de se composer un visage de circonstance. Après tout, sa femme était accusée de tentative de meurtre, il y aurait un procès, avec ce que cela impliquait de déballage public. Pas de quoi franchement rigoler. Pourtant, en dépit d'une gravité soudainement affichée, il rayonnait des joues et des yeux, tout luisant de joie.

L'antipathie fut immédiate. Mainal se méfiait de l'irruption d'émotions en pleine procédure, tout en sachant qu'une enquête sans affect n'était pas non plus la panacée. Semblable aux autres domaines humains, l'investigation vous obligeait à naviguer à vue en espérant qu'un dieu, quelque part, reconnaissant les siens, aurait la mansuétude de remettre un pauvre policier égaré sur la bonne voie.

Denis donna d'emblée des nouvelles de sa vie. L'enfant allait bien, il le récupérerait à la fin de la semaine. Ses beaux-parents avaient été formidables, l'entourant beaucoup. Parlait-il de lui-même ou du bébé ?

Clairement, pour lui, ce n'était qu'une même personne précieuse et prioritaire. Il avait trouvé un arrangement avec une voisine pour le retour de l'enfant à la maison.

Mainal nota qu'il ne portait plus de lunettes. Des lentilles, sûrement. Denis Robert avait obtenu ce qu'il souhaitait, au fond. La question était : avait-il œuvré pour obtenir ce résultat ? Il fut sincèrement étonné d'apprendre que le commandant souhaitait lui poser quelques questions. Il avait cru, au contraire, qu'on le convoquait pour lui communiquer des informations nouvelles. Le monde était désormais à sa botte.

Il se donna un air perplexe et attentif en même temps.

Mainal consulta ses notes. Était-ce une conséquence de l'irrépressible animosité que suscitait Denis Robert, toujours est-il qu'il avait repéré le détail qui clochait.

– Votre femme a donc dit : « Si tu ne me parles pas, je le jette par la fenêtre et moi derrière » ? Et après, qu'a-t-elle fait ?

– Elle m'a arraché l'enfant, elle a couru à la fenêtre et elle a ouvert les bras.

– La fenêtre était-elle ouverte ou fermée ?

– Fermée. Les fenêtres sont toujours fermées chez moi.

– Elle a donc ouvert la fenêtre ?

– Oui, bien sûr.

– Avec quel bras ?

– Pardon ?

– Vous dites qu'elle avait le bébé dans les bras. Elle devait le porter à droite. C'est le cas, généralement. Elle a donc ouvert de la main gauche ?

– J'avoue que... je ne me rappelle pas. C'est allé tellement vite.

– Votre femme est droitière ?

– Oui.

– Si elle avait ouvert de la main gauche, cela aurait pris un peu de temps, assez pour que vous interveniez ?

– Que voulez-vous dire ? Je vous assure que tout s'est passé très vite. Elle le portait peut-être sur le bras gauche, après tout.

– Donc, vous me confirmez bien votre version des faits ?

– Elle vous a dit autre chose ?

– Vous la confirmez ou pas ?

– Bien sûr. Je ne comprends pas. Elle est revenue sur ses aveux ?

– C'est tout, monsieur Robert. Merci.

Humain trop humain, Mainal ressentit une légère satisfaction de le laisser repartir, saupoudrée d'inquiétude. Il s'interrogea même sérieusement sur la question de savoir si c'était salaud ou pas.

Tout n'était-il pas pour le mieux ? Jusqu'aux parents de Liliane qui s'étaient trouvé un enfant de substitution autrement satisfaisant que leur petite fille invisible.

Face à Liliane dans sa cellule, il fut étonné d'être envahi par une émotion aussi puissante.

Il pensa pour elle : ne me secouez pas, je suis pleine de larmes. Sauf qu'elle n'avait plus de larmes, justement. Elle les avait toutes versées. Sur quoi ? Cela resterait son secret. Intérieurement aussi aride que le désert, elle était devenue extérieurement incandescente. Un rayonnement brûlant émanait d'elle.

Ne se ressemblant décidément plus, accumulant les métaphores adolescentes, piteux comme un amoureux maladroit, Mainal s'excusa d'abord. Il allait lui poser des questions très précises. Il était désolé de lui faire revivre un événement si pénible.

Vit-il vraiment cette lueur presque amusée apparaître au fond des yeux de la jeune femme pour disparaître aussitôt ?

Il retrouva son aplomb en entamant la routine classique du ressassement. C'était une phase de l'interrogatoire qu'il avait toujours pratiquée avec dextérité. Il s'agissait de reconstituer les événements hors de toute émotion, factuellement. Tout reprendre du début, ne rien considérer comme établi : Vous étiez où ? Il était où ? Il a dit quoi ? L'enfant pleurait-il toujours ? La fenêtre était-elle ouverte ou fermée ? Et la porte de la cuisine ? Il a fait combien de pas ? Vous avez avancé jusqu'où ? À quelle distance étiez-vous l'un de l'autre ?

Et la scène se déroula enfin devant Mainal exactement telle qu'elle avait eu lieu :

Denis Robert vient d'arracher le bébé des bras de Liliane. L'enfant pleure de plus belle, écarlate, effrayé.

Pour la première fois, Liliane ne voit plus l'homme qui lui résiste toujours, l'homme-fantasme. Il n'a plus d'importance. Seul compte l'enfant, et d'ailleurs, en revivant la scène, elle prononce son nom pour la première fois, Justin. Tout doucement.

L'enfant s'est recroquevillé dans les bras de son père et son hurlement repart de plus belle. Elle lui fait donc peur. Elle comprend que Justin est issu d'un mélange de haine et d'égoïsme, qu'aucun enfant ne mérite un tel héritage. Il faut impérativement le soustraire au monstre qui veut l'enlever. Il la fixe de son regard de basilique. Elle a peur de rester pétrifiée. La vie est horrible.

Denis lui dit :

– Tu vois, lui aussi te rejette. C'est fini. Je te répudie. Je te chasse de ma vie. Crève.

Ils restent l'un et l'autre figés jusqu'à ce « Crève » atroce. Elle se raidit, fortifiée, elle est en acier. Elle lui reprend l'enfant. D'une voix de mégère qui n'est plus la sienne – elle a eu le temps de se dire qu'elle ne reconnaissait plus sa propre voix –, elle hurle :

– Je vais le jeter par la fenêtre et moi derrière.

Denis rit, d'un rire d'ogre. En quatre pas, il est à la fenêtre. Il l'ouvre à toute volée. Il étend un bras comme une invite au-dessus du vide et il la provoque :

– Vas-y ! Fais-le ! Tu n'en es pas capable !

Et elle l'a fait.

Pour Mainal, pour lui seul peut-être, cela changeait tout. Au nom de Justin, il a demandé à Liliane de tout répéter par écrit, exactement comme elle le lui avait raconté, et de remettre les feuillets à son avocat. Puis il a quitté la cellule.

Telle était la mesure de ce pouvoir minuscule qu'il se devait tout de même d'exercer : armer ceux qui étaient désarmés.

C'était aussi un vaccin d'humilité, la piqûre de rappel qu'il s'infligeait au moins une fois par an, histoire de ne succomber ni au découragement ni à la fatuité.

Avec mention

Le miroir ne renvoyait de son sujet que l'attention pointilleuse d'un homme rasé de près, suivant, de son œil sombre fiché profond dans son orbite, le reflet de sa mâchoire carrée. Une main aux ongles nets accompagna d'une lente caresse l'examen des pommettes saillantes, avant de lisser vers l'arrière une mèche de cheveux épais et noirs.

Derrière lui, dans la profondeur, la bonne moitié d'un grand lit était pourtant visible, sur lequel reposait un corps féminin. La chemise de nuit remontée à mi-cuisses, sous un manteau en loden, laissait voir une jambe pliée, genou vers l'intérieur, l'autre pendant sur le côté. Sous les longs cheveux masquant la figure, du sang s'était figé en auréole irrégulière, après avoir criblé le mur derrière la tête de lit.

Enfin satisfait de son minutieux examen, l'homme enfila la veste de son costume en gabardine beige, passa de la salle de bains dans la chambre. Ignorant le carnage, son regard fixé sur un horizon invisible, il sortit à pas feutrés, immédiatement absorbés par la chappe de silence.

Il se trouvait maintenant dans un couloir.

Il sembla hésiter, tourné vers un escalier qui descendait sur sa gauche, partit enfin sur sa droite, s'arrêta à proximité d'une pièce brillamment éclairée. Il agita la tête plusieurs fois, renifla ses doigts et, d'un pas brusque, se planta à l'orée de la pièce, chercha à tâtons l'interrupteur intérieur, fit le noir, trop tard, sur deux petits cadavres en pyjama. Son cerveau avait instantanément stocké une tête blonde reposant sur un ventre bombé, une main, paume vers le haut, les doigts pliés en pince, et, miraculeusement en équilibre sur la pointe d'un pied dodu pendant hors du lit, un chausson bleu pâle décoré d'un ours en tissu écossais.

L'homme tira la porte et avança vers l'escalier, comme un automate mécaniquement accéléré. Son regard concentré ignorait le monde extérieur.

En bas, il frissonna car un vent glacial pénétrait par la porte d'entrée largement ouverte sur une volée de marches au bas desquelles un jardinet mal entretenu encadrait des dalles de pierre, jusqu'à une grille entrebâillée sur le boulevard. Une Mercedes avait été abandonnée de traviole, moteur tournant, la portière du conducteur arrêtée à mi-ouverture par la butée du trottoir. L'homme n'entendait pas le mugissement sourd de la mer confondue avec le noir du ciel.

Il obliqua à gauche, son visage soudainement soucieux. Il composa un numéro de téléphone.

– C'est moi.

Il avait une voix naturellement réconfortante, chaude et grave.

– Il faut que je te voie. Tu es là ?... À la maison. Je peux être là d'ici une heure... Tout va s'arranger. Il faut que tu me croies... Dis-le-moi... Que tu as confiance, dis-le... Que tu me crois ? que tout va s'arranger... Très bien. J'arrive.

Sur les derniers mots, sa diction avait changé, plus serrée, coupante et atone.

Tandis qu'il lissait ses cheveux, un masque d'indifférence retomba sur son visage. Il ferma soigneusement la maison à clé, monta dans la voiture et démarra. Tous feux éteints, solidement arrimée, Wimereux résistait stoïquement aux rafales de vent.

L'homme rejoignit l'autoroute à Calais, sans jamais se laisser happer par l'inaccessible alternative que l'horizon marin avait toujours évoquée chez lui.

Sur l'autoroute, vitre baissée, il déclencha l'autoradio et chantonna sur un quartet de Brahms. Le piano accéléra soudain, le laissant en rade, silencieux et pensif. Il sortit de sa poche intérieure un portefeuille, en fit glisser l'unique billet de cinquante euro qu'il contenait. Le papier crissa entre ses doigts puis crépita comme du bois sec enflammé par le souffle. L'homme allongea le bras par la vitre avant d'ouvrir la main sur le vide. Il cala ensuite sa carte d'identité sur le volant et contempla le photomaton où il se souriait bêtement. Gilles Marchand, 1,80 m, né le 2 juillet 1960, avocat. Son pouce glissa, gomme érasant les informations imprimées. Il laissa la carte filer à son tour vers le passé.

Il sortit ensuite un gros étui en cuir qui s'ouvrit sur un carnet de chèques à peine entamé. Il le balança par la vitre, fit de même avec une carte de crédit dorée. Il extirpa enfin de la poche de son pantalon un petit revolver, l'arma, l'ajusta contre sa tempe et appuya sur la gâchette en fermant les yeux. Il compta silencieusement jusqu'à cinq, à peine déçu par l'entêtement du destin, et le revolver fut à son tour aspiré par le vent et la nuit extérieurs. Il ne restait plus, à sa ceinture, que le sericor qui permettait de le biper à tout moment. Il le décrocha et le jeta d'un mouvement rageur mais pas assez sans doute car le petit boîtier lui revint en plein sur la tempe. L'homme se mit à rire alors et écrasa l'appareil sous son talon gauche.

Puis il inventa des contrepoints de plus en plus dissonants sur la musique qui continuait.

Il ralentit à peine en entrant dans Arras endormie. Un circuit compliqué se jouant des sens interdits le mena enfin devant le théâtre bonbonnière, puis dans une rue paisible où il s'arrêta à hauteur d'un magasin Yves Rocher. Il baissa la tête au maximum, se dévissa le cou pour atteindre du regard le troisième étage. La façade était sombre. Il se redressa alors, chercha des yeux un endroit où se garer et vit la femme postée au milieu du trottoir.

Il ouvrit la portière, appela :

– Hélène !

On aurait dit qu'elle s'ébrouait au sortir du sommeil, mettait du temps à revenir à une réalité contrariante. Elle le rejoignit en courant et se vit accueillie par une bordée de reproches :

– Qu'est-ce que tu fais là ? En plein milieu de la nuit. Tu es totalement inconsciente ou quoi ? Les rues ne sont pas sûres. Pourquoi est-ce que tu ne m'as pas attendu chez toi ?

– Je ne sais pas.

– Monte, monte.

L'ampoule de la voiture l'éclaira, le temps qu'elle s'installe. Ses cheveux pâles, coupés court au carré, la frange au ras des cils, laissaient apparaître des racines sombres. Elle avait les yeux cernés, la peau fatiguée. Elle ne le regarda pas, affairée à tirer la portière, à resserrer le col de son manteau. Lui ne la quittait pas des yeux. Elle se tourna enfin dans sa direction, une ombre de sourire tenta vainement de lui étirer la bouche. Ils oscillèrent un moment au bord de l'habitude, puis se rencognèrent chacun de son côté sans s'embrasser.

Il coupa le moteur :

– On ne va quand même pas rester dans la bagnole.

– Mais tu m'as dit de monter.

– Il faut que je te parle. Allons chez toi.

– Non. Tu as dîné ?

Comme elle regardait droit devant elle, elle ne vit pas ses yeux se remplir de larmes. Il se contenta de marmonner quelque chose à propos de l'heure.

Il remit le moteur en route :

– Très bien, je t'emmène.

– Chez toi ?

– Tu es folle ?

– Je voulais dire...

– Non, on va aller marcher. J'ai besoin de marcher.

Ses lèvres s'arrondirent autour d'une question qu'elle ne posa pas. Elle se contenta de remarquer qu'elle avait froid, il remonta sa vitre et ce fut tout jusqu'à ce qu'il s'arrête à l'orée du bois de Phalempin.

Elle resta immobile sur son siège tandis qu'il descendait.

– On n'y voit rien. Tu es sûr... Tu ne fermes pas la voiture ? demanda-t-elle enfin comme il s'engageait au milieu des arbres.

Il avança encore de quelques pas, s'arrêta, fit volte-face et annonça :

– Hélène, je les ai tués. Tous. Ça te va comme ça ?

Et repartit moitié courant, moitié trébuchant jusqu'à ce qu'elle le rejoigne, l'immobilise des deux bras, le tourne vers elle, et, ses yeux forçant l'obscurité, scrute son visage, cherchant à lire au-delà des mots, au-delà des traits. Il se mit à haleter très fort, agité de sanglots secs qu'il s'efforçait de contrôler, n'exprimant que cela, l'urgence de calmer son corps, d'arrêter cette frénésie. C'était impossible. Un long hoquet le détourna et il se pencha au-dessus d'un buisson, se raclant la gorge avec un bruit terrible tandis qu'elle prenait appui contre un arbre, dont elle se détacha quand il revint vers elle. Elle recula lentement, les bras tendus à l'aveugle pour arrêter sa progression à lui.

– Pas toi, Hélène. Je ne vais pas te tuer. Je veux te parler, je t'ai dit. Juste te parler.

Elle continuait de reculer.

– Jamais je ne t'ai demandé...

– Non, jamais. Jamais tu ne m'as rien demandé et moi non plus je ne t'ai rien demandé. Il fallait juste continuer à me faire confiance, tous, vous tous...

Elle partit en courant alors, sans savoir où elle allait, et il hurla derrière elle :

– Ne pars pas. Je vais tout te dire. La vérité. Je n'ai plus personne. Qui à part toi... ?

Malgré elle, la jeune femme fut stoppée net par le vibrato d'angoisse qui faisait palpiter chaque mot que l'homme prononçait. Personne n'aurait résisté à sa supplique car elle est notre bien commun, immédiatement identifiable. C'est l'angoisse de la solitude sans recours qui étreint le petit enfant dans le noir, le malade dans sa souffrance, le fou dans l'incompréhension, celle qui nous surprend aux détours de la vie, petit mouchoir agité au nez des hommes pour leur rappeler qu'ils sont seuls et mortels et qu'ils devront se rendre un jour ou l'autre.

Avec un effort considérable, Hélène fit demi-tour et retourna vers Gilles dont lui répugnaient pourtant le sourire servile, les lèvres tremblantes, les traits amollis. Peut-être les confessionnaux d'autrefois avaient-ils dressé des grilles entre le confesseur et le pénitent pour que l'indicible reste à jamais invisible.

Il tendit le bras vers elle :

– Merci, merci.

Mais ne la toucha pas, soupira seulement, visage

inexpressif et bête de l'accroupi qui va enfin se délester de son paquet de merde. L'image inattendue accabla Hélène. Trop concrète. Elle eut à nouveau envie de fuir. C'est dit si couramment : *Je veux savoir la vérité.* Mais c'est faux. Qui veut voir derrière les apparences ? Qui veut pénétrer le marécage de l'autre ? Ce n'était pas ce qu'elle avait attendu de Gilles.

Elle se soumit pourtant parce qu'elle ne voyait pas d'issue hors du labyrinthe où il voulait l'entraîner. Elle indiqua la forêt qui s'étendait devant eux et, d'une voix qu'elle espérait allante mais que la peur alourdissait :

– Tu as raison, marchons. Viens.

Elle attendit qu'il parle tandis qu'il se taisait. Elle ne devinait sa présence qu'au crissement des feuilles sous son pas. Il était proche pourtant. Une présence aussi faible signalait un vide vertigineux. Cet homme qu'elle avait aimé n'était qu'une coquille vide, ni mort, ni vivant. Elle lui en voulut d'avoir été charmée justement par l'extraordinaire densité de sa présence autrefois. Tel un illusionniste, il l'avait laissée construire son avenir sur un leurre.

Elle ferma les yeux, cala sa voix comme elle put, entre agressivité et rancœur :

– Je croyais que tu voulais tout me dire. Me dire quoi, Gilles ?

– Je t'ai rendue heureuse, Hélène ? Hein ? Je ne t'ai jamais menti ?

– Tu veux dire, sur ta femme, tes enfants ? Non, tu ne m'as jamais menti.

– Et tu étais heureuse quand même. C'est la vérité... Je les ai tués, Hélène, ça aussi, c'est la vérité.

– Qui ? Tu as tué qui ?

– Tu le sais très bien, voyons.

Elle respira profondément, tenta de s'armer contre ce qui allait suivre.

– J'ai tué Élisabeth, Frédéric et Chloé, et mes parents aussi. Quelle absurdité.

Il parlait posément, sembla réfléchir un moment.

– Quand il fallait tuer tout le monde, ou personne.

– Mais pourquoi ? Pas pour moi ? Je ne voulais pas...

– Non, puisque, toi aussi, je devais te tuer, puisque toi aussi je t'aime. Je voulais que tout le monde soit heureux, tu comprends. Et quand j'ai vu ton air malheureux sur le trottoir, j'ai cru... mais ce n'est pas à cause de moi puisque tu ne sais pas, tu ne peux pas savoir. C'est là que j'ai compris.

Elle se dit, il débloque complètement, il faut le raisonner, le ramener à la réalité. Ce n'est pas possible, pas pensable donc pas possible.

Elle essaya :

– Tu les aurais tués pour qu'ils ne soient pas malheureux ?

– Pas aurais, Hélène, as, ai, je les ai tués parce qu'ils l'étaient. Tu ne comprends pas. C'est de ma faute, je ne suis pas clair. Mais c'est difficile. Ça a été une soirée terrible, après des journées terribles.

Bien qu'elle n'ait aucune envie d'entendre, elle s'entendit dire :

– Nous avons le temps. Raconte.

Il se passa lentement les mains sur le visage comme on efface un tableau.

– La vie doit être parfaite. Tu es d'accord avec moi.

C'était si familier soudain. Il avait toujours commencé ses argumentations comme ça. Poser un axiome, s'assurer de l'assentiment de son interlocuteur pour qu'il adhère à tout ce qui suivrait. Un jour qu'elle l'accusait de mauvaise foi, il avait pleuré de désarroi. Elle opina silencieusement.

– Et j'ai fait en sorte qu'elle le soit. Dieu sait que

j'ai tout fait pour qu'elle le soit. Mes parents pouvaient en témoigner. La fierté de maman était presque gênante. Mais je n'ai pas ménagé mes efforts et ma peine. J'ai tout géré pour eux. La vie, l'argent, le rêve. Puis pour leurs amis. Enfin...

Son inflexion soulignait l'ingratitude du monde.

– Pour moi aussi, je sais, Gilles.

Il la regarda, tête penchée sur le côté, répéta d'une voix bizarre :

– Pour toi aussi.

Puis il marcha silencieusement un moment, respirant largement, ouvrant même les épaules, quatre ou cinq fois, coudes pliés vers l'arrière. Il reprit d'une voix à la tonalité rassurante, sa voix d'avant :

– Il y a trois semaines, j'ai noté qu'Élisabeth semblait inquiète, agitée. Des petites choses. Elle parlait au téléphone, j'entrais et elle interrompait sa communication. Elle me questionnait sur mes voyages, mes rendez-vous, exigeait des précisions sur les affaires en cours, les personnes en cause, elle qui ne s'y était jamais intéressée, trop compliqué pour elle. Bien sûr j'ai tout de suite pensé à nous, qu'elle avait appris... En réalité, c'était tout bête. C'était à cause de l'école des enfants. Tu sais combien ça me coûte. Une folie. Les études, il n'y a rien de plus important. Je suis bien placé pour le savoir. Ça...

Il se mit à rire.

– Mieux placé que moi, tu meurs.

Il le martela bien en place :

– Tu meurs. Bref, je n'avais pas payé l'école. Tu parles d'une affaire. Et ce connard avait appelé Élisabeth, alors que je lui avais bien expliqué que c'était un problème momentané, des placements en cours. Il lui a même adressé un courrier, que j'ai trouvé. Autrement je ne l'aurais jamais su. Tu imagines...

– Mais... elle ne t'en a rien dit ?

– Précisément. Tu as mis le doigt dessus. Justement. Elle ne m'en a pas parlé. Elle en a parlé à mes parents, à ses parents. Mais pas à moi. Justement pas à moi. Elle n'avait plus confiance. Après tout ce que j'avais fait pour elle.

– Je ne comprends pas.

– Moi non plus, je n'ai pas compris. Seulement voilà, c'était le fondement de ma vie, la confiance. Tu construis une cathédrale, un monument, une perfection, tu enlèves la clé de voûte et pff.

Hélène attendit en vain, interrogea alors :

– Mais cette lettre... Ce n'est quand même pas à cause d'elle que... Tu ne lui en as pas parlé ?

– Bien sûr que non, puisque j'espérais encore. Et puis son père m'a appelé. Transparent. Embarrassé, j'en étais gêné pour lui. Il voulait que je liquide ses placements, un besoin d'argent inopiné. Je lui ai expliqué qu'il choisissait mal son moment, qu'il allait perdre gros. Rien à faire. Bon, très bien, j'allais m'en occuper. À regret, mais c'était lui qui décidait. J'ai laissé entendre à quelques personnes choisies que j'avais eu vent d'une affaire en or sur le marché asiatique, grâce à un de mes clients, une petite banque satellite du Crédit Lyonnais ; une banque d'État, c'est quand même rassurant. N'importe qui aurait sauté sur l'occasion. Regards détournés, murmures polis. Niet. Là, j'ai mesuré la traîtrise d'Élisabeth. Elle qui ne connaît rien, mais rien du tout au monde de la finance, avait fait son enquête.

Qu'est-ce que c'est qu'un découvert ? De l'argent qui circule, qui circule ailleurs, un petit tour et puis revient. Tout le monde sait ça. L'argent, ça n'existe pas. Tu en prends ici, où il n'est pas de toute façon, où il est virtuellement, disons. Tu le mets ailleurs, disons dans une société X dont tu achètes des parts. Des parts... c'est quoi ? C'est rien. Un papier, un acte de confiance. Un chèque, c'est quoi, un billet de banque même c'est quoi ? Ça ne se plante pas, ça ne se mange pas, ça ne se palpe même pas, c'est juste un accord entre les hommes basé sur la confiance. La confiance, on en revient toujours là. La confiance. Et tu vois comme je suis naïf. Jusqu'à ce soir j'ai cru que c'était récupérable. Je me suis quand même sorti de situations terribles dans ma vie. Sans que personne n'en sache rien. Parce que j'ai épargné tout le monde, moi. Les problèmes, c'était mon fardeau, les miens, ceux des autres aussi.

Depuis dix-neuf ans je jongle, en équilibre sur un fil, et je souris et je n'attends même pas les bravos. Mais je ne pouvais pas l'expliquer à Élisabeth. Il fallait que tout redevienne comme avant. Une vie parfaite. J'avais réussi ça, quand même. Personne ne peut m'enlever ça.

Une belle maison au bord de la mer comme elle l'avait toujours rêvé, de beaux enfants dans une bonne école avec sports d'hiver et voyages au soleil et des amis à qui je n'ai jamais refusé une consultation, gratos, toujours gratos. Jamais obligés de passer par le cabinet. Je connais le droit comme ma poche, toutes les jurisprudences, des plus anciennes aux plus récentes, affaires, pénal, coutumier, international, consultez Gilles, il est au courant de tout.

Pourquoi il était au courant de tout, Gilles ? Parce qu'il bossait, toute la journée, bibliothèques, fac, *Journal officiel*.

J'étais prêt à m'humilier, la tête couverte de cendres, repentant, oui j'ai fait quelques erreurs de jugement mais faites-moi confiance, je peux tout rétablir en quelques mois. J'ai commencé par les parents d'Élisabeth. Ils n'étaient pas chez eux, ce soir. Le destin, faut croire.

Puis mes parents... Bon, j'avais pris le revolver.

Pourquoi ? Au cas où... Une démonstration de ma bonne foi. Je préférerais me faire sauter la cervelle plutôt que de vous trahir... ce genre de chose. Leurs visages... Tout de suite, à la porte, ils m'ont bouleversé. Des regards las qui disaient la vie bousillée, l'espoir détruit. J'ai passé outre, mon cœur comprimé pourtant, un petit roc de douleur insoutenable, mais j'ai passé outre, j'ai souri : « Allons, allons, qu'est-ce que c'est que ces mines de tragédie ? »

Je me suis approché de maman pour l'embrasser, arrêté aussitôt par un espace infranchissable. Je ne l'ai pas touchée. Papa ne s'est même pas levé de son fauteuil, les bras posés sur la table de la salle à manger derrière laquelle la télé marchait sans le son. La lumière crue du plafonnier. Maman s'est glissée entre lui et la table pour aller s'asseoir sur une chaise dure, à l'abri et je suis resté debout, face à leurs reproches muets. Ils n'osaient même pas me regarder en face. C'était trop de malheur de reconnaître leur propre reflet dans leur fils-miroir. Une vieille souffrance venue d'un passé plus ancien qu'eux les renvoyait ultimement au ratage, à la vacuité, à la dérision d'une vie pour rien. C'était irréparable, mon ratage à moi. Je ne pouvais plus qu'abréger leur terreur. Mon revolver aura servi à ça. Papa, d'abord, est tombé sur le côté droit, sur maman qui ne comprenait pas bien ce qui se passait et qui l'a redressé. J'étais tout près alors, j'aurais voulu l'aimer beaucoup à ce moment pour l'aider un peu, mais j'étais sec. Je crois qu'elle n'existait déjà plus pour moi.

J'ai attendu près de la porte d'entrée. J'ai écouté. Je ne sais pas si j'espérais que quelqu'un vienne et STOP. Mais personne n'est venu. J'ai repris ma voiture. J'étais crevé.

C'était flippant d'arriver chez moi car toutes les pièce étaient allumées. On aurait dit un incendie. J'ai vraiment cru qu'il y avait eu un accident. J'ai laissé la voiture n'importe comment contre le trottoir, grimpé les marches quatre à quatre et, comme j'ouvrais la porte, j'ai vu Élisabeth dans l'escalier, méconnaissable. Elle avait enfilé son manteau sur sa chemise de nuit. Je ne sais pas où elle voulait aller. On aurait dit une folle, les yeux rouges, les cheveux en pagaille, elle qui est toujours si soignée, quand je rentre, et calme et douce, apaisante. Une autre femme. J'ai crié : « Qu'est-ce qu'il se passe ? »

Et elle a glapi, folle, hystérique : « Qu'est-ce qu'il se passe ? Tu demandes ce qu'il se passe ? »

« Les enfants », j'ai dit : « Les enfants vont bien ? »

Elle a haussé les épaules comme si c'était le cadet de ses soucis : « Mais oui, les enfants vont bien. Ils ne savent pas encore. »

J'ai bien entendu le *encore.* « Quoi ? Quoi ?

– Que leur père est un menteur, un menteur, depuis toujours.

– Quoi ? Quoi ? », j'ai encore dit

Quelle scène ridicule. Moi en bas, tête levée vers elle en haut des marches, accusatrice :

« Les Brasseurs, 29 juin 1978. Beaucoup de monde, du bruit, de la gaieté. Je portais une robe à fleurs, décolletée, petites bretelles, celle que tu préférais. J'avais hâte de savoir. Et toi tendrement, faisant durer le suspense, me tendant un bouquet de fleurs et au milieu des fleurs, un petit écrin, et ta demande en mariage, en tant que lauréat. Tu avais réussi. Tu avais réussi. Brillamment, même, ta première année de fac. Alors que tu avais tout raté. Et je t'ai cru. »

Je n'avais pas de parade à ça. J'ai appelé son nom. J'ai sorti ma main de la poche et elle tenait le revolver.

Élisabeth est remontée en courant. Je ne l'avais même pas menacée. Je voulais juste qu'elle pense à ce qu'elle venait de dire. Elle m'avait cru. C'était ça l'important. Elle m'avait cru parce que c'était ce qu'elle voulait. S'il y avait un responsable de tout ce bazar, c'était elle, non ? Parce que, après, il avait bien fallu continuer. Les cours, les examens. L'inscription à Paris, l'éloignement pour la protéger, protéger tout le monde puisque, bien sûr, tout le monde était enchanté du brillant étudiant, comme tout le monde était enchanté quand il avait été engagé dans un cabinet d'affaires au Luxembourg, travaillant beaucoup, en voyage souvent, si peu à son bureau qu'on ne le joignait que grâce à son sericor.

Est-ce qu'elle se posait même la question du boulot que ça avait été, de la tension permanente ? L'emploi du temps, l'argent à trouver, les coups à inventer, les précisions convaincantes, un marché qui s'ouvre en Chine, l'industrialisation à l'Est et son financement couvert par le gouvernement français, les sources ministérielles, jamais de noms mais suffisamment d'indices pour qu'on reconnaisse untel ou untel, le réseau de relations à mettre en place et à entretenir sur du vent, sur rien, sur des mots et de la sympathie et les placements évoqués, proposés, réussissant tous au-delà des espérances avec juste des retards, c'est normal, l'économie va vite, il faut voir loin et tout ce temps, ce temps vide qu'il fallait bien passer, toujours seul. Et tout ça, pour quoi, pour qui ? pas pour moi. Pour elle, pour eux, pour qu'ils soient heureux, tous.

Et voilà que je recevais ma récompense : menteur !

L'ingratitude, l'ignorance, l'incompréhension et, au lieu de l'abandon, le soupçon.

Cette femme à qui j'avais tout sacrifié. J'ai défoncé la porte de la chambre. Elle me demandait de ne pas la toucher. Comme si j'avais pu avoir envie de la toucher. Deux fois, j'ai tiré deux fois.

Je l'ai vue tomber sur le lit très lentement. Elle n'était plus rien. Et puis les enfants m'ont appelé.

J'ai cru en mourir mais je l'ai fait. Elle ne m'avait pas laissé le choix. J'avais cette vibration dans la tête, un ultrason ininterrompu. Je n'étais plus une personne, je n'étais plus personne. Et puis j'ai pensé à toi. Hélène.

Une voix minuscule, à peine interrogative, étonnée a repris en écho :

– Moi ?

– Oui, toi.

La voix a repris, fiévreuse, exaltée, rapide, en même temps que son pas s'accélérait :

– Qui ne m'as jamais rien demandé. Ma trêve, mon repos, ma petite île, ma force, ma douceur, mon commencement ; mon recommencement, ma vie. On peut s'en sortir. Ensemble, on peut s'en sortir. Il n'y a plus d'obstacle. Je serai ce que tu voudras, j'accomplirai tes rêves, je t'en inventerai. Je ne suis plus personne, tu comprends ? Tout est possible maintenant.

Hélène avait rejoint la voiture. Ils n'étaient pas loin. Ils avaient tourné en rond. Les clés toujours sur le contact. Elle filait sur la route. Trouver des flics, le plus vite possible. Qu'on l'enferme. Qu'il disparaisse à jamais. Elle chassa d'un revers rapide de pensée l'image fugitive de leur première rencontre dans son cabinet d'infirmière. Pour une prise de sang. Banale. « Vous me faites du bien. Vous êtes comme une île. Je suis marié. J'aimerais vous revoir. » Elle avait effleuré sa fragilité et s'était trouvée prise. Elle ne voulait pas savoir pourquoi.

Et tandis qu'elle fuyait, agrippée à la bouée de la réalité, il errait à l'écart des chemins, les cimes des arbres masquant le ciel, trébuchait parfois sur une souche, écartait des branches qui venaient lui fouetter le visage et parlait au vide qu'il ne soupçonnait pas, perdu dans l'obscurité, sans même songer à avoir peur.

Le prix de l'innocence

DANIEL

MA JOUE écrasée contre ma main enfoncée dans l'oreiller remontait par-dessus mon œil dont les cils chatouillaient ma paupière. Un effleurement aussi mécanique que l'écoulement de bave entre mes lèvres gonflées par la torpeur. Il aurait suffi que je bascule sur le dos et mon début de torticolis se serait évanoui, sauf que, soulever l'épaule droite avec assez de vigueur pour entraîner le torse jusqu'au déhanchement avec bascule subséquente présentait toutes les apparences d'une entreprise assez folle pour ruiner ma lente reptation intérieure hors de moi-même.

C'était à Paris un 14 juillet, chaleur à crever, mes examens foirés et à part ça quoi de neuf ? Juste ce nerf tordu en diagonale de la nuque qui envoyait des bips-bips d'alerte à des millions de terminaisons cérébrales et moi, incapable d'une décision simple suivie d'action pour me sortir d'un tracas minimal et banal, l'histoire de ma vie.

– Elle est où Juliette ?

La peur va plus vite que la pensée. Ha ! En moins

d'une seconde, la panique me releva, assis, debout, bouche sèche, mèche sur l'œil, œil laser, « sehr » surpris devant ma porte défoncée, remplacée, sans avantage lisible, par un lascar balèze qui faisait saillir ses muscles comme un haltérophile en plein effort, sauf que lui ne serrait rien, même pas les poings. Par précaution je glissai mes mains derrière mon dos. Pour peu que l'intrus menaçant ait des manières, je ne tenais pas à y laisser mes pognes.

Malgré mes dents affolées qui me secouaient jusqu'aux vertèbres lombaires, je tentai d'afficher un air raisonnable, renonçai au sourire que les costauds assimilent si facilement à un appel au meurtre, d'autant que mes muscles labiaux étaient, comme le reste, hors de mon contrôle, et je dis : « Quiquiqui... », vingt fois de suite comme si j'avais oublié de lever le doigt de la touche. Ma courageuse apostrophe resta lettre morte, mais il en fallait plus pour désarçonner mon méchant sauvage :

– Depuis le temps que tu la baises, elle t'a bien fait quelques confidences ou bien ?

Baiser ! On compterait sur un doigt de la main non pas le nombre de femmes mais le nombre de fois où je me suis livré à cette activité outrageusement vantée selon ma minuscule expérience. En vérité, j'aurais volontiers remis ça illico, mais elle n'a pas voulu. Comme je n'ai qu'une cousine, Marion, et que les secrets doivent rester dans la famille, je n'ai plus fait qu'imaginer, depuis le seuil, les mystères de la chambre parentale.

Je gardai donc un silence digne.

– Tu t'appelles bien Daniel Martin ou quoi ?

À question simple...

– Oui, Daniel Martin, c'est moi.

– O.K. Nouvelle donne : elle est où, Juliette ?

– Qui est Juliette ?

– Tu veux mon poing dans la gueule, ou autre chose ?

– Non.

Un temps.

– C'est votre amoureuse ?

– Tu m'as regardé ?

Bonne question. Brouillé par la terreur, mon regard n'avait enregistré aucun détail et je vis alors que l'inconnu portait un costume de satin jaune sans manches sur un débardeur chocolat, des sandales à lanières de cuir et un béret framboise. Merde, la gaffe. Un pédé. Je m'excusai platement. Il m'entendit à mi-mot :

– Hé, minot, J'suis sapeur, Et rappeur, De couleur, Pas homo.

Je précisai ma focale. Le gars était très beau, très costaud et très noir. Heureusement qu'il avait attiré mon attention sur ce détail à l'origine de tant de malentendus. Je résolus d'être très très très poli tout en ruminant sur cet aléa de la synapse, l'émotion, qui, une fois encore, venait de niquer mes circuits d'information, voir plus haut mes examens foirés.

– Maintenant les faits, déclarai-je mieux à mon aise, je ne connais pas de Juliette mais je m'appelle bien Daniel Martin comme il est écrit sur feu ma porte. Je serais ravi de vous aider mais...

– Amène-toi, se contenta-t-il de dire en joignant le geste à la parole.

Et nous clopin-clopâmes en siamois bicolores jusqu'au café-tabac, en bas de chez moi, rue du Dragon, héroïque artère parisienne, qui, seule de tout le quartier Saint-Germain-des-Prés, résista des années durant aux sirènes des boutiques de luxe. Habituellement, j'évite ce troquet sans charme dont le patron vote FN et a un chien qui pue.

– Monsieur, bonjour. Connaissez-vous cet individu ? demanda courtoisement le sapeur.

– Retourne dans ton arbre, métèque semnopithèque ! ricana le cafetier.

Dans le même temps qu'il m'avait fallu pour sortir de mon lit, Martial, comme j'ai oublié de dire qu'il s'appelait, avait saisi le bistrotier au collet par-dessus le comptoir et lui avait envoyé un pain en pleine gueule de sa main droite, la plus bagouzée des deux.

Il rajusta son béret déclinant et, sur le trottoir, fixa un moment mes orteils entortillés, remonta le long de mes mollets poilus jusqu'à mon caleçon ouvert à la brise, examina, d'un air dubitatif, mon tee-shirt gondolant à hauteur du nombril et murmura comme un bilan :

– Vu.

Puis me considérant enfin :

– Vu, mon minot ? Bon, alors tu me ramènes Juliette au Luxembourg, bord de mare pour 18 heures ou je te fais sauter la tronche, la baraque et le reste, et il fila sans demander le sien.

Il faut parfois prendre la vie comme elle vient, surtout quand elle affiche voie unique.

Certes je n'avais aucun indice, ni sur la mystérieuse Juliette, ni sur son lien avec Martial, mais les détours inquiets des passants m'indiquaient une première urgence : enfiler une tenue décente. Je remontai dans ma piaule. Je ne connaissais rien des goûts de Juliette et de toute façon ma garde-robe est constituée d'un jean bleu et d'un jean noir, de deux tee-shirts et d'un col roulé.

J'avalais en vitesse un Nescafé froid, quand j'entendis une de ces réflexions qui font désespérer de l'espèce humaine :

– Ça, alors ? On vous a cassé votre porte ?

Quand je ne suis pas en période d'examens, je

pense vite. Je ravalai donc la réplique cinglante que je n'aurais certainement pas tardé à trouver et, souriant largement à ma voisine la fouine, je répondis :

– Un accident idiot. Et à ce propos, si vous aviez l'amabilité de me laisser faire usage de votre Minitel, je pourrais rapidement dénicher un réparateur agréé.

Affaire vite conclue. Pour une fois que quelque chose de vaguement masculin franchissait la grille du mausolée de sa virginité, mademoiselle Mallet n'allait pas se le faire dire deux fois. Cette salope avait racheté des chambres de bonne adjacentes, l'une après l'autre, et disposait maintenant d'un appartement d'au moins cent mètres carrés d'où l'on découvrait le haut des tours de Saint-Sulpice ainsi que le ciel par-dessus les toits, chauffé à blanc, décourageant. Je soupçonne ma voisine d'avoir des visées sur ma minable chambre plutôt que sur ma minable personne, mais mon parrain et oncle Alain Zinc, plombier à la retraite et père de ma cousine, m'ayant juré que sa mort me métamorphoserait illico en propriétaire de neuf mètres carrés et fonciers, je crois pouvoir affirmer qu'elle s'évertue en vain.

En attendant, locataire insolvable et demi-vierge inconsolable, je tapai gaillardement Martin Daniel, Paris.

– Vous vous cherchez encore, mon cher Daniel ?

Miss Mallet émit un petit rire distingué pour me signaler le double sens et je gloussai à l'unisson tout en recopiant une vingtaine d'adresses et de numéros de téléphone.

Je m'insinuai dans une cabine, carrefour Croix-Rouge, et dégoulinai dès la porte fermée. Le soleil ne tape pas que sur mes nerfs. Si j'entrouvrais la porte, le boucan rendait toute conversation inaudible. Je me consolai à la vue toujours ragaillardissante du rigolo centaure de César.

– Monsieur Daniel Martin ? J'appelle de la part de Juliette.

– Ah, désolé, vous devez faire erreur.

Le seul Daniel Martin de mon arrondissement n'était pas le bon. Ma théorie prenait l'eau. Je téléphonai ensuite par éloignement géographique successif jusqu'à ce que...

– Daniel Martin ? J'appelle de la part de Juliette...

– La salope manque pas d'air !

Je raccrochai tout frétillant au bout de la ligne. Juliette la salope était la bonne, forcément bonne, cette salope. Rue de Charenton 192 *bis*, autant dire les faubourgs, même pas la Bastille. Il me fallait abandonner le monde civilisé.

Les pompiers de la rue Saint-Sulpice préparaient leur bal. Sans moi. À moins que Juliette... Sans doute était-il inévitable qu'à ce stade je fantasmasse sur cette grognasse, cette pétasse, cette radasse, cette pouffiasse, cette belle garce au cul vorace, viens que je t'embrasse ma Juliette.

« On se calme », me dis-je en pédalant sur le tapis roulant de l'interminable changement à Montparnasse.

Métro aérien, on ne pense plus à rien. Je déteste ce trajet plein d'hôpitaux, folie et maladie planquées derrière les façades grises de la Santé, Sainte-Anne, Cochin et puis le treizième. Je ne suis pas superstitieux mais c'est le seul arrondissement de Paris qui me colle le blues en toute saison. Même son quartier de la Butte-aux-Cailles, comme un leurre de campagne, me débecte. Et la place d'Italie, tu parles d'une Italie, cauchemar de tours même pas penchées, cacophoniques et chiatiques. Retournons vite dans les entrailles de la ville et ses kilomètres d'intestins-câbles enroulés sur leurs flots d'eau, de gaz, d'images, de lumière déversés à pleins seaux, et ces milliards de mots échangés en vain, « Je t'aime plus, à demain, combien, et ta mère, ça va pas, résiste et n'oublie pas la moutarde... »

À Dugommier, y a un Monoprix, un genre kiosque à musique sans musique et puis l'interminable rue de Charenton qui file vers sa porte de sortie. Au 192 *bis*, aucun code ne protège un ancien relais de poste, grande cour pavée avec des petits immeubles à perron en haut d'une volée de marches. Le concierge est à gauche en entrant quand il n'est pas dans l'escalier. Ça faisait drôle de trouver mon nom sur la liste des habitants. Escalier C deuxième étage.

Et si je me retrouvais face à Daniel Martin comme devant un miroir ? Là, oui, une minute on pourrait penser que la vie est magique, que le destin existe et qu'on n'est pas tout seul au bout du fond. Même plus jeune, même plus vieux, j'aurais adoré que mon homonyme soit aussi mon synonyme, mais la nature, comme la grammaire, évite les confusions. Daniel Martin avait quarante ans bien tassés, un marcel douteux, un pantalon qui tombait sur les hanches, une barbe de plusieurs jours et un long couteau effilé à la main. Je levai les deux bras pour montrer que je n'étais pas armé :

– Bonjour. Daniel Martin.

– Ouais et qui êtes-vous ?

– Daniel Martin.

Son œil injecté de sang fit le tour du palier.

– On est filmés ?

– Mais non. Je m'appelle aussi, enfin, également, c'est-à-dire comme vous, Daniel Martin. Bonjour.

– Vous l'avez déjà dit.

– Je peux entrer ?

– Il suffit pas de s'appeler Daniel Martin pour entrer chez moi...

– Non, non, sans blague.

J'avançai le pied pour coincer la porte qui se rabattit avec beaucoup plus de puissance que mon mollet ne résista. Ma voûte plantaire s'arrondit en petit pont. Les os tenaient bon.

– Je veux juste des renseignements qui pourraient me sauver la vie. Je blague pas, c'est sérieux.

Il ouvrit brutalement la porte, et je fus catapulté contre la table et un égouttoir de pommes de terre en cours d'épluchage.

Tout le monde veut quelque chose de l'autre. Daniel Martin accepta de répondre à mes questions pourvu que je finisse son épluchage. Et il n'avait pas d'économe. Juste un Laguiole effilé. Et il surveillait l'épaisseur des épluchures pire qu'une grand-mère.

Je connus un bref moment de découragement devant les quatre filets de deux kilos de pommes de terre. Heureusement, il me relança, sa soudaine bonne humeur d'échapper à la corvée d'épluchage ouvrant la curiosité :

– Alors ?

Je lui expliquai qu'on m'avait apparemment confondu avec lui et il s'esclaffa, sans doute parce que je suis plutôt frêle. Je fournis quelques précisions : un grand Noir nommé Martial me soupçonnait d'entretenir des relations avec une certaine Juliette et, refusant de croire mes dénégations...

Là-dessus, Daniel fut catégorique, lui me croyait sur parole. Juliette ne faisait pas dans le jardin d'enfants. Suivez son regard. Mais à part ça, précisa-t-il, une embrouilleuse de première. Il l'avait charitablement hébergée pendant quelques semaines. Elle voulait décrocher, soi-disant, tu parles d'un gros lot, elle s'était tirée avec tout ce qu'elle avait pu trouver de négociable dans l'appart.

– Elle se drogue ?

– C'est pas la totale camée. Elle est plus maligne

que ça. Mais elle aime bien s'envoyer en l'air en solitaire, si tu vois ce que je veux dire...

Je ne voyais pas du tout et lui demandai si justement il ne possédait pas de photos.

– On n'était pas assez intimes pour ça.

Assez intimes pour partager un deux pièces qui à vue de nez mesurait dans les 20 m^2 et ne possédait qu'un seul matelas à même le sol, mais pas pour échanger une malheureuse photo ! Ou j'étais d'un romantisme éculé ou ce type était un enfoiré de sagouin. Juliette jouit, d'un coup, de toute ma sympathie.

– Et vous avez idée de l'endroit où je pourrais la retrouver ?

– Alors ça, c'est pas le genre pignon sur rue, la Juliette, *borderline* SDF plutôt, et pour le reste, pas très causante, sauf, oui, peut-être, tu peux essayer ça... Boulevard Rochechouart, vers Anvers, tu peux tenter le coup. Elle donne dans le strip-tease forain pour se faire de la thune des fois.

Je le remerciai, mis les patates à tremper d'un air qui tentait de rester dégagé mais LA VACHE ! UNE STRIP-TEASEUSE, et apparemment pas coincée en plus. Pour un quasi-puceau, c'était l'occase ou jamais.

Allez hop ! c'était reparti pour un tour de manège, Paris par la périphérie. Changement Nation, direction Étoile, la ligne des pickpockets s'il fallait en croire les annonces balancées par haut-parleur. Je ne viens jamais par là. Je trouve ça loin. C'est crade en plus. Non, non, je vous jure, vous montez à Nation, ça sent la sueur et de plus en plus d'odeurs jusque vers la place Clichy et après ça s'aère jusqu'à Étoile. Eh ben oui ! on me taxera de ce qu'on voudra mais la misère ça sent et j'ai une théorie là-dessus, c'est que la voirie s'occupe moins des quartiers genre Barbès. Ils dégagent des passages pour touristes, la montée vers le

Sacré-Cœur, la place du Tertre, mais pour le reste... Remarquez, moi, s'il n'y avait pas le plombier qui me loge gratis, j'habiterais depuis longtemps vers Gambetta ou Belleville, aux avant-postes. Chez moi, c'est vieux et riche, ça pue la trouille. Comme s'il suffisait de mettre des codes aux portes... Exemple, ma porte aurait été ouverte ce matin-là, Martial l'aurait pas défoncée et peut-être qu'il aurait été plus gentil. Mais sûr que j'aurais pas été sur le point de rencontrer Juliette. Alors peut-être que les codes sur les portes, c'est pas si con que ça.

Quand j'ai passé la bâche d'entrée sous la tente à strip-tease, j'étais dans un état... ce serait exagéré de dire que je m'apprêtais à rencontrer la femme de ma vie, mais pas tant que ça. J'avais une confiance totale. Quand le destin se donne autant de mal, c'est qu'il y a une belle surprise à la clef, en tout cas un événement important, et il s'agit d'être prêt. J'étais hyperprêt.

On était une petite dizaine à être prêts apparemment, quoique l'ambiance ait été plutôt mollassonne. Le son était dégueulasse, ça grésillait et Virginie, sur son quart de cercle, finissait son numéro avec une parfaite indifférence. *Zip*, elle ôta son slip, virevolta simultanément pour disparaître derrière le rideau. J'avais eu le temps de ne rien voir.

J'observai mes congénères. Ils n'avaient pas l'air déçus, ni particulièrement contents ou excités. Personne ne se regardait. Pourtant la tente n'était pas grande et on était tous debout et plutôt proches mais bon, la musique redémarra, une voix annonça « Juliette » et j'oubliai tout, la mauvaise sono, la terre battue sous mes pieds, l'odeur de cave humide, la tristesse de cette scène sans apprêt. Le podium baigna dans une lumière dorée. Un bras étreignit le rideau du fond, une jambe se replia au-dessous, une tête rieuse apparut, un foulard entre les dents. Elle n'était presque pas maquillée, ses cheveux noués en queue de cheval sur le haut de la tête. Elle portait une robe à fleurs et des ballerines et elle avait dû faire un peu de danse dans son enfance car elle se lança dans une chorégraphie enthousiaste, quoique incertaine, dont j'essayai de déchiffrer la symbolique obscure.

Elle passa le foulard entre ses dents et je frémis, puis elle le fit glisser dans son dos et, quand elle se retourna, elle était toute dégrafée. Il y eut ensuite le grand classique du va-et-vient entre les cuisses. La robe voltigea au-dessus de sa tête. Elle nous aguicha un petit moment d'une pointe de sein après l'autre extirpée de son bonnet. Le foulard reprit ses caresses suggestives avant de faire sauter le soutien-gorge et *zip*, le slip et *hop* elle était sortie. Je fis retomber mon tee-shirt sur mon pantalon en même temps que Juliette faisait retomber le rideau sur sa nudité. Le numéro ne durait pas plus de cinq minutes, un temps largement suffisant pour me faire oublier la température suffocante sous la toile, les embrouilles annoncées par Daniel Martin, les menaces proférées par le Black, et me convaincre qu'immanquablement Juliette m'initierait au jeu du foulard. Je filai vers la sortie et attendis à proximité de la tente la sortie de l'artiste.

On avait défoncé ma porte, j'assistais à un strip-tease et j'avais rendez-vous avec Juliette, une enfoireuse de première. Ma vie était toute neuve de commencements prometteurs. La fac de médecine ne faisait même plus partie de mon environnement planétaire.

Tout à coup, je vis la petite queue de cheval s'éloigner sur le boulevard et j'appelai « Juliette » très fort et en vain. Je dus courir après le jean moulé sur des fesses que je connaissais déjà, extase, le dépasser et me planter face aux yeux qui n'étaient plus rieurs mais tristes et voilés pour lancer un « bonjour » que je voulais à la fois rassurant, intriguant, sexy et craquant. Aucun des quatre objectifs ne fut apparemment rempli puisqu'elle continua sa route avec un léger crochet pour m'éviter. Je dus l'attraper par le bras pour l'arrêter d'un « Juliette, il faut que je vous parle » immédiatement anéanti par sa réplique : « Je ne m'appelle pas Juliette. » Je lance l'information à tous ceux à qui elle pourrait être utile : les strip-teaseuses utilisent des noms de scène, histoire de garder l'anonymat.

Personnellement, j'étais assez soulagé parce que, en réalité, cette Juliette-là n'était pas vraiment mon genre.

Dominique, puisque tel était son nom, refusa fermement d'aller prendre un verre. Les filles bossent en continu, toutes les quarante-cinq minutes, rebelote. Je déchiffrai sans peine un sous-texte familier : passer du temps avec moi c'était le gaspiller. Elle condescendit à se rappeler qu'elle connaissait une Juliette qui strippait sous le nom de Diane mais pas en ce moment et qui zonait parfois entre les Halles et Étienne-Marcel. Tu parles comme ça m'aidait. Je lui demandai une description que voici :

– Entre vingt et vingt-cinq ans selon les jours, cheveux blancs courts, petit anneau dans le nez, un mètre soixante, maigre avec de gros nichons, yeux gris, habillée exclusivement en vinyle, tête de mort tatouée en haut du bras gauche, bottines à lacets en toutes saisons.

Mes yeux écarquillés entrevirent une fugitive vision de paradis. Juliette ! Oh ma Juliette !

– Allô, allô, Dominique me rappela à la réalité en agitant sa main devant mon regard aveugle. Vous pouvez toujours essayer sa mère. Elle est vendeuse chez Sympa, sur la droite en remontant vers le marché Saint-Pierre.

Sympa annonce la couleur, rouge, comme le chiffon du toréador agité sous les yeux des ménagères à l'affût de la bonne affaire. Les étals extérieurs débordent de chaussures à trois ou quatre euro. L'emplacement est excellent, que tu remontes au Marché des Tissus après Tati ou l'inverse, tu passes forcément chez Sympa. Y avait un jeune homme à la caisse et une vendeuse, une seule, qui patrouillait dans les allées.

– Bonjour madame. Vous êtes bien la maman de Juliette ?

– C'est pas vrai, on vous recrute au berceau maintenant ?

– ? ? ? ? ?

– Vous êtes flic, non ?

Je détrompai cette mère sans illusions, espèce génétiquement rare.

Le temps que je la persuade que je n'étais pas non plus un dealer, elle était partie engueuler une cliente qui boitillait sur une chaussure vers l'unique miroir aux trois quarts masqué par les boîtes à chaussures ouvertes. Y avait un chiffon par terre si on tenait absolument à poser le pied d'essayage au sol, c'était quand même pas sorcier, non !

Puis elle revint m'annoncer tranquillement que c'était dingue comme coïncidence parce que Juliette venait de sortir quand j'étais moi-même entré dans le magasin.

Je fermai brièvement les yeux sur un désespoir proche du découragement et les rouvris pour demander :

– Elle est partie par où ?

– Alors ça !

Ses deux paumes ouvertes en pattes de canard, coudes à la taille, et le retournement perplexe de ses lèvres arrondies indiquèrent clairement son ignorance. Je fendis la foule qui encombrait la rue d'Orsel, parcourus du regard la rue de Steinkerque, courus jusqu'au Théâtre de l'Atelier et sa paisible place où seuls deux clodos s'injuriaient posément à l'ombre des marronniers. Je remontai vers le carrefour suivant, bousculai trois Allemands en short qui avançaient à l'aveugle, le nez dans leur guide ouvert, et mon œil fébrile interrompit sa course sur un crâne délicat hérissé de mèches platine qui bondissait allègrement par-dessus le tourniquet du funiculaire.

Mes semelles de caoutchouc décollèrent de l'asphalte, j'évitai de justesse un cycliste aux yeux exorbités, obligeai une Fiat Panda turquoise à piler, j'avais récupéré ma carte orange dans ma poche revolver, j'enfilai le ticket dans la fente, en quatre enjambées j'avais rejoint la nacelle de verre, les portes glissèrent silencieusement derrière moi et une vieille dame s'appuya sur sa canne pour s'extraire de la banquette avant et m'ordonna d'un ton péremptoire de m'asseoir pour me remettre. Devant Juliette ! La honte !

J'aspirai l'air si violemment qu'il repoussait les mots. Une main sur le cœur, je fis non de la tête et m'immobilisai le menton sur l'épaule gauche, le temps suspendu entre tout à l'heure et tout à l'heure, face à un petit visage triangulaire, yeux fendus couleur fumée, nez bosselé troué d'un cercle d'or, bouche boudeuse peinturlurée noir brillant. Elle tournait le dos à Paris que l'éloignement grandissait. Elle avait l'air en pétard. J'avais si peur de la voir disparaître à peine nommée que je murmurai très doucement : « Juliette. » J'entendis, loin, la vieille dame soupirer, telle une mécréante invoquant en vain le nom de Dieu : « Ah, l'amour ! »

La jeune fille plissa les yeux d'un air rusé :

– Oui.

Et je connus une bonne minute de bonheur parfait.

Juliette se détourna de mon silence pour faire face

aux portes qui ouvraient. Je la suivis en direction des marches du Sacré-Cœur. Elle s'arrêta, me confronta :

– Qu'est-ce qu'il lui veut, à Juliette ?

– C'est une longue histoire. On peut s'asseoir ?

De là-haut, la vue est fantastique. J'étais le vainqueur invincible. Paris m'appartenait et, pour Juliette, ça n'allait pas tarder. Mon récit devint une épopée héroïque avec ses moments de doute, ses épisodes burlesques, son rythme échevelé et surtout cette intrusion du hasard qui transformait une vie en destin. Je me découvrais un conteur naturel.

– Putain, c'est pas vrai. Il fait chier, Martial.

Je m'aplatis au sol sans avoir eu le temps de sortir mon train d'atterrissage.

– Têtu comme il est, il va pas me lâcher comme ça. Au Luxembourg, tu dis ?

– Mais qu'est-ce qu'il... te veut ?

– Ben mes deux cents grammes de blanche, que j'ai même plus. Évidemment t'aurais pu le donner aux flics, mais il aura rien sur lui. S'il avait pu se rappeler d'être con, la vie serait plus facile.

– Quand tu dis de la blanche, tu veux dire...

– Ben oui, tu viens de tomber du nid ?

J'affectai un air de grave réflexion :

– Moi, je crois qu'il vaut mieux pas y aller.

– Tu rêves ! Toi, il te retrouvera sans problème et moi, pareil un jour ou l'autre.

– Mais déjà, si tu l'appelais pour dire qu'on se connaît pas...

– Tu l'as vu ou tu l'as pas vu, Martial ? C'est lui qui décide ce qui est vrai, ou juste, ou normal. C'est Dieu si tu veux. Comment tu te débarrasses de Dieu ?

Les citations étant l'utile succédané de la pensée, je risquai :

– Si Dieu est mort, tout est permis.

– Voilà. Il faut le tuer. On est bien d'accord.

– Mais c'est pas...
– Si, si, t'as absolument raison. Je me sens moins seule.

Et elle s'est pressée contre moi, sa tête sur mon épaule. Le vinyle sur la peau en sueur c'est pas terrible, mais elle a fourragé dans ma nuque, elle nous a entortillé les doigts et puis elle m'a fait des petits baisers en remontant la joue jusqu'à ma bouche et elle m'a embrassé, embrasé, ma cousine peut toujours aller se rhabiller. D'ailleurs Juliette, qui est une femme d'expérience, me l'a dit elle-même :

– Tu embrasses bien, elle a dit contre ma bouche.

Et tout à coup, elle s'est levée :

– Allez, on y va.

Et elle a dévalé l'escalier, les bras écartés en ailes d'avion et quand je l'ai rattrapée, elle m'a pris par la taille et elle était assez petite pour que je me sente grand.

En marchant vers la gare du Nord, elle a fait une pause-shopping pendant que je l'attendais. Et dans le RER, elle m'a exposé son plan. Elle allait préparer un sac de poudre blanche en plastique étanche et le coller dans le bassin du Luxembourg. Comme ça Martial serait obligé d'entrer dans l'eau pour le récupérer. À ce moment je lui balancerais une chaise en fer sur la nuque et il mourrait noyé.

Elle était si contente de son plan que je n'ai pas osé lui dire, un qu'il était nul, deux que je ne pourrais jamais faire une chose pareille.

Quand j'ai vu le monde au Luxembourg, ça m'a rassuré mais ça aussi elle y avait pensé. Ce ne serait pas la première fois que Martial et elle se laisseraient enfermer dans le jardin pour des échanges illicites.

Après on s'est trouvé un petit bout de pelouse à l'abri des regards pour attendre tranquillement et sans que je lui aie rien demandé, de frôlements en frottements, elle m'a appris tous les petits détours du désir qui mènent à l'amour. Elle avait même assez de préservatifs sur elle pour qu'on puisse faire plusieurs répétitions avant la générale éblouissante de cette activité qu'on ne vantera jamais assez si l'on en croit mon expérience dangereusement acquise.

Après, on s'est installés sur des fauteuils au soleil et on a attendu Martial. Je l'ai regardée somnoler dans la lumière et j'ai vu la personne la plus précieuse au monde. Alors j'ai tenté de la dissuader de son projet. Elle a été très ferme. Elle m'a expliqué que je mettais pas assez le nez dehors et que dehors c'était la guerre civile. On était sur une échelle et il y avait toujours quelqu'un au-dessus et quelqu'un au-dessous et on devait soit monter soit descendre parce qu'il y avait pas assez de barreaux pour tout le monde. Elle était une survivante et elle choisirait toujours de faire trinquer plutôt que de trinquer. Et si elle devait me raconter l'histoire de sa vie, on pourrait sangloter pendant des heures sauf que ça changerait rien. Et que maintenant qu'elle m'avait donné des couilles, autant qu'elles servent à quelque chose.

Martial n'est jamais venu, alors on est allés au bal sur l'île Saint-Louis. On a bu des bières et je ne danse pas bien. Mon immense amour gâchait l'atmosphère. Elle a commencé à danser avec un jeune type aux cheveux verts, de façon humiliante pour moi.

Ses dernières paroles ont été que, si Martial revenait, je n'avais qu'à lui donner l'adresse de la rue de Charenton, elle en avait rien à foutre, et aussi qu'il fallait faire la guerre et pas l'amour. Elle est partie avec le garçon aux cheveux verts et je ne l'ai jamais revue. Martial non plus.

Je me suis longtemps demandé si j'aurais été capable de tuer pour elle et si ça aurait changé quelque chose mais finalement je crois que c'est non aux deux. D'ailleurs j'ai arrêté médecine et j'ai fait plombier sur les conseils de mon parrain qui n'est pas sans me rappeler Juliette avec son réalisme à la con : trop de toubibs, pas assez de plombiers.

Et c'est vrai que j'ai du boulot par-dessus la tête.

Ma femme me pousse à écrire. Ah oui, finalement, j'ai épousé ma cousine Marion ! Elle dit que, quand on fait aussi bien l'amour, c'est qu'on a de l'imagination. Moi, je crois que mon imagination, c'était Juliette.

MARION

Je ne connais pas Juliette intimement, mais je pense comme elle sur beaucoup de choses. Par exemple, je suis pour la vie en self-service ; si t'attends le marchand, tu seras jamais servi.

Déjà du temps qu'il était mon cousin, j'aimais Daniel. Il a toujours été très beau, à part l'année de ses treize ans. Il est intelligent et drôle, et orphelin depuis qu'il a neuf ans. Il n'est pas banal, ne l'a jamais été. Les destins douloureux ont leurs avantages. Quand ses parents sont morts, il est venu habiter avec nous. Chaque été, pendant un mois, il allait chez ses grands-parents maternels. Chaque été, pendant un mois, je m'ennuyais.

On habitait à Pont-Cardinet, un petit appartement sur les rails. Le soir, Daniel me lisait des histoires. Il a toujours beaucoup lu. À l'école, on n'était pas dans la même classe, parce qu'on avait un an, lui d'avance, moi, de retard. Dès qu'il est arrivé, toutes les filles sont tombées amoureuses de lui. Il ressemblait à sa mère dont je me souviens très bien parce qu'elle me faisait peur. Sa famille était riche et pourtant elle avait épousé mon oncle, le frère de ma mère, qui était garagiste. Ils sont manuels dans la famille. Elle se contentait d'être belle et sévère, contrairement à ma mère qui est une rigolote, infirmière à Sainte-Anne. Mes parents n'avaient pas d'horaires, comme on dit quand on travaille trop. Donc, on était souvent seuls, Daniel et moi. Il jouait au grand frère. Il me faisait travailler. « Si tu étais moins frivole, moins paresseuse, disait-il sévère et beau, tu pourrais avoir de bons résultats. » Moi, je crois que le seul résultat qui compte, c'est la vie, et ma vie c'était Daniel.

Mon père aimait son neveu comme le fils qu'il n'avait pas eu. Mes parents sont stériles, c'est pour ça qu'ils m'ont adoptée. Dans la petite tête de mon père, il y avait un rêve qui ressemblait au mien et que rien ne devait empêcher. Et puis Daniel a passé son bac et on est allés camper en famille au Grau-du-Roi, comme chaque année, et, pour la première fois, on avait une petite tente pour deux, lui et moi. Un après-midi, on a retrouvé la bande à la plage mais, en plus de la bande, il y avait une certaine Gunilla, une Suédoise d'au moins vingt ans qui baladait ses gros seins nus, soi-disant qu'elle voulait profiter du soleil qui était plutôt rare chez elle et, dès qu'il s'agissait de se faire enduire de crème, comme par hasard, elle passait le tube à Daniel et, dans l'eau, tous les prétextes étaient bons pour lui passer les bras autour du cou et l'éclabousser avec de grands éclats de rire qui étaient autant d'éclats de verre sous ma peau pleine de coups de soleil. Et le soir, en boîte, au troisième slow où Gunilla faisait semblant d'adorer que Daniel lui marche sur les pieds, j'ai poussé un grand cri et je suis tombée évanouie sur Daniel et Gunilla.

Comme j'étais très faible, Daniel m'a ramenée au camping. Je lui ai demandé de me déshabiller parce que j'étais vraiment très faible. J'ai un peu pleuré en me cramponnant à lui, sans lui laisser le temps de m'enfiler mon pyjama. J'ai fait des soupirs un peu rauques, j'ai commencé à le déshabiller, je lui ai dit qu'on était pas vraiment cousins et, comme c'était la première fois pour lui comme pour moi, on a été lamentables. J'ai rarement été aussi déprimée de ma vie. J'avais cru que ces choses-là se faisaient naturellement, mais la nature est une lâcheuse de première.

Je suis retournée dans mon sac de couchage. Heureusement il faisait noir. Un quart d'heure après, il me proposait de réessayer et j'ai dit non merci. D'instinct. C'est comme fumer ou se ronger les ongles, on prend vite le pli. Deux foirages à la suite, ça nous aurait fait une grosse mauvaise habitude.

Ça, c'était le premier obstacle à mes rêves d'avenir. Le second, c'est quand Daniel a décidé de faire médecine. Mon père lui avait promis une chambre indépendante après le bac et son grand-père maternel l'avait convaincu d'entamer médecine, tous frais payés. Daniel pariait sur un avenir bourgeois, j'avais disparu du cadre. En plus, j'étais sûre qu'il avait beaucoup trop d'imagination pour devenir docteur.

J'ai ruminé tout ça le reste des vacances. Le petit point positif, c'est que notre séance nocturne lui avait mis un coup au moral question séduction. Même cette cruche de Gunilla a fini par le comprendre. En admettant que je me refaufile dans son futur album de famille, c'était quand même chronique d'une frustration annoncée.

J'ai décidé de prendre mes responsabilités. Il fallait que moi aussi j'aie quelque chose à offrir. Je décrétai que mon année de terminale serait le terme de mon innocence. J'allais devenir une créature irrésistible et fatale.

J'ai commencé à sécher le lycée avec assiduité. Je me suis inscrite dans un cours de danse africaine. Et c'est ainsi qu'un jour j'ai rencontré Martial. Il était beau, sexy et coureur. Il était pile pour moi. J'adorais son style. Je lui ai demandé conseil. Avant de m'habiller, il fallut bien me déshabiller et nous avons fait plus ample connaissance. Et quand je dis ample... mon horizon devenait infini.

Martial était danseur et acteur. Je dis était parce que malheureusement il est mort noyé. Un accident idiot. Il est tombé dans la Seine et il ne savait pas nager. Mais pendant ces quelques mois, on a été très proches. Il m'aimait bien parce que j'étais prête à toutes les explorations et pas jalouse. On adorait la danse, la sape et la tchatche. Parfois il disparaissait ou moi. C'était pas grave. Martial restera toujours ma jeunesse. Parce qu'on s'aimait sans bail.

Les rares dimanches où je déjeunais en famille, je voyais mon Daniel s'étioler dans la prison de son ambition. Et je lui échappais avec mon insupportable babil d'oiseau exotique. J'avais quitté ma cage et je comptais bien le sortir de la sienne, avant qu'on amé nage la nôtre.

Je suis très jalouse. Seul un total contrôle de sa liberté surveillée garantirait ma sérénité. L'oiseau, dans son envol, garderait un fil à la patte.

Contrairement à Daniel, je manque totalement d'imagination. J'avais le concept mais, pour le script, j'ai passé le relais à Martial.

Par exemple Juliette, c'était son idée. Pour décoincer un type, selon lui, je ne trouverais jamais mieux. Il lui conseillait même de passer professionnelle plutôt que de galérer de combine minable en arnaque miteuse. Mais Juliette aime le changement et comme elle dit : « D'un mec à l'autre, je ne vois pas toujours la différence. Excuse-moi, Martial. » Et finalement, je pense comme elle. Tu choisis un homme et après tu fais fructifier l'investissement. Le bonheur, c'est comme le prince charmant, ça se rencontre pas, ça se fabrique.

Donc, Martial me parle de Juliette qui, entre autres qualités, est purement vénale, donc avec elle, pas d'embrouille. Depuis l'âge de cinq ans j'ai un compte d'épargne alimenté par la famille. J'étais prête à raquer.

Martial fait les présentations :

– Marion Zinc, Juliette Martin.

Et là, je tombe à la renverse. Martin, c'était dingue comme coïncidence, non ? Martial me regarde avec des yeux de hibou et je lui explique :

– Mon cousin s'appelle Daniel Martin.

– Ben, comme mon frère, ajoute Juliette comme si tous les cousins et tous les frères de France s'appelaient Daniel Martin.

Bon, on était tous d'accord qu'il fallait se servir de ça.

Un soir, on dîne chez le frère de Juliette et j'explique mon Daniel à moi. Juliette se fait fort de régler le petit problème qu'on sait. Et moi, je complique. Pour le sortir de son marasme, il faut du suspense, du danger, une urgence qui l'oblige à se jeter à l'eau, à prendre des initiatives, à inventer, bref, qu'il entre enfin dans la vie réelle et cesse de se masturber en vain, à tous les niveaux de sa chère petite personne.

Au fil des bouteilles, on a enfilé les idées foireuses et on s'est bien marrés. Dans ce sens, on n'a pas perdu notre temps, mais pour le reste...

À cinq heures du matin, je suis partie avec Martial. On a remonté les quais depuis Bercy, sans dire un mot. J'avais envie de pleurer, mélancolique. Je me ressemblais plus. On avait trop rigolé. C'était minable d'avoir déballé Daniel, comme un pantin que j'aurais laissé agiter dans des poses ridicules. La nuit avait de belles couleurs et on était tout seuls dans un monde lunaire, sans tracas. J'étais la pas très belle à la cité dormant et mon prince noir ne semblait pas même envisager le plus petit baiser, pour partager mon rêve. Si profond en moi qu'il ressemblait à un soupir, j'ai deviné l'amour près de s'éveiller, le pas raisonnable qui déchire le ventre, brûle la vie. Un amour qui s'appelait Martial. C'est ce que je crois aujourd'hui, parce que je me rappelle très bien, quand Martial s'est arrêté pour me faire face, j'avais la peau remplie de coton. On était devant la Samaritaine que je voyais floue, toutes ses lumières mélangées et de la voix tonitruante de mon chevalier je n'ai entendu qu'un écho sourd et étouffé :

– Il faut pas qu'ils soient frère et sœur.

La Samaritaine s'est mise à tanguer, mais en fait, c'est moi. Tous les symptômes de l'ivresse sont arrivés d'un coup. Nausée, crâne bétonné, os amollis. J'étais de retour dans le monde réel.

Martial a développé l'idée le temps qu'on arrive chez moi. Un type jaloux prendrait mon Daniel pour l'autre, qui, dans l'histoire, ne serait plus le frère mais l'amant de Juliette.

Le lendemain soir seulement, j'ai vaguement compris l'idée, et je lui ai rétorqué :

– Et alors ? Qu'est-ce qui se passe après ? Le jaloux casse la gueule à mon cousin qui se fait consoler par Juliette parce qu'elle est désolée pour lui ? Tu parles d'un plan.

On a appelé Juliette et Daniel. Comme d'habitude, il y avait quinze personnes à dîner. Il est instit, Daniel, je sais pas comment il fait. Comme on n'arrivait pas à s'entendre au téléphone avec la musique et les conversations en fond, ils nous ont dit de venir et là, tout le monde s'en est mêlé et, à la fin, ils m'ont tous gonflée et j'ai décidé de laisser tomber. Je suis rentrée et maman m'a annoncé que Daniel était passé, qu'il avait une petite mine, qu'il s'inquiétait pour ses examens et qu'il avait été très déçu de ne pas me voir. Mes plombs ont fondu et je me suis énervée, à quoi ça servait qu'il me voie puisqu'on n'avait jamais rien à se dire, il pouvait toujours faire médecin, j'avais une santé de fer, ce serait une occasion de moins de se voir et maman a soupiré qu'elle ne savait pas ce qu'on avait tous, c'est vrai qu'il faisait lourd et papa a dit que c'était pas une raison, que la maison n'était pas un hôtel, que le bac se trouvait pas dans les pochettes-surprises, et j'ai claqué la porte de ma chambre.

J'étais tellement dégoûtée de tout que je me suis mise à travailler. Pour Martial et compagnie, j'étais aux abonnés absents.

Résultat des courses, j'ai eu mon bac, de justesse mais quand même. Papa m'a offert un vélo et je me suis inscrite en fac. Daniel a foiré tous ses examens. Il s'est fait de plus en plus rare, sans parler de la conversation. Un dimanche, il a annoncé qu'il restait à Paris tout l'été pour bosser et plus de nouvelles. Je suis allée toquer plusieurs fois à sa porte. Il a refusé de m'ouvrir.

Il suffit d'une pichenette pour que le monde devienne hostile. J'ai fait connaissance avec la solitude et mon enfance m'a définitivement quittée.

J'ai exploré ma ville à bicyclette et je m'y suis perdue. Il faisait beau et même les vieux imprudents, qui défient le sort en traversant hors des clous, souriaient sur mon passage. Une atmosphère de flirt sans conséquence a fini par me réconcilier avec la légèreté. J'ai accepté que l'avenir soit imprévisible et, comme on scelle un pacte, j'ai décidé de tricher une dernière fois avec le destin. J'ai appelé Martial.

Il m'a assaisonnée à sa façon. J'ai attendu qu'il ait épuisé sa bile, ce qui a pris un bon bout de temps et m'a permis de comprendre que c'est comme au tennis. Celui qui réceptionne la balle décide si le point sera gagnant ou pas. Les insultes de Martial ont fini par s'émousser sur le mur de mon indifférence.

Quand j'ai pu placer un mot, je lui ai demandé de me raconter où en était le fameux scénario que j'avais commandé avant de m'en désintéresser.

Homme de scène, Martial avait trouvé la solution en pensant théâtre. Rien à redire. Les deux moteurs de la peur et de la curiosité se renforçaient mutuellement. Daniel mordrait forcément à l'hameçon. Je rassurai Martial sur son unique inquiétude : mon cousin n'irait jamais se confier à la police. Et on avait suffisamment moqué la banalité de son nom toute son enfance pour qu'il pense à une homonymie. De toute façon, personne n'avait rien à perdre, alors autant essayer.

Le 14 juillet nous a plu comme une date symbolique et aussi parce que le frère de Juliette comptait faire des frites pour une tripotée de potes.

Si le plan ne marchait pas, j'entendrais que la vie n'avait pas l'intention de se laisser mener par une pisseuse de mon espèce. J'avais d'ailleurs renoncé à mes rêves de petite fille. Je voulais juste faire ce cadeau à mon cousin : lui rappeler que la vie est pleine de surprises et d'aventures quand on veut bien quitter les sentiers balisés.

On a tous emprunté des portables pour relayer les informations à chaque étape du trajet de Daniel. Au pire, Juliette provoquerait la rencontre. Quand elle l'a vu courir vers le funiculaire, elle nous a passé son dernier message. Moi, j'ai dit merci à Martial en pensant adieu. Après, ç'a été le silence radio sur toutes les lignes.

Les bus arboraient leurs petits drapeaux, de grands calicots invitaient à la fête au fronton des casernes, les orchestres se chauffaient mollement sur les places tristement décorées. Ce soir, c'était la fête obligée pour tout le monde. J'ai pris le 68 jusqu'à la place Clichy et j'ai passé la soirée avec mon walkman. Daniel et Juliette n'en finissaient pas de se mélanger pendant que Mc Solaar annonçait « Les temps changent ».

J'étais en train de rêver que j'étais assise sur un rocher, perdue en plein océan. Un paquebot lumineux passait au loin, je voyais les silhouettes s'agiter sur le pont et une musique de supermarché arrivait jusqu'à moi. J'eus beau me lever et agiter les bras en hurlant, personne ne m'entendit. Je me réveillai en sursaut avec la sensation brutale d'une présence étrangère dans ma chambre. Une silhouette s'approcha de mon lit. Je restai paralysée de peur. Une voix chuchota mon nom. C'était Daniel, son haleine lourde de bière et de tabac. Il voulait qu'on aille ensemble à la mer. Tout de suite.

Je me suis habillée dans le noir. On a trouvé les clés et les papiers de la camionnette de papa dans son veston et, quand on est arrivés à Granville, il pleuvait. Du coup, on a eu la plage pour nous. On a parlé de rien. On s'est baignés, on a marché, on a mangé des crêpes et, le soir, on n'a pas réussi à trouver d'hôtel. Ils étaient tous pleins. Alors, on est rentrés. Chez lui. On a bloqué la porte avec une chaise et on s'est endormis dans les bras l'un de l'autre sur son petit lit étroit. Je crois que nos corps se sont trouvés dans le sommeil et on a fait l'amour doucement, tendrement, et, une fois réveillés, on est devenus plus bruyants et plus violents aussi. On ne s'est plus jamais lassés l'un de l'autre malgré les années.

J'ai été un peu déçue qu'il devienne plombier à son tour. Je me sens coupable de mon insatisfaction alors que j'ai obtenu précisément ce que je voulais. Trop précisément peut-être. Mais je suis en train de me renseigner sur l'Australie. Je suis sûre qu'ils ont des tuyaux détraqués comme tout le monde et c'est si loin l'Australie.

MARTIAL

– Merci, a dit Marion et puis elle a raccroché.

Martial a entendu le *clic* définitif. Il savait bien que leur jeu finirait en adieu pour que Daniel l'empoté ne découvre jamais le pot aux roses ni ne s'égratigne à leurs épines.

Martial n'a jamais laissé les regrets étendre leur ombre sur le présent, alors il a haussé les épaules. Il s'est dit que le récit de Juliette vaudrait son pesant de cacahuètes.

Il a pensé à Marion et, comme il n'est pas du genre introspectif, il ne s'est pas demandé pourquoi elle lui avait pincé le cœur autrement que les autres filles qui folâtraient dans son vaste domaine sentimental. Il ne s'est pas dit qu'elle était mieux que jolie avec son visage carré, ses petits yeux noirs perçants, ses cheveux drus mal ratiboisés, son nez épais et sa longue bouche fendue en rigolade. Il ne s'est pas dit qu'il aimait son énergie à bousculer la vie, son enracinement têtu dans la réalité, son écoute attentive et grave.

Il ne s'est pas dit que Daniel avait bien de la chance, il a réfléchi qu'il avait le temps avant son rendez-vous avec Marina, une petite blonde jolie et bête comme un oiseau des îles, et il est descendu sur les quais à Saint-Michel. Il s'est planté au bord du quai déserté par les bronzeurs de l'après-midi et il a regardé l'eau couler, sans idées sombres, alors qu'il se demandait s'il réussirait jamais à percer comme acteur. Il était sûr de son talent, il se savait séduisant, mais il y a peu de rôles pour les peaux noires.

C'est sans doute pour ça qu'il ne les a pas entendus approcher, les deux crânes rasés qui s'efforçaient de ne pas faire crisser leurs Paraboot. Le premier a fait un clin d'œil au second qui a levé un pouce affirmatif et, d'une brusque poussée, a projeté Martial dans la Seine. Il ne portait plus son costume de fiction mais un complet en lin et des chaussures bicolores. Sa bouche s'est ouverte grande de surprise et il a dû avaler beaucoup d'eau, car il s'est à peine débattu. En un rien de temps l'eau du fleuve a retrouvé sa surface lisse et son indifférence aux turpitudes des hommes.

– Merde ! a dit le premier crâne rasé et ils ont vite regardé autour d'eux sans trouver le moindre témoin.

Et le second a entraîné le premier vers l'escalier de pierre en lui disant :

– T'es con.

Et l'autre, d'un air penaud, a répondu :

– Je ne pouvais pas savoir !

Passé passager

SUR LE QUAI 1C en gare de Nivelles, Rudy Duquesne guettait l'arrivée du train de huit heures vingt et une à destination de Bruxelles. Il était vêtu d'un pardessus en loden vert avec chapeau assorti et, comme tous les jours, tenait à la main gauche une serviette de cuir brun. Sa main droite était enfoncée dans la poche de son manteau. Il n'avait rien de remarquable. Le jour gris et froid non plus. Parce que personne ne connaissait encore le secret de Rudy Duquesne. Personne ne pouvait savoir que ce matin, dans la navette attendue, Rudy Duquesne allait commettre un meurtre.

Le haut-parleur crachota dans l'indifférence. D'un ton posé, une voix annonça un retard estimé à environ neuf minutes.

Un employé de banque fila vers la sortie, l'œil furtif, obliqua à droite sur le bistrot, direction le comptoir et sa machine à bière. Rudy Duquesne changea son pied d'appui. Autrement, personne ne broncha, sans qu'il fût loisible d'évaluer la part de brouillard interne ou de résignation lasse dans ce flegme général.

Trois minutes plus tard, le train entrait en gare. Rudy Duquesne calcula machinalement que la navette avait deux minutes de retard sur l'horaire normal et sept minutes d'avance sur le retard prévu. De l'humour de chef de gare, pensa-t-il, refusant l'itinéraire de secours que la vie, à tout hasard, venait de lui proposer.

Il s'était placé au niveau du premier wagon après la locomotive, pour pouvoir traverser le train de bout en bout. Ainsi, il était certain de ne pas rater sa victime, où qu'elle se trouve.

Quand le train s'ébranla, il lui restait vingt minutes pour accomplir son projet.

Les quatre employées des Pensions faisaient salon à leur place habituelle. Comme tous les jours, la cinquième, montée à Nivelles, s'assit de l'autre côté de la travée, à l'extrême bord de la banquette, pour ne rien perdre de la conversation de ses collègues qui chuchotaient dès qu'elles abordaient leur sujet de prédilection : les manœuvres ingénieuses et vaines de leur chef de service pour coincer Isa dans les vestiaires. Isa, une blonde placide, la joue contre la vitre, le regard immobile sur le paysage pressé, rêvait d'ailleurs, indifférente aux spéculations qui n'excitaient que ses copines en quête de romance.

Rudy Duquesne nota leur présence sans s'y arrêter et réciproquement. Il se félicita seulement de n'avoir jamais rencontré de collègue sur la navette de huit heures vingt et une. Il était aussi seul que ce pauvre monsieur Rigaud, qui s'adossait à la même cloison depuis cinq ans, au fond du wagon, plongé dans son *Soir* du matin. Un nom appris par hasard, sept mois auparavant, en gare du Midi, au kiosque à journaux. « Bonjour, monsieur Rigaud », avait dit la vendeuse. Une encoche inutile de plus, un tatouage indélébile dans les sillons de sa mémoire.

De toute façon, il préférait une victime anonyme.

Il passa.

Son regard flotta vers les banquettes de gauche et quelques nuques immobiles, puis, comme on rembobine un film, remonta les rangées en accéléré car son cerveau venait d'enregistrer une information ahurissante. Voilà, il y était, cette nuque rousse, courte et bouclée. Mina. Sa femme. Qu'il avait embrassée dans leur chambre quinze minutes auparavant. C'était impossible. À moins qu'elle ne l'ait deviné, autant dire compris. Il se répéta que c'était impossible pour refouler le gros espoir qui lui comprimait déjà la poitrine.

Une pelote de laine violette roula sous la tablette rouge. La femme se baissa. Son profil aigu se découpa sur le vert du rembourrage. Rien de commun avec les rondeurs tendres de Mina, son front en pente douce, ses narines en minuscules ailes de papillon, ses lèvres boudeuses, son petit menton à peine retroussé.

Il ferma les yeux une seconde, cramponné à la barre du porte-bagages.

Mina dormait quand il était parti. Grâce au ciel, elle dormait, protégée de toute réalité, endormie dans le mensonge de son mari. Une bulle de salive nacrée s'était arrondie à la commissure de ses lèvres entrouvertes. Il avait eu envie de l'attraper au bout de sa langue mais n'avait pas osé. Sa main gauche appuyait l'alliance à neuf anneaux sur sa joue bombée.

Rudy Duquesne ne s'était jamais fait d'illusions sur lui-même. Le surnom de « face de rat » qui avait accompagné toute sa scolarité l'en avait vacciné. La nature l'avait condamné à l'effort. Sa réussite professionnelle méritée lui avait payé du bonheur pour cinq ans. Pas assez cher payé, il le savait. La balance devait s'équilibrer au poids du malheur. Il s'y était résigné.

Un gloussement lui fit rouvrir les yeux. Deux collégiennes roucoulaient autour d'un blanc-bec tout gonflé de ses exploits de la veille : une beuverie après bagarre entre supporters d'Anderlecht. Dès la cour d'école, l'enfant singe la volaille de basse-cour et le temps n'arrange rien, se dit Rudy Duquesne qui détestait le foot. Des souvenirs cuisants crispèrent sa main droite sur l'arme froide au fond de sa poche.

Le désarroi étant l'arme des lâches, il passa.

Il reconnut à distance la voix nerveuse et haut perchée : « Non, non, non, non, maman ne veut pas de ça, ne veut pas. Oui, oui, oui, oui, oui, tu es gentille, ma fille. » La dame au chien s'interrompit le temps d'incliner la tête pour saluer Rudy Duquesne qui accéléra le pas. La vieille bécasse ! L'haleine viciée de son corniaud beige l'isolait plus sûrement qu'une haie de barbelés. Cette pensée amusa Rudy Duquesne, le temps de franchir le premier soufflet.

La petite scène qui suivit le ramena à plus de sérieux.

Un énorme barbu feuilletait un épais dossier. En même temps que son doigt soulignait de traits rageurs et invisibles les lignes dactylographiées, il articulait à toute vitesse des pans de phrases dans un silence ponctué de crissements de poils et de grincements de dents. En face, un gamin de quatre ans l'imitait gravement, insensible aux avertissements répétés de sa mère. Des hoquets de rire nerveux entrecoupaient les mises en garde de la jeune femme, risquant à la fois d'alerter le liseur et de réveiller le bébé endormi sur sa poitrine.

Rudy Duquesne revit en un éclair le moment de sa demande en mariage. Avant de dire oui, Mina l'avait prévenu, directe comme toujours : pas d'enfant. Là encore, elle avait eu raison. Contrairement à lui. Et il n'y avait pas de quoi rire.

Non vraiment pas de quoi rire, se répéta-t-il, sa tristesse se teintant de douceur à la vue du passager suivant, un Arabe sans âge, à la moustache grisonnante qui, les deux mains à plat sur les genoux, fixait le vide avec attention. Rudy Duquesne connaissait cette pratique de discrétion prudente. Sa laideur, modeste pourtant, en avait fait un habitué du banc de touche. Les moches, les sans-charme, redoutent aussi le racisme ordinaire et son sillon de mines invisibles. Ils savent les dangers contenus dans un banal croisement de regards.

Mais Rudy Duquesne avait dépassé la peur aujourd'hui. Il oublia l'Arabe instantanément.

À contre-courant de la machine lancée en avant, il progressa avec le paysage qui filait vers le passé. S'il pouvait accélérer le mouvement, il accéderait peut-être au repos.

Il accéléra donc mais pas longtemps. Trois banquettes plus loin, sa course fut stoppée net. Un couple s'embrassait, isolé du monde dans sa bulle de désir. C'était un obstacle aussi infranchissable que son inlassable désir pour Mina.

Dès leur premier rendez-vous, elle lui avait proposé une promenade dans l'avenue Louise. En ce dimanche pluvieux, les boutiques étaient fermées, les rues désertes. Un jour parfait pour l'activité favorite de Mina qui était devenue celle de Rudy : la possession anticipée. Elle s'était attardée longtemps devant la vitrine d'un joaillier, son œil rivé sur une montre Cartier avec la convoitise obscène des enfants. La même convoitise éclairait le visage de Rudy qui regardait Mina. Il avait été soulagé de voir si vite posées les règles de leurs échanges à venir. La montre Cartier lui avait valu le premier baiser de Mina. Parce qu'il n'était pas dupe, il fut heureux. Son asservissement marqua le début de sa liberté.

Cinq ans de désir exaucé. Il regarda le couple

impudique et ignorant. Son bonheur passé leva l'obstacle.

Il passa du même élan sept autres passagers qu'il connaissait de vue. Des habitués. Comme il ne l'était plus. Ils s'imaginaient encore que leur vie s'écoulerait tranquille dans la répétition du même déplacement, toujours le même départ et la même arrivée. Ils n'envisageaient pas l'accident capable de trouer la navette de l'habitude. Ils ignoraient qu'une bouffée d'air libre suffit à suffoquer ses passagers.

Il passa, fortifié par la certitude que son meurtre serait indéchiffrable. Une énigme qui enroberait sa honte d'héroïsme et de mystère.

Il se cogna contre le contrôleur en débouchant du deuxième soufflet et faillit sortir son revolver, le revolver de son grand-père en réalité, si souvent huilé, nettoyé, astiqué qu'il était resté en parfait état de marche malgré les années.

Il ressentit une brûlure aiguë. L'arme avait craché sa balle, perforé sa chair. Sa main jaillit tremblante, intacte hors de sa poche. Le contrôleur recula.

Il ne s'était rien passé. Rudy Duquesne s'excusa.

Il avait la peau moite. Son regard vacilla. Il baissa la tête, posa sa serviette, sortit son abonnement de sa poche gauche et s'aplatit pour laisser passer l'homme en uniforme.

Un uniforme grotesque de faux soldat de parade. Un apparat dérisoire pour un emploi subalterne. Lui-même gagnait dix fois le salaire de ce faux gradé.

Passé antérieur. Passé terminé. Avait gagné. Autrefois. Il y avait une éternité de cela. Six mois précisément.

Cent quatre-vingt-une interminables journées à se lever chaque matin, à préparer un petit déjeuner pour deux qu'il prenait seul avant le départ pour Bruxelles où l'attendait l'errance du vagabond qui a perdu son ancrage et flotte à la dérive des rues, des trams, des cafés et des bancs, agrippé aux aiguilles de l'horloge qui le délivreront à dix-sept heures vingt-huit précises. Sauf qu'un autre enfermement l'attend, pire encore. Chaque soir, il réintègre son mensonge.

Allons, il fallait avancer. Tout cela n'avait plus d'importance.

Sauf qu'une angoisse l'oppresse. Il cherche l'air qui commence à lui manquer.

Au bord de l'étouffement, il traversa le troisième wagon en courant presque, aveugle aux regards étonnés, voire rigolards, qui accompagnaient son incompréhensible urgence à s'éloigner de l'arrivée proche.

Il s'arrêta pour reprendre son souffle dans le sas lisse qui précédait le soufflet. La porte avait glissé derrière lui et il pria soudain, pour la première fois depuis ce jour où, à genoux sur la descente de lit, il avait imploré le petit Jésus de lui rendre son père. La prière naît de demandes impossibles. Il pria donc qu'un événement extraordinaire le sauve de sa décision, qu'un dieu quelconque prenne conscience de son existence, la justifie, la replace sur les rails du train-train ordinaire.

Cela ne pouvait pas être.

Le train s'arrêta.

La beauté de sa mère ne l'a jamais quitté. Elle boit le café dans la cuisine avec la voisine de palier. Il joue dans le couloir. Il entend : « ... Il n'est pas beau mais c'est une tête. Comme son père. Pourvu que... » Il tend l'oreille car sa mère conclut dans un murmure : « ... il ne finisse pas comme lui. »

Il ne sait pas comment son père a fini, parti un jour pour un interminable voyage. Il sait par cœur en revanche l'imperceptible hésitation marquée par sa mère quand, petit, il lui tendait les bras.

Il pensa que le temps s'était arrêté. Il pensa qu'il était sauvé. Puis le train repartit et il sut qu'il devait repartir, que son trajet à lui non plus n'était pas terminé. Il se demanda fébrilement combien de temps il lui restait.

Il déboucha, hagard, dans le quatrième wagon. Sa vision se troublait. Il avançait de son pas bégayeur, entouré de fantômes immobiles.

Une main ferme arrêta sa progression. Une voix tranquille le ramena à lui :

– Ça va aller ?

Il faillit répondre par la blague idiote : « Pour aller, ça va toujours. C'est pour revenir... »

Il regarda son double compatissant, un homme vilain avec des grosses lèvres, un gros nez, des gros yeux à fleur de tête, une grosse mèche ramenée sur le vide menaçant de la calvitie. Il hésita. Sa main agrippa le revolver. Il vit l'alliance devenue trop étroite pour le doigt boudiné. Il vit le lainage luisant de vieillerie sur les jambes du pantalon. Il vit le cuir craquelé des mocassins malgré le cirage et la brosse.

Il présenta des excuses insistantes, exagérées, à cet homme qu'il allait épargner.

Il passa.

Toute son acuité revenue, il examina tranquillement les deux architectes en conversation professionnelle. Le plus âgé le salua.

Il s'attarda un peu sur l'enseignante au doux visage qui lui rappelait son professeur préféré en quatrième, madame Hagenau. Madame Hagenau l'aimait bien. Elle le traitait en interlocuteur valable quand il l'assommait de questions inquiètes sur l'hérédité, le mérite, la liberté.

La banquette d'après, un adolescent rêvait, son

cahier mal tenu abandonné sur la tablette. Rêve toujours !

Il oublia, sitôt vu, l'homme en gris aux mains calleuses.

Il compatit à la fatigue qui rendait silencieux les quatre navetteurs de Charleroi et, le temps de passer le dernier soufflet, calme et lucide, décida que l'arbitraire seul pouvait le sauver. Le septième voyageur serait le bon.

Il compta, méthodiquement, de gauche à droite, chaque passager un numéro sans visage, sans nom, sans existence qui le concerne puisqu'elle allait continuer. Il était comme le destin, aveugle et bête.

Arrivé au numéro sept, il s'arrêta, baissa la tête pour se recueillir, neutralisa sans peine les petites vagues d'émotion qui le reliaient au rivage. Il ne garda que son impatience. Le banal chômeur en fin de droits allait se métamorphoser en assassin.

L'homme était jeune. Une trentaine d'années peut-être. Il avait des cheveux lisses et brillants peignés sur le côté. De son visage baissé sur un ordinateur portable, Rudy Duquesne ne vit que les sourcils interrogatifs et le nez à peine bosselé. L'inconnu avait plié sa veste sur la banquette. Il portait une chemise à fines rayures bleu pâle et une cravate bleu foncé striée de rouge.

Tout à son travail, il ne remarqua pas tout de suite l'homme tranquille qui le détaillait méthodiquement. Quand il leva enfin les yeux, les fines rides qui reliaient ses sourcils s'ouvrirent légèrement, teintant son front de condescendance.

L'expression était familière. C'était celle qu'arborait François Vieille, son successeur à la direction des ventes, quand il le croisait dans un couloir.

Le doigt de Rudy Duquesne glissa jusqu'à la détente.

– Oui... ? interrogea l'inconnu, agacé d'être interrompu.

C'est avec exactement la même nuance de politesse irritée que François Vieille l'avait accueilli le dernier jour.

Rudy Duquesne avait rassemblé ce qui lui restait de force et de fierté pour aller féliciter son rival de sa promotion et le saluer à la veille de son départ. Le prétexte avait été un licenciement édulcoré « économique » quand il ne s'agissait que de mettre au rancard les crétins comme lui qui ne s'étaient pas consumés à détruire les autres.

François Vieille avait été parfait, évitant la compassion humiliante et la malice suffisante. D'homme à homme. Allons, courage. Avec six mois de plein salaire devant lui, Duquesne avait le temps de se retourner. Son expérience professionnelle valait tous les diplômes, affirmait sans rire le diplômé de Harvard.

Sans intention mauvaise, il avait conclu par : « Tu m'excuseras mon vieux, mais j'ai du boulot qui m'attend. »

Rudy Duquesne s'était excusé avant de refermer la porte sans bruit.

Il sortit son revolver.

Le visage déterminé du cadre s'amollit comme un masque de caoutchouc. La peau se mit à flotter audessus des os, les yeux perdirent leur définition.

Rudy Duquesne se troubla. Il n'avait jamais regardé la peur en face. C'était un acide qui rongeait les traits. C'était obscène comme la nudité des vieillards. C'était une vision interdite.

Il se cramponna à son arme. Il chercha des mots rassurants. Quels mots ? Il recula, bloquant la travée. Il dit :

– Non, non...

La bouche du cadre se tordit comme celle d'un petit enfant accablé par une énorme injustice. Rudy Duquesne agita son revolver. Le cadre se mit à pleurer.

Rudy Duquesne releva la tête et, soudain, de la confusion naquit l'ordre. Il respira tranquillement. Ses épaules se redressèrent. Sa main se raffermit sur son arme. Cette fois, il l'avait trouvé. Et le hasard n'y était pour rien. En face de lui se tenait l'homme qu'il cherchait depuis le départ du train. Il reconnut sans l'ombre d'un doute le visage plat et rond, le menton incertain, les yeux clignotant derrière les lunettes à monture d'écaille, le chapeau tyrolien posé sur le haut du crâne. Vacances de Noël en Autriche. L'absurde magasin de souvenirs et le rire de Mina quand il s'était empilé une colonne de chapeaux sur la tête. Il en avait acheté deux. Un pour lui, un pour elle.

Le regard de Rudy Duquesne s'éclaira d'une gaieté révolue.

Il leva le revolver, ajusta le canon précisément contre sa tempe, la sensation du froid sur sa peau humide confirmant la position de l'arme dans le miroir. Au moment même où il appuyait sur la gâchette, quelqu'un tira le signal d'alarme et, dans le vacarme et les secousses, la navette s'arrêta.

Rudy Duquesne vacilla sur place sans songer à se retenir, chaque fragment de la mêlée sonore le frappant avec précision.

La balle déviée par le choc fila sur le côté, percuta une vitre. Le verre éclata et ses minuscules particules s'éparpillèrent au sol en pluie de sable épais. En bas, à droite, des halètements rauques et humides succédèrent aux sanglots. Loin derrière, une femme poussa un cri immédiatement interrompu par une succion de ventouse quand elle plaqua sa paume contre ses lèvres. Le revolver rebondit deux fois entre les banquettes et oscilla en douceur avant de s'immobiliser. Sur la gauche, une voix ferme et forte, sous-tendue de tremblements, interrogea :

– Mais que se passe-t-il ?

Un claquement de portière. Une course lointaine.

Quand Rudy Duquesne s'immobilisa enfin, il se retrouva face à lui-même dans le miroir où sa réflexion solitaire ne lui épargna aucune des couleurs de la vie ; son chapeau vert avait glissé sur son oreille cramoisie, ses pommettes brillaient, orange vif sur teint laiteux, ses lèvres traçaient une courte ligne mauve, deux croissants bruns renforçaient l'ocre des iris. Bref, il était indemne.

Rudy Duquesne baissa les paupières sur un monde de larmes. Rideau. Le train pouvait repartir.

C'est pas grave

ELLE N'AVAIT rien d'engageant, le cheveu gras pendouillant sur ses épaules maigres, l'œil trop fardé, chevilles-brindilles fichées dans d'énormes godillots de soldat, épaules voûtées sous un gros pull informe, elle faisait la manche maussade au coin de la rue Véron. Parce qu'il était joyeux, qu'il venait d'acheter un gros bouquet de tulipes plantées au Mexique, poussées en Hollande et vendues à Paris chez le fleuriste vietnamien de la rue Lepic et qu'il avait encore la monnaie dans la main, il ouvrit les doigts et fit glisser les trois pièces de un euro dans la paume en creux de la mendigote. Sa tête pivota vers lui, regard sans vie, sa bouche s'entrouvrit sur un merci indifférent. Il lui sourit. Pour éveiller la vie, pour effacer l'inégalité entre eux. Il était jeune, beau, sympathique. Elle était, son visage reparti vers le trottoir vide, forcément, une junkie. Elle ne l'avait pas vu.

Il se retourna une fois. Elle fixait l'air immobile. Les pièces avaient disparu. Il se hâta de rentrer chez lui.

Il faisait chaud dans la petite entrée où il suspendit son pardessus, une folie en laine et cachemire, acheté aux soldes d'après les fêtes l'année précédente. Jamais de pressing. Il le brossait une fois par mois, à l'anglaise.

Marie et Paul avaient pris leur bain et regardaient l'émission du soir pour enfants, sur Canal. Il se pencha pour les embrasser, annonça gaiement que ça avait l'air super leur dessin animé, rejoignant déjà sa femme qui lui souriait à la porte de la cuisine. Ses cheveux bouclés moussaient autour de son visage plein. Elle découvrit les fleurs, rit : « François chéri, merci, elles sont belles », demanda : « Ça va ? » et c'était une vraie question car elle ajouta : « Ça s'arrange avec Dufour ? » et il dit : « Oui, oui », d'un air supérieur, bien que ce ne fût pas vrai. Dufour s'était fendu d'un rapport écrit, détaillé et critique, sur le projet d'informatisation de l'entreprise ASCO dont lui, François, était supposé être le maître d'œuvre.

Elle commenta que c'était bien. Est-ce qu'il avait pensé au pain ?

Non, il n'avait pas pensé au pain, il n'avait pensé qu'à son projet qu'il s'était remémoré point par point, dans le métro. Avait-il réellement la capacité d'assumer l'entière responsabilité d'un client aussi important qu'ASCO ? Était-il l'innocente victime d'une entreprise de déstabilisation ? Deux collègues et une secrétaire l'avaient prévenu. Nouvellement promu, Dufour n'hésitait pas à enfoncer son coin dans la moindre faille apparue sur le dossier d'un collègue, surtout débutant.

Sa femme l'assura que ce n'était pas grave. C'est juste que Claude et Isabelle venaient dîner et qu'elle avait été tellement chargée en rentrant avec les courses pour le repas... Et comme il avait dit qu'il prendrait le pain au passage... Elle en avait pour deux minutes.

Elle fit mine de dénouer son tablier, mais il avait entendu la vérité derrière le sourire pimpant : après une journée harassante avec sa classe de CP, elle s'était coltiné les courses, le bain des enfants, leur dîner, le dîner des invités et elle aurait préféré deux baguettes bien concrètes à des fleurs superflues.

Il sourit et déposa un baiser léger sur sa joue : « Mais non, j'y vais, j'en ai pour une minute. »

Dans l'escalier, il pensa qu'il devrait repasser devant la fille et il ralentit, contrarié, ce qui était absurde. C'était son quartier. Il était chez lui. Il avait ramé pour en arriver là. Cette gamine croyait peut-être qu'il avait eu une vie facile ? Qu'est-ce qu'elle savait de sa chambre de bonne sans eau courante, de ses refus réitérés à aller boire un coup avec les copains de fac, de sa réputation de bosseur prétentieux sans fantaisie ? Il aurait pu être drôle et léger, mais il était le seul à le savoir. Il passa devant elle, l'ignorant, retrouvant sans le savoir la bouche pincée et le regard lointain de l'étudiant fier et pauvre qu'il avait été. Il sentit qu'elle l'attrapait par la manche.

– T'as pas une clope ?

Sa bouche s'ouvrit largement, une bouffée d'air brutale se coinça dans sa gorge et il se mit à bégayer :

– Écoutez, je vous ai donné trois euro tout à l'heure. Vous pouvez vous les payer vous-même.

Il rougit de honte et de colère, se dégagea trop vivement. Elle rit et, surpris, il la regarda, découvrant le visage animé d'une enfant, qui se referma d'un coup, comme le poing succède à la paume arrondie. Les mots de la fille coulèrent, atones :

– Y a pas de mal.

Il ajouta d'un ton d'excuse presque suppliant :

– Je ne fume pas.

Puis, pour se désempêtrer :

– Venez. Je vous offre un café.

Et il l'entraîna vers le café Les Deux Moulins, fit un arrêt au guichet-tabac, l'interrogea du regard. Elle parla fort :

– Gitanes légères.

Elle avait une voix magnifique, grave, cassée, visage banal, voix fatale.

Il la précéda au zinc, regarda l'horloge, en essayant de se rappeler à quelle heure la boulangerie fermait.

Elle commanda un panaché, lui un café, puis ils se turent. Longtemps. Mais ce n'était pas désagréable.

À la boulangerie, il ne restait plus de baguette. Ça n'avait pas d'importance. L'heureuse nature de Marine la pousserait à dire qu'un campagne ça les changerait.

En réalité, elle dit :

– C'est drôle, j'ai failli te dire de prendre plutôt un pain de campagne.

Et il alla lire l'histoire aux enfants.

Cette semaine-là, il évita le coin de la rue Véron. Il habitait plus bas dans la rue Lepic et sa station de métro était encore plus bas, à Blanche. Il se mit à acheter le pain près de son bureau. Le pain y était meilleur.

Le dimanche, c'est lui qui faisait le marché. Il remonta la rue Lepic, la poitrine oppressée sans raison. La fille n'était pas à son poste. Il respira plus tranquillement et n'y pensa plus.

Noël approchait. Un soir, il rentra plus tôt et emmena les enfants voir les vitrines animées des grands magasins. Ils rentrèrent tard et fatigués. Ils avaient dû faire la queue à chaque fois.

Marine les attendait, pleine de questions joyeuses, et décréta qu'elle s'occupait de coucher les petits. François se plongea dans les multiples corrections que Dufour avait infligées à son dossier. Il n'y comprenait rien. Il avait passé des journées avec le comptable d'ASCO pour organiser un programme spécifique, effectivement différent de leur programme type pour ce genre d'usines particulièrement pointues, mais c'était bien là sa fonction, personnaliser un maximum l'informatisation en tenant compte des exigences de chaque boîte. Il était clair que ses aptitudes n'étaient pas en cause. Dufour avait engagé l'épreuve de force par principe, pour déterminer qui avait le pouvoir. Et François avait, à tort, escompté l'appui des râleurs de couloir. Tout le monde s'était défilé. Il était seul, comme le petit lapin de la vitrine animée qui se cassait la figure à chaque fois qu'il prenait son élan pour rejoindre ses camarades de jeu. Surgirent des souvenirs cuisants de l'école où un certain Michel Chameau lui piquait successivement tous les jeux qu'il introduisait clandestinement dans la cour de récréation pour se faire bien voir des copains. La voix enjouée de Marine annonça que le dîner était prêt, s'inquiétant aussitôt : « Tu as beaucoup de travail ? C'est trop tôt ? »

Il sourit automatiquement ; comment ne pas sourire à cette jeune femme qu'il avait tant craint de ne pas séduire et qui l'appelait, remaquillée de frais, dans une seyante robe claire, souriant modestement devant la table joliment arrangée où les attendait un souper froid et délicat.

– Qu'est-ce qu'on fête ?

Elle rit, rayonnante :

– Le bonheur que tu me donnes.

Il soupesa en silence le poids de sa perfection. Il n'avait pas de mots en tête. Mais Marine savait chasser les ombres de son mutisme.

Elle raconta sa conversation avec l'institutrice de Paul, dont les bons mots faisaient l'admiration de tous. Marie avait changé d'amoureux, mais à six ans elle avait le temps de faire son choix.

Ils burent un peu de vin et Marine plaignit, en souriant, la directrice qui n'avait pas le contact avec les parents, contrairement à Marine justement à qui grands et petits se confiaient aisément.

– Ils me disent tous : « Comment faites-vous pour être toujours aussi joyeuse, aussi disponible ? » Mais, comme je leur réponds : « Je n'ai pas de mérite à ça. Quand on aime son métier... » Tu sais, je me demandais... Veux-tu qu'on invite ton... chef, supérieur ? Franchement j'ai un mal fou à imaginer quelqu'un qui te soit supérieur, bref, Dufour. Ce ne serait pas une bonne idée, de nouer des liens amicaux avec lui ?

C'était aussi malin que de faire traverser la rivière à un scorpion.

Il dit : « Quelle bonne idée. Pas tout de suite. Mais un de ces jours, pourquoi pas ? »

Elle enchaîna, radieuse. Pourrait-il prendre quelques jours autour de Noël ?

Il dut admettre que, non, malheureusement, c'était impossible. Il devait boucler ce dossier ASCO.

Elle se mit à débarrasser la table rapidement en murmurant que ce n'était pas grave, elle était juste un peu déçue. Ses parents se réjouissaient tellement de réunir toute la famille en Normandie.

Il la consola, il viendrait réveillonner en famille. Deux jours quand même !

Il la rejoignit dans la cuisine et la prit dans ses bras. Elle l'embrassa du bout des lèvres, cacha sa tête dans son cou et murmura : « Je te rejoins. » Il alla docilement se déshabiller dans la chambre.

Elle revint en chemise de nuit. Elle sentait le dentifrice et le savon.

Tout de suite, elle se mit à geindre en secouant la tête violemment et il ferma les yeux sur l'image d'une sauvageonne aux cheveux gras qui riait méchamment en caressant ses petits seins durs, laissait sa main descendre vers la touffe sombre entre ses cuisses, hérissée de poils en épines broussailleuses. Il jouit vite. Marine l'embrassa et fila dans la salle de bains. Le bruit du gant étrilleur agaça les gencives de François.

Il alla s'installer à la table du dîner où il pouvait étaler ses dossiers. Il veilla tard, mais ne progressa guère.

Il avait oublié le pain. Il s'en aperçut dans le métro. Il monta la rue Lepic vers la rue des Abbesses. Elle était là, pareille, avec son long jupon, ses godillots et son pull informe. Il se dit que, maintenant, ils se connaissaient. Autant être simple.

– Ça va ?

Elle ajusta son regard, haussa les épaules :

– Je me caille. On vous voit plus.

Elle avait remarqué. Il en fut touché.

Il expliqua qu'il travaillait beaucoup.

Elle dit que c'était bientôt Noël.

Il dit que sa femme allait partir avec ses enfants mais que lui avait trop de travail et se demanda pourquoi il lui racontait tout ça. Il n'était pas doué pour la conversation.

Elle dit que Noël ça rendait pas les gens généreux.

– Vous voulez aller au bistro ?

– Je préférerais de l'argent.

Il sourit :

– L'un n'empêche pas l'autre.

– OK alors.

Il traversa la rue avec elle. Il n'avait jamais connu de prostituée, mais se disait que ça devait faire le même effet. Il regarda furtivement dans la salle éclairée, mais il ne connaissait pas grand monde dans le quartier. Cette fois, ils s'installèrent à une table et il commanda une bière comme elle.

Il demanda si elle habitait dans le coin et elle répondit qu'elle partageait un squat rue Durantin.

Rue Durantin ? Il n'aurait jamais imaginé ça.

Elle expliqua qu'ils n'allaient pas tarder à se faire virer. Elle avait des potes musicos qui avaient fait un boucan d'enfer l'autre nuit. Les voisins tiendraient pas. Il s'inquiéta :

– Et après ?

– Après ?

Elle le regarda sans comprendre.

Il demanda :

– Mais vous avez bien des parents, de la famille ?

– Faut croire que non.

Elle secoua la tête comme devant une bonne blague qu'on n'a pas vue venir. Il se sentit nanti, anéanti et, comme il n'avait plus de questions, demanda l'addition.

Elle le regarda en face :

– C'est vrai que vous allez me donner quelque chose ?

Comme une enfant.

Il lui donna un billet de dix euro.

Elle dit doucement :

– Vous n'êtes pas comme les autres.

Il adorait sa voix, mais elle n'était pas bavarde.

Marine s'étonna, faussement grondeuse :

– Tu t'es mis à la bière ?

Il était de bonne humeur :

– Ça vaut mieux qu'être mis en bière.

Elle rit :

– Ne parle pas de malheur.

Et vite toucha le bois de la chaise.

Comme il était tôt, c'est lui qui donna le bain aux enfants avant l'arrivée de la baby-sitter, et comme prévu ils retrouvèrent un couple d'amis au Wepler où passait *Love etc.*, une histoire d'amour entre une femme et deux hommes, que des collègues de Marine lui avaient recommandée. Les collègues de François préféraient les films américains.

Ils allèrent dîner à la brasserie où Marine rit encore plus que d'habitude en secouant ses cheveux. Elle se sentait comme une actrice quand elle sortait du cinéma.

Au lit, elle se pelotonna dos à lui et il l'entoura de ses bras. Il avait envie de la prendre par-derrière. Elle n'aimait pas trop, mais il y avait longtemps qu'ils ne l'avaient pas fait.

Elle tourna la tête pour lui sourire en guise de consolation, avant d'annoncer qu'elle avait ses règles.

Elle s'endormit vite. Il s'agita longtemps sans trouver le sommeil. Juste comme il s'assoupissait, il songea soudain qu'il n'avait rien acheté pour le Noël de sa femme et se demanda quel cadeau pourrait bien lui faire plaisir. D'habitude elle faisait des petites allusions fines quelques semaines avant. Si elle les avait faites, il ne les avait pas entendues. Il s'endormit sur l'image de la squatteuse ouvrant un grand paquet enrubanné où reposait une doudoune soyeuse.

Noël fut foireux. Marine l'attendait à la gare et s'exclama :

– Où est la voiture de Paul ?

Il avait complètement oublié. Le conflit avec Dufour était passé en phase active

Elle reprit aussitôt :

– C'est pas grave, mon chéri, avec tout le travail que tu as. De toute façon, ils vont encore être trop gâtés.

Il sourit parce qu'il n'y avait rien à dire.

Quand Marine ouvrit son paquet et découvrit une doudoune en soie noire, il vit l'effort considérable qu'elle fournissait pour maintenir son sourire en place. Elle ne dit pas que c'était pas grave, mais ses yeux brillaient un peu trop.

Il dit qu'elle pouvait l'échanger bien sûr. C'était pour le froid. C'était bien contre le froid.

Elle dit en riant à sa mère :

– C'est peut-être sa façon de m'annoncer qu'il m'emmène aux sports d'hiver.

– Ça te plairait ? demanda-t-il, stupéfait. (Il haïssait le ski.)

Elle s'écria :

– Mais j'adore les sports d'hiver !

Et elle pleura un peu tandis que la belle-mère regardait François avec tout l'intérêt d'un entomologiste devant un insecte rare.

Cette nuit-là, il fit l'amour longuement, tendrement, s'inquiétant sincèrement du plaisir de Marine. Puis il comprit qu'elle trouvait le temps long et il s'exécuta.

Un gouffre d'angoisse s'ouvrit en lui et il tomba dedans, de haut.

Quand elle le raccompagna à la gare, elle s'excusa pour sa nervosité. Il savait quelle tension représentaient les réunions familiales. Il ne lui rappela pas quel acharnement elle avait toujours mis à y participer.

Un soir, il rôda longuement dans le quartier sans trouver la fille. Il finit par interroger le mendiant de la pharmacie qui ne l'avait pas vue depuis quelques jours. Il remonta la rue Durantin, examinant les façades. Un squat, ça devait se repérer. Mais les fenêtres se ressemblaient toutes.

Le surlendemain, il rentra tôt et remonta la rue Lepic pour acheter des croissants aux Petits Mitrons. Il la vit de loin, en jeans, avec une grosse canadienne usée. Les chaussures étaient les mêmes. Elle lui dit bonjour la première, sans sourire. Cela le gênait de lui donner de l'argent, mais elle empocha la pièce de deux euro sans moufter. Il n'avait jamais autant dépensé en aumônes et pourtant il se sentit rat. Il proposa de l'emmener manger quelque part. Il avait pensé au self du boulevard. Elle semblait trouver ça loin. Le manque à gagner sans doute. Il marchait à côté d'elle comme au bord d'un gouffre, ses sensations aiguisées. Il ne pensait pas à la chute de l'histoire, mais son excitation croissait, inquiète et avide.

Elle mangea sans appétit, mais but trois bières. Elle semblait s'ennuyer. Il n'osait pas la regarder bien qu'ils fussent face à face. Il fut incapable de rien avaler et se contenta de vider sa demi-bouteille de côtes.

Il parla de Dufour, tenta d'en brosser un portrait amusant, méchant. Il se donna le beau rôle et ça lui fit du bien.

Elle commença à parler. De l'éventualité de payer un loyer mais de la difficulté à être acceptée sans la caution de quelqu'un. Il se garda bien de répondre mais l'interrogea sur le squat. Combien étaient-ils ? N'avaient-ils pas d'ennuis avec la police ? Avaient-ils des meubles, un minimum de confort ? Tout naturellement, en remontant, elle lui proposa de venir visiter.

L'immeuble donnait en réalité sur la rue Burck. Ils traversèrent deux cours, montèrent un escalier ciré. Il avait la tête vide, pas de plan.

Elle poussa une porte. L'idée qu'on puisse entrer chez soi sans clé lui sembla le comble de la liberté. Il ne connaissait toujours pas son nom :

– Nadja.

Il fut bouleversé, comme si ce nom justifiait son désordre d'émotions. Son adolescence avait été une longue identification à Breton Nadja ajouta que c'était son nom de guerre.

L'appartement comportait deux pièces réunies par

une double porte vitrée dont trois carreaux étaient cassés et deux fendus, deux matelas posés à même le sol, quelques coussins sans taie et des sacs de couchage entassés dans un angle. Quelques cageots renversés faisaient office de table, et des bougies engluées dans la cire agglutinée se succédaient à hauteurs inégales. Il faisait froid.

Nadja réapparut à la porte de la cuisine, entièrement nue. Elle avait le corps de son rêve. Elle se pencha pour ramasser un sac de couchage, exposant son trou de balle sans aucune pudeur, jeta le duvet sur un matelas, se faufila à l'intérieur et regarda François. Il lui tourna le dos pour se déshabiller, gardant son tee-shirt. Il n'osa pas refermer entièrement ses bras autour d'elle de peur de lui briser un os par inadvertance. Il ne s'était pas attendu à sa fragilité d'oisillon. Il lui caressa tendrement la joue. Il voulait que tout se passe bien. Elle lui semblait si fragile, si exposée, mais elle lui échappa, descendit au fond du duvet, empoigna sa verge d'une main ferme et l'enfonça dans sa bouche. Il voulut d'abord l'arrêter, mais tout son corps acquiesçait. Il jeta un œil inquiet vers la porte qui était restée entrebâillée.

Il se rappela sa première fois dans un train, avec une amie de sa mère. Ça avait été comme un viol par consentement mutuel. Sa panique, quand elle s'était assise sur lui et l'avait aidé à se frayer un chemin sous sa jupe droite et son pull collant. Sa terreur comme aujourd'hui d'être surpris par l'entrée intempestive d'un voyageur, du contrôleur. Ça n'avait pas été terrible.

Il avait changé. Il n'avait jamais eu d'amis mais des femmes si, beaucoup, facilement. Il voulait la faire jouir. Il voulait la soumettre... Il la saisit par les aisselles, la fit remonter, l'enfourcher. Il releva la tête pour lui grignoter les seins des dents et cinq secondes plus tard, il avait éjaculé. Il pinça les lèvres, plissa les yeux. Nadja, le visage inexpressif, s'était déjà lovée contre sa hanche. Il eut envie de se justifier :

– C'est comme ma première...

En cours de phrase, il ouvrit les yeux sur une seringue qui gisait au sol contre le matelas.

Il sauta bêtement hors du duvet, doigt pointé vers l'objet de terreur :

– Qu'est-ce que c'est que ça ? C'est à toi ? Tu te drogues ? Est-ce que tu es...

– Mais non. De toute façon, t'as fait qu'entrer et sortir, t'aurais pas eu le temps de choper quoi que ce soit.

Elle dit ça gentiment, en constat.

Il se rhabilla, les mains tremblantes sans qu'elle essaie de le retenir.

– Tu me le jures ?

– Mais oui. À demain.

Elle était loin déjà.

– Écoute. Restons-en là. Ça vaut mieux. Excuse-moi, mais...

Elle haussa les épaules et répéta en se pelotonnant sur elle-même :

– À demain.

Il rentra chez lui avec une forte envie de pleurer. Il irait faire un test. Il ne pouvait pas avoir été contaminé. Ce serait trop bête. Il pensa à Marine, à ses enfants, qui lui manquaient.

Dans l'appartement, le téléphone sonnait. La voix joyeuse de Marine s'exclama qu'elle était si soulagée de l'entendre et surtout qu'il ne lui donne aucune explication, c'était pas grave, c'est juste qu'elle avait essayé de le joindre plusieurs fois...

Il dit qu'il avait pris un verre avec Dufour.

Comme il était très énervé, il fit un ménage complet avant de se coucher.

Il rentra tôt et partit faire des courses hardiment. Il n'avait pas peur d'elle. Il ne comptait pas lui donner d'argent. La saluer, poliment, le meilleur moyen de lui signifier qu'effectivement, ils en resteraient là. Il monta la rue en s'absorbant dans les vitrines. Il refusait de s'assurer qu'elle était bien là, d'anticiper quoi que ce soit. Laisser faire. C'est en sortant du pressing qu'il vit que son emplacement était vide. Avec un peu de chance, elle avait été virée du squat, du quartier, de sa vie. En tout cas, c'était un signe, un bon signe.

Il acheta des huîtres, une salade et du fromage. Il avait expliqué à Dufour que l'expérience lui manquait, qu'il en était cruellement conscient, qu'il lui serait reconnaissant de ses critiques et suggestions. Bref, la femme de Dufour étant absente, ils avaient décidé de partager une dînette de garçons, le soir même, et de joindre la convivialité au boulot...

L'appartement était impeccable, ce qui avait pesé dans la décision de François. Le décor était prêt pour que l'ordre règne à nouveau.

Dufour sembla satisfait que l'appartement fût modeste, sa supériorité renforcée par l'allégeance de François.

Celui-ci posa toutes les bonnes questions sans écouter les réponses. Dufour le complimenta sur le charme de sa femme et la joliesse des enfants dont les visages souriants étaient dûment encadrés sur la cheminée condamnée.

François venait de servir un doigt de cognac quand on sonna à la porte.

Les voisins ? Ils n'avaient pourtant pas été bruyants.

Il manifesta son incompréhension par une mimique exagérée à laquelle Dufour répondit, débonnaire et seigneurial :

– Allez-y, je vous en prie.

François comprit que, depuis le début de la soirée, il avait envie de réduire son supérieur en bouillie.

Il chercha son sourire avant d'ouvrir. Il ne reconnut pas le grand type mal rasé, en blouson noir déchiré, retroussant la lèvre sur trois dents manquantes, mais identifia dans la minute Nadja, tête basse, à moitié dissimulée derrière le bras de son accompagnateur.

François resta interdit de parole, de réaction et même d'émotion.

– La petite va pas bien. On a besoin de blé.

L'inconnu se haussa sur les pointes des pieds et agita le bras en direction de Dufour qui se profilait à l'entrée du living.

François se retourna :

– J'en ai pour une minute.

– Tu embrasses pas ta p'tite poulette ?

Nadja baissa la tête. Elle tremblait. Son visage était livide. Elle avait l'air vraiment mal.

– Qu'est-ce qu'elle a ?

– Elle est en manque. Un petit fixe, et elle se rétablit. Trente euro, en clair, ou tu veux que je répète plus fort ?

Il se dit que c'était une amorce de chantage minable. Il aurait certainement refusé si Nadja n'avait pas été présente, mais elle semblait tellement mal. Il fallait la soulager. Il irait lui parler un autre jour, quand elle serait seule. La présence de Dufour interdisait toute discussion. Il alla prendre son portefeuille dans son pardessus. Par chance, il lui restait juste trente euro.

Avant de fermer la porte, il poussa les billets contre la main de l'inconnu, et c'était comme s'il lui avait reconnu son statut de souteneur.

Quand il expliqua que c'étaient des jeunes qui faisaient la manche, Dufour sourit d'un air gêné. La mendicité en porte-à-porte ? François n'avait rien donné au moins ? Après, c'était l'hémorragie. Impossible à arrêter. Lui ne donnait jamais. Il revendiquait cette position d'un point de vue moral.

Pour François, c'était trop tard.

En partant au travail, il trouva Nadja qui l'attendait au bas de son immeuble. Son visage était toujours vide de tout, d'intelligence même, pensa-t-il, mais des larmes coulaient sur ses joues blêmes. Il n'en fut pas ému. Elle était désolée pour la veille. Il l'avait forcée. Elle ne voulait pas embêter François. Il avait été tellement gentil, alors que d'habitude, les autres, ça se passait pas comme ça.

– Les autres ?

– Mais je m'en fous, tu sais.

Elle portait à nouveau son jupon et ses godillots, avec en plus, un drôle de bonnet à pompon. Il revit son corps malingre et eut envie d'elle. Il repoussa aussitôt cette tentation.

Elle dit qu'elle aimerait venir le voir ce soir ou demain. Il essaya de garder un ton patient et dit gentiment qu'il valait mieux pas. Il fallait en rester là.

Elle dit qu'elle faisait le test régulièrement. Elle n'était pas malade. Il n'avait rien à craindre.

Il allait être touché par sa naïveté quand il reconnut la voix d'un voisin de l'immeuble qui réclamait le passage d'une voix forte. François s'excusa, fit un pas de côté. Le voisin le regarda bizarrement.

Il fallait en finir. Il dit que sa femme rentrait, ses enfants. Nadja ne devait plus revenir ici. Il passerait la voir de temps en temps. Comme ça, comme avant. Il surprit une étrange lueur dans l'œil de Nadja, mais il devenait sans doute paranoïaque.

En tout cas, elle hocha la tête et s'éloigna, tête basse.

Dufour avait changé. Il clignait de l'œil à chaque fois qu'il croisait François à qui il devenait de plus en plus insupportable. François prétexta un travail en retard pour ne pas aller déjeuner avec lui, et Dufour murmura d'un air salace :

– Dites-moi, vous êtes sûr que vous ne la connaissiez pas la petite ? Hein ? Hein ? Quand le chat n'est pas là ?

François ravala un désir de meurtre et se contenta de secouer la tête d'un air amusé :

– Mais non, mais non. Vous me connaissez mal.

Miraculeusement, le projet de François était accepté et il devrait séjourner quelques jours à Lyon où se trouvait le siège de l'ASCO pour aider aux premières manœuvres. C'était une coupure bienvenue qui clôturerait une parenthèse malencontreuse.

Il fit un détour par le supermarché, remplit le frigidaire en vue du retour de sa famille, changea les draps et s'installa devant la télévision.

On sonna. Il crut un moment que Marine était rentrée plus tôt. Elle était coutumière de ce genre de surprise joyeuse : « Il faut bien garder un peu de fantaisie. Moi, j'essaie toujours de créer l'inattendu pour François », expliquait-elle à ses amies épatées.

Une Nadja différente se tenait devant lui. Droite, regard plus précis, cheveux remontés en chignon.

Il soupira :

– Je croyais avoir été clair ?

Elle l'ignora, le poussa légèrement et entra dans l'appartement.

Il hésita, referma la porte, la suivit. Il dut surjouer la colère car quelque chose en lui s'excitait du sacrilège fait à sa maison, à sa femme, et l'idée de bousculer Nadja dans les draps propres et d'ensuite les partager avec Marine renouvelait son désir pour les deux femmes conjointement.

– Tu n'as rien à faire ici, dit-il d'un ton furieux.

– J'avais juste envie de voir comment c'était chez

toi. Dis donc, la stéréo, ça doit coûter bonbon... la chambre des enfants, ta chambre. C'est pas très grand. Tu gagnes combien ?

Il se tut, bras croisés.

– Je veux dire, combien je peux te coûter sans te mettre en difficulté ?

Il était décidément d'une naïveté crasse.

Il rit. Il dit qu'il n'avait aucune intention de l'entretenir. Il était un homme heureux. Il avait eu pitié d'elle, rien de plus. Elle pouvait s'estimer contente. Il comprenait qu'elle tente sa chance. Mais n'y avait-il pas de moyen plus noble de s'en sortir ? Comme le travail, par exemple. Il serait même prêt à l'aider alors.

Elle s'allongea jambes en l'air sur le divan et sa jupe retomba jusqu'à la taille.

Elle dit qu'elle avait le temps. Soit un gros paquet tout de suite, soit une somme régulière chaque mois.

– Mais pourquoi ? hurla-t-il. Juste parce que je t'ai baisée une fois, je te devrais quelque chose ? J'en ai rien à foutre de toi.

– Et de ta femme, t'en as rien à foutre ? C'est du propre !

– Ma femme ne croira jamais...

– On parie ? Et ton patron... Quand il saura ce que tu m'as dit de lui...

Il la saisit par le bras en gueulant : « Sors d'ici. » Elle tourna lentement ses yeux froids vers lui et dit qu'elle n'avait pas peur, il était un nul, un minable, un mou, elle l'avait tout de suite vu, dès le premier jour, avec son sourire astiqué, sa gentillesse de faux cul puant, sa bonne conscience de minibourge. À se demander comment il avait pu faire des enfants. Oh, il pouvait baver, s'énerver, trembler sur place. Elle ne bougerait pas sans un accord à base de chèques de caution. Elle avait le temps. Lui aussi ? Sa femme ne risquait pas de rentrer ce soir ou bien ?

Elle fut incroyablement facile à tuer. Il prit un coussin du divan, au départ juste pour ne plus la voir et, comme elle se débattait, il appuya fort. Il était plus costaud qu'elle, quoi qu'elle en pense. Il attendit un bon moment après qu'elle eut cessé de bouger. Au point où il en était, il ne voulait plus courir de risques. Elle était petite et maigre. Elle ne serait pas difficile à transporter. Il n'éprouvait aucun remords, aucune pitié. Elle était nuisible, mauvaise.

Il évita de la regarder et se dit qu'il ne restait qu'un minuscule problème à régler. Après, il serait libre. Il s'assit pour réfléchir. L'idée s'imposa rapidement. Le cimetière était proche. Dix minutes à pied, même chargé. Il attendrait le milieu de la nuit pour aller la balancer par-dessus le parapet du pont Caulaincourt.

Il alla chercher un drap pour recouvrir Nadja. Morte, elle prenait beaucoup de place.

Les coups à la porte étaient légers, presque joyeux. Marine et une de ses foutues surprises ? Une pantomime étrange commença. Il fit trois pas de côté, retour en arrière, petit saut devant, avant de finalement débarrasser le dessus du coffre marocain, l'ouvrir, prendre à pleins bras le corps couvert du drap. Il dut replier le corps comme une poupée articulée pour refermer le couvercle, remettre les bibelots et aller ouvrir la porte en déboutonnant sa chemise, prêt à se fendre d'un sourire étonné et ravi.

Ce ne fut pas nécessaire. C'était l'édenté.

– Où est Nicole ?

– Nicole ?

– Joue pas les crétins. Elle est où, la petite pute ? Pas encore arrivée ?

– Ah, elle ! Pas vue. Pas envie de la voir non plus.

Je vous demande pas d'aller vérifier par vous-même, mais appelez si vous voulez. Je suis seul.

– Nini ! Nini ! Qu'est-ce qu'elle fout ? Elle devait passer. Bon, eh ben, je vais l'attendre.

– Non merci. J'ai été gentil hier, mais maintenant ça va bien.

L'autre battit en retraite sans demander son reste. On aurait dit qu'il avait peur.

François referma. Il avait très chaud. Il croisa les bras, les mains sous les aisselles pour les arrêter de trembler. Il jeta un œil par la fenêtre. L'édenté s'était installé devant la porte. Il était coincé. Ils étaient coincés, Nadja et lui. Elle le collait, la garce. Il frappa du poing sur le coffre.

L'édenté se lasserait. Ces types-là n'avaient aucun courage. Il suffirait de vérifier que la voie était libre au petit matin. Et s'il se planquait pour le surveiller ? Exprès. Si c'était un piège ? Si Nadja avait fait semblant. Elle était morte si facilement, sans presque se débattre. Vite, il débarrassa le coffre de ses bibelots. À sa grande déception, la forme voilée était toujours là avec ses angles bizarres et son immobilité dégoûtante. Il ne fallait pas s'arrêter aux conséquences. C'était fait, c'était fait.

Le téléphone le tira d'une rêverie étrange.

La sueur goutta dans son dos en reconnaissant la voix amoureuse et gaie de Marine :

– Chéri ! Devine où nous sommes !

– À Paris.

Il avait la voix glacée. En lui, ça hurlait non, non pas ce soir, pas à Paris.

– J'ai préféré te prévenir. Que tu aies le temps de faire le ménage, mon célibataire chéri.

Elle rit.

– On arrive !

Il referma le coffre, le rouvrit. Ça finirait par sentir. Il ne pouvait pas la laisser là.

La cave. Trois étages à descendre, une porte à ouvrir, une giclée de marches où personne n'allait jamais. Et puis le froid conserverait un peu le corps. Ça lui donnerait le temps. Au moins ça. Vite. Passer à l'action. L'envelopper dans une couverture comme un gros ballot pour ne pas éveiller les soupçons d'un éventuel voisin en goguette.

Les questions les plus simples étaient une source de confusion mentale. Allumer la minuterie pour y voir et ne pas risquer la dégringolade. Ne pas allumer la minuterie pour ne pas attirer l'attention. Mais si quelqu'un le surprenait, un énorme colis sur les épaules, descendant dans le noir ? Le naturel d'abord. Il avait le droit de descendre dans sa cave se débarrasser d'affaires encombrantes. Encombrantes. Sa vie n'avait jamais été encombrée que de minuscules détails insupportables, supportables un à un, jusqu'au détail de trop. Comme un cadavre par exemple.

Il rit.

En tout cas, elle ne pesait pas lourd. Compter les petits bonus. Arrivé au premier étage, il rajusta le corps sur l'épaule et sentit une douce caresse descendre de son épaule, s'arrêter au coude. Il lui sembla qu'en une seconde son corps entier fondait, lui retirant toute force, toute énergie. Il se força à regarder son coude. Une petite main d'enfant, couverte de bagues reposait, confiante. Quand il portait ses enfants endormis, après une soirée tardive, leurs mains reposaient ainsi sans pression, abandonnées au réconfort de l'épiderme paternel. Il voulut pleurer de trop de gâchis. Une fatigue telle qu'il lui semblait plus simple de laisser tomber, tout dire, tout raconter. Il crut voir l'édenté attendre au bas des marches. Il souhaita voir l'édenté, remettre son fardeau à d'autres. Il descendit les dernières marches sans même chercher à rentrer la main accusatrice. Laisser faire la vie. Il n'y avait personne sous la cage d'escalier. Il était seul. Il n'en pouvait plus. Il fallait avancer. Il posa le paquet. Voilà, c'était un paquet, pas une personne. Il ouvrit la porte de la cave et fit rouler le corps au bas des marches. La couverture s'ouvrit, le drap s'ouvrit. Il la vit et descendit s'asseoir à côté d'elle, la tête entre les mains.

Une agitation soudaine au-dessus de sa tête le tira de sa torpeur.

– Courage, Paul, on est arrivés. C'est pas trop lourd, le sac ? Papa va nous aider. Je passe devant.

Sans réfléchir, il ouvrit la porte de sa cave, poussa le corps dedans, et le drap et la couverture. Il referma. Il attendit, les yeux fermés ; se redonner un visage, son visage, sa tête était vide. Monter, sourire, expliquer. Pourquoi était-ce une si bonne idée, la cave ? Les rats, voilà, les rats.

Il rattrapa les enfants dans l'escalier.

Exclamations joyeuses. Il était un automate. Le plus dur restait à affronter, Marine, tête penchée, sourire questionneur :

– Ça m'a fait drôle, l'appartement vide. Où tu étais ? À la cave ?

Fronçant les sourcils, souriant toujours.

Il sourit. Ce n'était pas le même sourire. Où était passé son sourire d'avant ?

Les mots venaient. Il croyait qu'il leur restait des bouteilles de champagne à la cave. Pour fêter leur arrivée. Mauvaise surprise. Ça grouillait de rats en bas. Marine avait la phobie des rats. Elle n'y descendrait pas.

Elle était toute pâle. Très bien. Elle lui toucha la joue. Ça lui avait fait un choc de trouver les bêtes, pauvre chéri.

Se forçant à la gaieté, elle fit face aux deux petits engourdis de sommeil :

– Les enfants, on rangera tout ça demain. En pyjama.

Elle entra dans la cuisine. Il n'avait rien préparé. Il s'excusa, ferma les yeux pour ne pas entendre, entendit les mots :

– C'est pas grave. Je vais faire des œufs en vitesse.

Entendit la vérité :

– Je me suis coltiné le train avec les enfants, les jeux, le taxi, la montée des bagages. Mais ce n'est pas grave. Je fais face. Et puisque tu n'as rien foutu, je vais aussi préparer à manger. Sans râler.

Il ne tiendrait jamais le coup, mais il tint.

Les mouillettes, les questions affectueuses, l'histoire lue aux enfants.

Il tint, après aussi, au lit où elle l'attendait pour faire l'amour. Après une semaine de séparation, c'était la règle.

Elle en fit moins que d'habitude. Elle pressentait quelque chose.

Elle ne l'interrogea pas, constata. Il était fatigué, pauvre chéri. Travaillait trop. Il feignit le sommeil. Elle s'agita longtemps à côté de lui. Il était seul. Depuis toujours.

Il n'alla pas travailler. Il partit au matin, prit le métro jusqu'à Nation, changea vers Étoile par Denfert-Rochereau. Repartit pour Nation par la ligne centrale. À midi, il était à Blanche sans savoir comment. Il remonta la rue Lepic. Il n'y avait personne au coin. Il remonta jusqu'à la rue Durantin, entra dans la cour de l'immeuble de Nadja.

Une voix le héla. L'édenté était à la fenêtre.

– Alors ? Ta femme est bien rentrée ? Il va falloir que j'aie une conversation avec elle.

– Nadja est là ?

Il y crut, le temps de poser la question. Un minuscule répit.

L'édenté disparut derrière la vitre qui se refermait.

Il rentra chez lui, parce que chez lui c'était réel. Il lui fallait s'accrocher à la réalité pour ne pas couler.

L'appartement était paisible. Marine sanglotait à la table de la cuisine.

La peur le ramena à la surface :

– Où sont les enfants ?

– Chez Claudie. Oh, François !

– Qu'est-ce qui s'est passé ?

Affolé maintenant.

Elle leva un regard courageux à travers les larmes, ouvrit sa main où reposait une bague en méchant métal avec une grosse pierre verte.

– Elle était sous les coussins, sur le canapé.

Il prit la bague entre ses mains, l'examina avec soin, dit sincèrement :

– Je ne l'ai jamais vue. Je te jure, Marine, que je ne l'ai jamais vue.

Il respira, reprit lentement :

– Je ne suis pas allé travailler.

– Tu es surmené. Je n'aurais jamais dû te laisser. Mais c'est pas grave. Je suis rentrée maintenant.

La rage explosa en lui sans prévenir.

– C'est pas grave ?

Il la gifla et ses larmes redoublèrent.

Il la gifla à nouveau et cria qu'il n'en pouvait plus qu'elle lui cloue le bec avec ses soi-disant « pas grave » et il la souleva du tabouret parce qu'elle restait inerte dans sa flaque de larmes. Il se mit à la secouer, puis il lui cogna la tête contre le buffet d'angle en lui demandant si c'était toujours pas grave. Un peu de sang coula sur la tempe, alors il la tira vers lui, pivota et elle tourna dans ses bras comme une cavalière empruntée et il l'assomma contre le frigidaire et, comme elle s'affaissait entre ses bras, il la cogna encore plus fort, encore plus fort et la lâcha enfin. Elle tomba doucement en tas informe sur le sol et il sortit de la cuisine en disant : « Voilà, c'est fini. » Et il n'y eut plus de pensée dans sa tête jusqu'à ce que ça cogne contre la porte d'entrée, et la peur réveilla son cerveau et il hurla d'une voix suraiguë :

– Quoi ?

Et une voix inconnue, affolée, cria :

– Monsieur Martin. C'est l'entreprise de dératisation. Votre femme nous a appelés. Monsieur Martin ? Il faut appeler la police. Il y a un cadavre dans votre cave. Ouvrez, monsieur Martin.

Mais il n'ouvrit pas. Il attendit, assis sur le canapé, comme un visiteur dans un appartement inconnu, que la porte cède.

Sans rime ni raison

« J'AI LONGTEMPS été cet étranger dans le miroir traçant sa raie, cheveux mouillés, un quart trois quarts, tous les matins, comme maman autrefois, ce petit garçon impeccable pliant ses vêtements en pile régulière sur sa chaise. Pour les économiser. Parce que ça coûte son prix un pantalon. Ça doit faire de l'usage sans trop s'user pour durer. Pareil pour l'électricité.

"*À quoi ça sert d'éclairer une pièce où on n'est pas ?*", disait ma mère.

"*À la joie,* j'aurais dû répondre, *ça sert à la joie. La grisaille naufrage une famille plus sûrement qu'une facture EDF.*"

Au lieu de quoi, j'engueulais Martine et les enfants quand ils oubliaient d'éteindre. Mari et père modèle, apte à transmettre de bonnes habitudes de vie sous verre, encadrée épais et si fermement arrimée au mur que les tourmentes du temps ne la feront même pas osciller. À l'abri. Sans le souci de s'imaginer autrement.

J'ai épousé Martine parce que je pensais qu'elle m'en serait éternellement reconnaissante. Sans cynisme. Pour qu'elle ne parle jamais de moi en haussant les épaules, ou en soupirant bruyamment. Comme ma mère avec mon père.

On s'est rencontrés au bal. Même une loupe ne trouvera pas d'originalité chez nous. Quoique, ce soir-là, je m'y étais repris à trois fois pour tracer ma raie et j'avais investi dans un paquet de Marlboro, moi qui ne suis pas un gros fumeur, cigarette après cigarette tenue raidement entre le médius et l'index pendant que les autres emballaient des blondes, des grandes, des belles, des délurées, enfin tout sauf Martine que personne ne remarquait et que j'ai remarquée du coup. Trop contente, elle n'allait pas me refuser sous prétexte que je faisais une tête de moins qu'elle.

Première bonne surprise, son sourire quand elle a dit oui. Derrière les yeux plissés et les gencives offertes, ça pétillait de joie et d'énergie. Je danse très bien. Ma mère m'a appris. Mon père détestait. Les danses à l'ancienne, valse, fox-trot, java. *"Un bon danseur met sa partenaire au pas"*, disait ma mère.

Deuxième bonne surprise, la docilité gracieuse de Martine. On s'est taillé un beau succès avec nos passes de plus en plus compliquées. Une ou deux fois tout le monde s'est arrêté pour faire cercle et applaudir. On se serait cru dans un film. Si ce n'était pas de l'amour, ça y ressemblait.

Donc, on s'est mariés, malgré l'alerte vite sonnée : au lit, ça dansait pas comme au bal. On s'est mariés par peur de la vie. Une fois à l'abri dans la citadelle du mariage, on a fermé le verrou à double tour en achetant un pavillon à crédit.

Martine faisait des ménages et moi, j'acceptais les heures supplémentaires. Des gens très courageux. Et économes. Pourquoi danser quand on a la télé ? Pourquoi parler d'amour quand c'est pour toujours ? On finit par économiser la vie comme le reste. Autant la jeter par les fenêtres, vu l'absence d'intérêts. On croyait désirer la même chose, des rails sans aiguillage qui filent droit vers la mort, alors qu'on rêvait de détours pour brouiller les pistes. Rien que de très banal encore.

Notre aîné est arrivé un an après. Je voulais l'appeler Surcouf mais Martine l'a raisonnablement appelé Pierre-François. Pierre-François était mon clone, timide jusqu'à la servilité, prêt à tout pour être accepté. Je me suis bagarré contre le destin. Je l'ai inscrit au rugby parce que j'ai horreur du contact physique, aux scouts parce que, comme lui, j'aime la solitude. Rien n'y a fait. *"Arrête de lire, on dirait ton père"*, disait Martine. C'est pourtant elle qui lui faisait la raie.

Anna est arrivée trois ans plus tard, une Martine miniature. Là, j'ai désespéré de l'existence. Je n'avais pas assez réfléchi au mot reproduction. J'ai rêvé mes enfants à défaut de me rêver moi-même, je le sais aujourd'hui. Et je les ai chargés du fardeau de ma déception.

J'étais enfermé dans le travail, le silence, et la rancœur ; j'en voulais à ma famille de ne pas me retourner mes efforts sous forme de bonheur.

Un soir, j'ai refusé un Carambar à Anna parce qu'il était sept heures et qu'on allait dîner. *"Mais pourquoi ?"* a braillé Anna, et Martine a soupiré : *"Ton père ne veut pas."* Et tout le monde a fait une tête d'enterrement et c'était tellement injuste que j'ai eu envie qu'ils meurent tous les trois, là, d'un coup. Si j'avais eu un fusil, j'aurais tiré, c'est sûr. Au lieu de quoi, je suis sorti en claquant la porte et j'ai mâché mon amertume dans un bistrot sinistre.

J'ai envisagé le divorce, bien sûr, mais il m'a semblé que ce serait la même chose en pire. Ils ont commencé à m'obséder. Je suis devenu insomniaque. En rendez-vous, au bureau, aux cabinets, comme au lit, je voyais le visage terne et cerné de Martine, ses pantoufles avachies, Pierre-François avec sa raie impeccable et son mutisme comme un reproche, Anna et ses caprices, ses hurlements aigus d'éternelle insatisfaite et je pensais, *"Quelle misère ! Mais quelle misère, mon Dieu !"*

Quand Martine se calait la tête entre deux oreillers, je l'étouffais lentement dans un étau ouaté. Quand je descendais au congélateur, elle devenait un surgelé pané, coupée carré. Pourquoi pané ? Aucune idée. Quand elle clapotait dans son bain, mon rasoir électrique, jeté à l'eau, la tétanisait, méduse aux cheveux hirsutes, bouche agrandie au noir.

Mon délire morbide s'est mâtiné de rationalité. Il n'existait pas d'alternative. Je devais tuer les miens pour les sauver. J'admets volontiers que je traversais alors une phase dépressive qu'un traitement au Prozac aurait gonflée au gaz hilarant, effet anticyclonique garanti, sauf que la dépression n'est pas un effet de l'imagination mais de la réalité. Elle est le dernier retranchement de la lucidité, dangereuse donc, capable d'enrayer la mécanique du progrès soi-disant pour tous.

Martine s'était souvent plainte d'une odeur de gaz chez les Thullier. Selon elle, leur installation était défectueuse, ce que les deux retraités niaient avec véhémence. Quoi qu'il en soit, les lundis et mercredis, quand venait Martine, le couple vidait les lieux à cause de l'aspirateur. Or le mercredi, les enfants rejoignaient Martine chez les Thullier après le centre aéré.

Un mercredi, je profitai d'un déplacement professionnel à Valenciennes pour faire un crochet par mon quartier, vers 15 h 30. Connaissant Martine, elle devait organiser son travail selon un emploi du temps précis et fiable. J'empruntai le chemin de terre qui traverse notre bloc d'habitations de part en part. Il est bordé de rangées de thuyas. Je ne me dissimulai nullement car il me serait facile de justifier ma présence. Le fait est que je ne rencontrai personne et ma petite taille empêchait qu'on me voie depuis les maisons. Il me suffit de traverser une haie pour pénétrer dans le jardin des Thullier. La porte de la cuisine n'est jamais fermée à clé. La pièce rutilait. Deux bols vides étaient installés sur la table, à côté d'une boîte de céréales et d'une bouteille de lait. Le goûter des enfants.

Le silence qui régnait dans la maison m'impressionna. Il hurlait à l'effraction. Je vérifiai le tuyau de la cuisinière et pris le temps d'imaginer la pièce saturée de gaz.

D'en haut, Martine ne sentirait rien. Et quand les enfants sonneraient à la porte... Seule une mouche s'émut de mon arrivée quand je passai dans le salon-salle à manger. Je rebroussai chemin, longeai le minuscule corridor jusqu'au bas de l'escalier. Je m'y engageai, oreilles tendues à l'affût d'un craquement qui révélerait ma présence. Alors seulement, j'entendis les râles.

Ma panique se transforma en curiosité quand des soupirs et des balbutiements se firent entendre en alternance avec des halètements furieux. Je continuai de monter pour en savoir plus.

L'escalier débouche sur un couloir central qui dessert une série de chambres et une salle de bains immédiatement à gauche. Les Thullier sont à la tête d'une famille nombreuse qui a elle-même, depuis, essaimé sans compter.

Le concert amoureux se donnait, sans doute possible, en bout de couloir, dans l'avant-dernière chambre sur rue. La porte était fermée mais un carreau trouait sa partie supérieure. Je me hissai sur la pointe des pieds et me retrouvai face à une vision d'abord incompréhensible. Le buste de Martine se découpait sur fond rose comme un portrait de femme encadré d'or, amputé du bas du corps. Ses épaules étaient dénudées et elle resplendissait. Des flots de sang joyeux irriguaient ses joues. Ses cheveux étaient relevés dans un chignon désordonné et des mèches voletaient comme de vives flammèches d'un brun lumineux. Des gouttes de transpiration faisaient briller son front laiteux, ses yeux plissés lançaient des lueurs à reflets d'argent. Elle riait, ses lèvres rouge sombre gorgées de plaisir, dents étincelantes, gencives vermillon.

Je ne risquais rien puisque je n'existais pas dans ce monde qui était le sien. Je n'avais droit qu'à un reflet dans un miroir. De l'homme, je ne vis, à la toute fin, que les mains qui, remontant jusqu'à la nuque de cette femme étrangère et superbe, la firent ployer et disparaître hors du cadre.

J'étais rempli de cette vision. L'homme n'avait pas d'importance. Ma curiosité était rassasiée.

Je rejoignis ma voiture mécaniquement, partis négocier un contrat délicat avec mon efficacité habituelle. Une évidence remuait dans les profondeurs : Martine ne pouvait pas mourir, elle était la vie. Son sillage traçait l'avenir de nos enfants. Martine était le bonheur. Elle était la beauté. Trop tard. Il ne me restait plus qu'à disparaître.

Je n'avais aucune velléité de suicide, je ne voulais pas m'effacer comme une ombre au tableau, qu'il s'agissait plutôt d'arracher du mur, pour en briser le cadre, en péter le verre, si je voulais, moi aussi, parier sur l'espoir. L'occasion s'offrit à moi le soir même. Le doigt de Dieu, une fois posé sur moi, ne comptait plus relâcher sa pression jusqu'à ce que j'aie entendu son message.

Je voulais simplement gagner un peu de temps avant de me retrouver face à Martine. Je l'informai brièvement, en début de soirée, qu'un travail urgent me retiendrait tard. Qu'elle ne m'attende pas. Je restai seul au bureau après le départ de mes collègues. J'avais effectivement de quoi m'occuper : lettres de rappel, mise en ordre de divers contrats, dossiers à classer.

Je travaillais pour monsieur Druart qui cumulait les fonctions d'agent immobilier et d'assureur-conseil. Je gérais principalement les polices d'assurance même s'il m'arrivait de faire visiter des logements. Un chèque sans provision nous ayant été retourné par la banque, nous avions accepté de le représenter quinze jours plus tard et il me fallait le document prouvant qu'il avait bien été encaissé. Je me permis exceptionnellement, mais sans arrière-pensée, d'aller fouiller dans le bureau du comptable.

Monsieur Ettaki classe ses dossiers une fois par mois. L'affaire, récente, devait se trouver dans un des tiroirs de droite de sa table de travail. Je commençai par le tiroir du bas où je découvris une petite boîte métallique dont la clé dépassait de la serrure. Ayant découvert le contenu du coffre, je m'assis sur le fauteuil à tourniquet et pivotai de droite et de gauche dans un mouvement régulier impulsé par une poussée du pied. Cinq liasses de dix billets de cent euro. La vente d'une maison à Saint-Omer avait été conclue cette semaine-là. J'avais sous les yeux, très probablement, le dessous-de-table versé par le client. Un argent sans existence légale qui murmurait : C'est par là.

Je refermai boîte et tiroirs, en cas de retour inopiné d'un collègue, retournai à ma table où je rédigeai un mot rapide annonçant à Martine que je partais et que je ne reviendrais pas. Je préparai l'enveloppe, la timbrai, terminai le travail entrepris et rangeai mes dossiers à leur place.

Je retournai chez le comptable, fis disparaître les

liasses de billets dans une grande enveloppe en kraft que je rangeai dans ma serviette. Je mis l'alarme en place, fermai soigneusement la porte de l'agence dont je joignis les clés à ma lettre que je postai au coin de la rue avant de récupérer ma voiture. Direction Paris puis l'autoroute du Sud et enfin Nice. J'irais peut-être à l'étranger ou pas, demain restait à inventer mais Nice, c'était le bout du monde. Et puis il y avait la mer. Pas les plages du Nord de mon enfance. La Méditerranée.

Je roulais sans pensée, attentif à ma conduite. Je tournai autour de la place de Clichy le temps qu'il fallut pour trouver une place autorisée et j'abandonnai ma voiture, ses clés sur le contact.

J'entrai dans une brasserie qui s'appelle le Wepler, parce que c'était grand, bien éclairé et plein de monde. Je commandai un plateau de fruits de mer et une demie de sancerre. Personne ne me connaissait et réciproquement. Ma poitrine restait comprimée. Comment dire... J'avais ouvert la fenêtre du vingtième étage, j'étais en équilibre sur le parapet mais une de mes mains restait cramponnée à la rambarde.

Je bus deux express, payai mon repas avec un chèque et laissai dix euro de pourboire. Puis je partis à pied le long d'un large boulevard. J'enlevai ma cravate et la jetai dans une poubelle publique. Ensuite, je me mis à essayer quelques portières de voitures en stationnement. La cinquième s'ouvrit. Je me glissai jusqu'au siège conducteur et j'eus quelque mal à démarrer. Je suis plutôt bricoleur mais mes doigts tremblaient.

C'était une Fiat Uno mal entretenue. Je me repérais mal dans la ville et me fis klaxonner à plusieurs reprises. J'étais pourtant plus pressé qu'eux qui savaient où ils allaient. À minuit passé, je quittai enfin Paris par le sud.

J'avais dépassé Lyon quand l'occasion se présenta de changer de voiture. Un automobiliste impatient avait laissé sa Mercedes, moteur tournant, en double file devant le magasin de la station-service. Je montai et quittai la station avec style. Je roulais vite.

– Pourquoi vous avez tiré la caisse ?

Je fis une embardée qui me donna des suées rétrospectives. La voix était jeune, féminine et assurée.

– Je peux monter devant ?

C'était une gamine en jeans, avec un truc en haut qui s'arrêtait au-dessus du nombril.

– Mais qu'est-ce que tu fais là ?

– L'autre lascar, il allait sur la côte. Je galérais depuis deux heures. Je me suis planquée derrière. Il m'aurait pas jetée. Ça se fait pas.

– En pleine nuit, à ton âge, et dans cette tenue ? Avec un inconnu !

– T'as raison, un piqueur de bagnoles, c'est plus fatal.

– Je ne suis pas...

– Moi non plus, mon teapote.

Et elle éclata de rire avant de me conseiller de tracer de l'autoroute à cause de la tire volée. C'était un bon conseil. Elle a dormi jusqu'à l'arrivée. On est vite allés voir la mer parce qu'on en avait envie tous les deux et, plus tard, on s'est assoupis sur le sable. La première semaine, on a fait connaissance. Elle s'appelait Anémone, elle avait seize ans, et un visage chiffonné qui cherchait encore ses traits. Elle venait de Sarcelles d'où elle avait fugué parce qu'elle n'aimait pas son beau-père tout le temps chômeur, que sa mère était ultrachiiiante, le collège nul et elle-même sur une planète craignos orbite zombie. On s'est acheté des vêtements, on mangeait des glaces et des hamburgers. Je lui ai appris à nager. Elle m'a appris à danser sur sa musique. Son rire aurait décoincé le naze le plus grave.

Elle a appelé sa mère après de longs palabres. Résultat des négociations : quinze jours de vacances à mes frais et elle rentrait en avion. Elle a soutenu que c'était l'affaire du siècle. Pour moi. Elle avait raison.

On s'est bien amusés. En guise de bonjour, elle m'ébouriffait les cheveux en antennes. Pour améliorer l'image. J'aimais sa façon de parler rigolo mais je lui ai conseillé d'apprendre la langue des autres. Pour rester libre. Et mobile. Je lui ai dit qu'il n'y avait pas de fatalité, c'est juste qu'on ne pouvait pas changer les autres sans changer soi-même mais qu'après on pouvait faire levier...

– Et bouger le monde, tu te fous de moi ?

– Pourquoi pas ? Regarde-toi, t'as pris des risques et ça a payé.

– Alors, c'était pas une connerie ?

– Évidemment que si. C'est pas simple. Si tu lâches pas la rambarde, tu risques pas de t'envoler, mais t'aurais pu prévoir un parachute.

– Et pourquoi pas la panoplie du parano, le parapluie, le parasol, paratonnerre, et paravent, et parablues, etc. T'es joli quand tu te pâmes.

C'est fou ce qu'elle m'a appris. D'un jour, l'autre, on se réconciliait avec l'avenir. Hier soir, son dernier soir, on est allés dans le jardin Albert-Ier et j'ai enterré l'argent qui me restait au pied d'un arbre. Pour elle. Comme une issue de secours. Au cas où. Après, on est allés en boîte. Cette nuit, pour la première fois, elle est venue dans mon sac de couchage m'annoncer qu'elle n'était plus vierge depuis longtemps et que c'était de bon cœur... Je l'ai embrassée ; ce qui était une connerie parce que je n'avais jamais désiré quelqu'un autant et que c'était difficile, après, de la renvoyer dans son sac à elle. Chacun le sien. Point. Ce matin, je l'ai conduite à l'aéroport et j'ai essayé d'être drôle. J'ai payé ma chambre d'hôtel avec mon dernier billet de vingt euro. Je suis sans un et sans une. Anémone va me manquer mais je ne suis pas inquiet. La vie commence. Je respire bien. »

L'inspecteur Spinetta replie soigneusement les feuilles manuscrites qu'il a trouvées sur la table de la chambre où François Dewelt est mort. Trente-trois ans. Rupture d'anévrisme.

C'est la deuxième fois qu'il lit ce drôle de testament. Il est tout seul devant le trou où repose le cercueil qu'il a payé de sa poche. Il a appelé les deux madames Dewelt. La plus vieille a dit : *"Je n'ai plus de fils"*, la plus jeune : *"Mon mariage était terminé depuis longtemps."* Il ne connaît pas le nom de famille d'Anémone qui serait venue peut-être. C'est un jeune flic amoureux. Il doit se marier la semaine prochaine. Le soleil tape fort sur le carré des indigents du cimetière de Nice. Les doigts moites de Spinetta brouillent l'encre des mots. Il hésite, se détourne, empoche les pages, et lentement s'éloigne du trou que les pelletées de terre commencent à combler.

Cette fille est dangereuse

LA FILLE se redressa, une main plaquée contre le haut du crâne, l'autre en appui sur le dessus-de-lit froissé. Son coude trembla, plia, et elle retomba sur l'oreiller maculé d'auréoles de salive. Elle resta cinq bonnes minutes à regarder le plafond écaillé, avant que sa pupille ne se mette à voleter, papillon affolé. Elle se hissa en position assise, jambes pendant hors du lit. Une main sur le cœur, elle haleta comme un coureur de sprint. Elle prit le temps de détailler la chambre, lavabo bleu pâle, bidet assorti, papier mural à motifs géométriques orange, porte, clé dans la serrure avec sphère métallique numérotée, battant de placard entrouvert, tables de nuit dépareillées, fenêtre aux rideaux marron ouverts sur un jour ensoleillé.

Un klaxon prolongé la fit sursauter.

L'équilibre incertain, elle marcha jusqu'à la vitre, se cogna le front contre le carreau et considéra la route nationale et, au-delà, une maigre forêt qui résistait sans panache aux toxines du progrès. Elle recula, une main sur la bouche, trébucha jusqu'au lavabo où elle se mouilla le visage, les deux paumes réunies en creux.

Son visage remonta jusqu'au centre du miroir sans cadre et elle rejeta machinalement en arrière sa frange qui retomba aussitôt en rideau sur ses sourcils froncés. Une petite plaie était apparue sur la tempe gauche. Elle y passa le doigt, grimaça. La croûte céda et le sang perla. Un trait rouge inégal marqua le trajet du doigt dessinant la pommette haute, le nez fin, les lèvres longues et renflées, entortillant enfin une mèche blonde qu'elle fixa d'un regard incrédule.

D'une volée d'eau, la fille effaça les traits de son reflet. Ses yeux bleu nuit s'agrandirent en découvrant, plus bas, l'immense tache écarlate, comme de la confiture répandue sur son tee-shirt blanc. Paniquée, elle palpa ses bras maigres, sa petite poitrine libre sous le jersey de coton, relevant sa jupe sur une absence de culotte... Elle crispa les paupières et leva les deux mains à hauteur du front, dans un geste d'incompréhension.

Une sonnerie sourde la détourna du miroir vers le combiné mural à droite du lit. À la septième sonnerie, elle alla décrocher, visage buté. Une voix de femme se déroula comme un grand huit :

– Madame Colin ? Le petit-déjeuner est servi jusqu'à neuf heures seulement.

– Il est quelle heure ?

La fille avait la voix cassée et douce.

– Huit heures, asséna la dame, et elle raccrocha.

La fille dut s'y reprendre à trois fois avant de fixer le téléphone sur son support. Elle répéta d'un ton interrogatif :

– Madame Colin ?

Puis sur différents tons :

– Colin, Colin, Colin.

Elle alla ouvrir le placard. Dedans, un sac en nylon noir brillant d'où elle sortit, en vrac, une trousse de maquillage, un portefeuille plat sur lequel elle ne s'attarda pas, car elle retournait déjà chaque poche. Elle finit par renverser le contenu sur le lino verdâtre. Un stylo Bic, un carnet vierge, une boîte de tampons hygiéniques, un étui à préservatifs, une paire de ciseaux rouillés, un paquet de Lucky, un briquet en plastique jaune fluo, un sachet de chewing-gums entamé.

Le téléphone à nouveau.

Elle y fut en trois pas, décrocha. Une voix d'homme cette fois, basse, étonnée quand il répondit d'un « allô » interrogatif et inquiet à son « oui ? » à elle. Il ajouta d'un ton précautionneux :

– Qui est à l'appareil ?

La fille ricana entre rire et sanglot :

– Si je le savais...

– Marie, c'est toi ?

– Marie, c'est moi ?

– C'est bien le moment de faire l'imbécile. Et lui ?

Elle demanda, la voix adoucie par l'espoir :

– Qui ?

Et s'assit brutalement sur le lit dont les ressorts protestèrent.

– Arrête maintenant. Ne reste pas là. Rejoins-moi tout de suite à la maison. Ne perds pas une minute. C'est trop dangereux. La chambre est payée. Tu descends, tu dis au revoir, POLIMENT, l'arrêt du car est juste en face.

Il avait déjà raccroché, mais, de toute façon, elle n'écoutait plus car son pied venait de buter sur un obstacle et, laissant le téléphone suspendu au bout du fil, elle se baissa entre ses cuisses écartées, la tête au ras du sol, à hauteur de deux jambes d'homme bizarrement repliées qui obstruaient l'espace ouvert sous le lit.

La fille remonta à la verticale. Le téléphone sonnait maintenant occupé. Elle le remit en place, bâilla comme une enfant exténuée et se recroquevilla sur le lit, les yeux fermés. Elle secoua la tête, se leva avec effort, retourna au lavabo se gifler à grands coups d'eau froide, revint vers le lit, s'accroupit et, agrippant une jambe, un bras, tira de toutes ses forces jusqu'à ce que le cadavre apparaisse en pleine lumière.

L'homme pouvait avoir une cinquantaine d'années. Il était corpulent, habillé d'un costume rayé, sans cravate. Sa chemise était largement ouverte sur un torse velu. Le pantalon déboutonné lui descendait à mi-cuisses, ainsi que son caleçon à motifs Mickey. Ses bras étaient repliés sur sa poitrine, poings fermés. Le sang s'était figé en larges traînées sur ses manches.

La fille observa le visage, le regard bleu clair pétrifié, la petite bouche gourmande ouverte sur un dernier étonnement, le grand nez busqué. Elle ferma les yeux sur une projection privée où le même visage, rouge de désir, montait et descendait au-dessus d'elle. Elle avait les mains plaquées contre le matelas. Elle avait mal aux poignets. Robert et Franck apparurent, silencieux comme des fantômes. Son excitation accompagna la lame du couteau dans la main de Robert qui montait au-dessus d'elle, au-dessus de l'homme et descendait en piqué et remontait rouge et redescendait, au rythme des spasmes de l'homme qui semblait redoubler d'efforts et s'acharner encore sur son corps à elle, sauf que ce n'était pas possible, comme n'était pas possible le souvenir précis qui lui déchira le ventre, son pic de plaisir confondu à l'agonie de l'inconnu. Elle rouvrit les yeux pour ne plus voir. Ça raisonnait pourtant dans sa tête puisqu'elle regarda une fois encore la chambre banale et s'arrêta cette fois sur la poubelle en plastique où gisait un préservatif usé. Un haut-le-cœur lui tira un peu de bile. Elle se rinça la bouche.

Elle se déshabilla entièrement, alla décrocher la

robe qui pendait dans le placard. C'était un tube de jersey moulant brillant qui lui arrivait à mi-cuisses, malgré ses efforts pour l'étirer plus bas. Elle reconnut avec soulagement le trench beige sur l'autre portemanteau et l'enfila, nouant la ceinture serré. Elle renfourna tout son bazar dans le sac en nylon, hésita sur ses vêtements tachés de sang. Elle récupéra une taie d'oreiller et s'en servit comme d'un sac à linge sale. Elle y enfouit aussi le préservatif avant de retourner au cadavre dont elle examina les poches, faisant disparaître dans son sac tout ce qu'elle y trouva. Elle regarda attentivement sous le lit, d'un côté, de l'autre. Un drap taché gisait en boule froissée. Elle glissa la main qui s'enfonça dans une flaque gluante. Elle poussa un petit cri, regarda ses doigts et, vite, alla rincer les traces de vomissure.

Elle ramassa ses affaires. Un dernier panoramique de la chambre révéla le couteau, un vrai couteau de boucher, sanguinolent sous la table de nuit, contre le mur. Elle l'enveloppa dans la petite serviette de toilette et le fourra dans la taie qui disparut dans le sac en nylon noir. Elle ouvrit la porte qui n'était pas fermée à clé et se trouva dans un couloir sombre. Au bout, un escalier descendait vers la réception de l'hôtel. Elle souffla en découvrant le hall désert. Une clochette s'activa avec l'ouverture de la porte d'entrée vitrée et une petite femme maigre apparut instantanément.

– Vous sortez, madame Colin ? Et le petit-déjeuner ?

– Une course à faire, marmonna la fille.

– Une course ? Ici ?

– Je veux dire, je vais marcher un peu.

– Et votre... mari ?

– Il dort. À tout à l'heure.

Elle s'éloigna d'un pas vif, en se parlant à elle-même :

– Il dort cash, mort y est. Ha ! Bravo ma petite Marie.

Elle s'arrêta net, le temps de s'exclamer :

– Marie ! Je m'appelle Marie, merde Dieu !

Son sourire se transforma en bâillement et elle dut s'arrêter car sa tête s'alourdissait.

Elle allait traverser pour rejoindre l'arrêt du car, et son banc, quand elle se retourna brusquement. La dame de l'hôtel l'observait de son seuil. Elle lui fit un bras d'honneur et s'élança, profitant d'un répit dans la circulation.

La fille se laissa tomber sur le banc. Les images qui lui flashaient dans la tête l'aidaient à lutter contre le sommeil.

L'homme qui venait de l'appeler au téléphone, c'était Robert, petit, nerveux, des yeux de loup, blond gominé. Ils s'étaient rencontrés en boîte. Et son pote, Franck, grand, voûté, épaules de camionneur, longs bras, des yeux de porcelet fouineurs, inquiets. Robert le lui avait présenté au restaurant. Une pizzeria qui s'appelait... Mario ou Vesuvio ou Macho, qui s'en fout ? C'est plus tard qu'ils lui avaient proposé le deal. Pas question de meurtre, tu penses. Ben voyons... Des photos, des photos compromettantes. C'est pour ça qu'elle avait changé de coiffure. Elle n'avait jamais été blonde mais brune, comme maman. Un sentiment d'urgence la réveilla plus efficacement que ses efforts de mémoire. Sa mère allait s'inquiéter. Antony, elle habitait Antony. Elle n'était pas amnésique, choquée juste. Y avait de quoi, non ? Merci.

Elle se mit à rigoler juste comme l'autocar s'immobilisait à sa hauteur.

Moi, c'est Samantha, alias Marie. Parfois je suis là, parfois pas. Là, je profitai d'une rêverie prolongée de Marie pour intervenir. Il faut toujours que je la prenne par surprise, sinon, elle ne me laisserait jamais la place. Et vice versa. Alors, quand le chauffeur demanda à Marie où elle allait, je répondis : « Le terminus », ce qui nous laisserait le temps de gamberger.

– La Souterraine alors ?

– C'est ça. La gare de La Souterraine.

On rentrait à la maison, point final.

Marie s'assit seule contre une fenêtre et s'abandonna au paysage ennuyeux comme un dimanche d'enfance. Je la laissai rêver car j'avais à penser. Malheureusement Marie fait ses conneries, plutôt quand je dors et là, je m'étais réveillée un peu tard. Faut dire que Marie avait eu la main lourde. Mais j'avais manqué de vigilance. J'étais sûre qu'elle n'avait pas fait un tour complet de la chambre d'hôtel et il allait falloir se débarrasser des affaires du type. C'était bien de Marie de se balader avec les papiers d'un assassiné. Et je ne parle pas de son geste obscène. Rien de plus coûteux que les actes gratuits. La patronne avait dû la fixer pour l'éternité.

Marie somnolait à moitié. Je me laissai bercer à mon tour par le paysage tendre et la rejoignis dans sa rêverie sans but.

Une traversée de village rompait parfois la monotonie des arrondis. Le car sortit de la nationale à l'entrée d'Ahun (prononcer ah, hein, même s'il n'y a pas de quoi s'exclamer) et s'arrêta devant la mairie. Près d'une fontaine, une terrasse ombragée où seules deux tables étaient occupées fit songer à Marie qu'elle boirait bien un café. Je jure que si elle n'avait pas vu le bistrot, elle n'y aurait pas pensé. Ça, c'est Marie.

Elle descendit donc du car sans prêter la moindre attention au chauffeur qui répétait de plus en plus fort que ce n'était pas La Souterraine, qu'elle devait remonter.

Après quelques pas, elle reconnut sur sa droite un passage étroit et dallé. Là, dans l'ombre, se trouvait la maison où l'avait convoquée Robert, elle en aurait juré. Dans cette ruelle obscure, un piège tressaillait, qu'elle ne pouvait ni nommer, ni prévoir, pressentir seulement. Un piège terrible.

Je la pressai de retourner au car dont la porte venait de se refermer et elle tambourina trop fort, trop longtemps, en criant :

– Laissez-moi monter.

Le soufflet expira bruyamment, aussi exaspéré que le chauffeur qui assaisonna Marie de vains commentaires.

Une dame endimanchée s'était installée contre la vitre. Marie la regarda d'un air de reproche et soupira en s'asseyant à côté d'elle. Je l'empêchai de se rendormir en la questionnant sur la maison. Quand y avait-elle été ? Pourquoi ? Rien à faire. Zone brouillée. Marie, c'est l'instantané sans mémoire. Le travail sur le passé risquerait de lui élimer le cerveau.

Sa voisine la ramena brutalement au présent en lui agrippant la main droite :

– Quelle beauté !

– De quoi ? ronchonna Marie.

– Votre diamant, là, on voit bien que c'est un vrai.

Elle regarda son majeur qui arborait effectivement un solitaire et se rappela que Robert le lui avait donné, comme un acompte, avait-il dit.

Donné, j'y croyais pas. Et d'où il le tenait, d'abord ? C'était une bague de femme.

Marie haussa les épaules et se renfrogna. La dame, vexée, lui tourna le dos. J'attendis.

Marie finit par admettre qu'elle la lui avait un peu

extorquée. C'était avant la maison, avant le défi qu'il lui avait lancé :

« Tu es vraiment prête à tout ? Rien ne te fait peur ?

– Essaye-moi », qu'elle avait répondu.

Moi, je n'aurais jamais lancé un défi aussi débile ! Marie n'existe que pour rigoler, pour bêtiser, pour défoncer les interdits. Moi, pour réparer les dégâts. Chacune sa fonction. Répartition des tâches.

C'est pour ça qu'elle est apparue, Marie, au moment où on avait besoin d'elle, après le départ de papa. Quand la tristesse de maman pesait plus fort que tous les interdits. Comment ajouter une charge même minuscule à son énorme chagrin ? Comment oser exister sans insulter son malheur ?

Pour ça, il fallait une Marie et crac, elle était là, une fille qui se moque de tout et surtout des conséquences de tout. Moi, il ne me restait plus qu'à la protéger, si possible, si nécessaire.

Bon, je reconnais, pour les conneries, elle est irremplaçable mais, un diamant et un cadavre plus tard, ça devenait un problème de stratégie et la stratégie, c'est mon domaine à moi.

Un acompte en forme de vrai diamant annonçait un joli magot. Marie devait retourner à la maison en catimini.

J'essayai de lui faire enlever sa bague, par précaution. Elle la recouvrit aussitôt de sa main en clamant que c'était la bagouze à madame Colin, que c'était à elle. J'eus beau lui rappeler doucement qu'elle n'était pas madame Colin à moins que vraiment elle n'ait battu son propre record de connerie pendant mon sommeil, rien à faire. J'acceptai de passer l'éponge à condition que Marie se relève, s'approche du chauffeur et lui demande d'arrêter le car. Poliment.

Le chauffeur se mit à râler comme si c'était lui qui devait se taper la route à pied jusqu'à Ahun. Franchement, qu'est-ce qu'il en avait à faire que Marie descende à La Souterraine ou ailleurs ?

Elle repartit donc en marche inverse le long de la nationale et elle eut vite chaud. Elle remua les épaules vers l'arrière et son imper se mit à lui glisser dans le dos. Elle finit par le traîner derrière elle et le résultat ne se fit pas attendre.

Les voitures commencèrent à ralentir pour lancer, sans conviction, quelques obscénités et Marie ne laissa pas passer l'occasion d'étaler sa syntaxe vulgaire, du classique : « Va niquer ta mère » aux plus originaux : « Tu t'es regardé, vieux ragoût réchauffé » ou : « Y a des maisons de retraite pour planter les vieilles queues ramollies », tout en songeant qu'ils avaient de la chance de remonter dans l'autre sens parce qu'elle se serait fait un plaisir d'embarquer avec le premier venu et de lui montrer à quoi ressemblait, en vrai, une gonzesse de la famille moderne.

Et elle l'avait déjà fait. J'aurais pu lui rappeler, sans problème, le voisin saigné au tesson de bouteille dans la cave du C, ou le polaroïd du père de Nathalie avec ses yeux de kangourou affolé, le pantalon sur les chevilles, pressant contre son bas-ventre une nuque enfantine, punaisé toute une journée dans l'entrée du bâtiment A, mais ce n'était pas le moment d'aiguillonner sa perversité. Je la sommai de se concentrer sur ses pieds et l'obligeai même à renfiler l'imper. Elle maugréa mais reconnut implicitement que j'avais raison, forcément raison.

Il lui fallut vingt-cinq minutes pour rejoindre Ahun et cinq pour repérer la maison.

Elle commença par se taper un bon petit-déjeuner, mais à l'intérieur, dans la salle du café, comme je le suggérai. L'un ou l'autre des zigotos aurait pu nous repérer, or c'était à nous de créer la surprise. Là-dessus, je ne me faisais pas trop de souci car dans le genre ringard...

Mais ça, c'est Marie, présente-lui un nabot tel que Robert avec une gueule de loser qui frime parce qu'il a trois billets de cinquante euro en poche, elle le trouvera beau comme Crésus. Qu'il ait tué l'homme, elle n'en avait rien à cirer mais elle ne lui pardonnerait jamais de l'avoir sous-estimée à ce point. Question morale, la valeur dominante pour Marie, c'est l'amour-propre.

Elle se sentit en grande forme après s'être restaurée et s'enferma dans la cabine téléphonique de la petite place d'où elle avait vue sur la Fiat Uno de Robert. Les rats étaient donc toujours là. Le navire n'avait pas encore coulé.

– Maman, c'est moi. Bien. Plutôt beau. Tu veux que je te rappelle ? Non ? Toi ? Ça va ? Bon. Au revoir.

Une affaire de réglée. Maintenant, dératisation.

Elle s'engagea dans l'impasse. Sur la droite, une entrée de garage en tôle ondulée. Du noir bâillait entre la porte coulissante et le chambranle. Marie vérifia qu'elle n'était pas observée et se glissa à l'intérieur. Elle attendit que ses yeux s'habituent à l'obscurité et vit une bâche poussiéreuse sous laquelle se dessinait une carrosserie de voiture. Un bon point pour elle. Elle ne s'était pas trompée d'adresse.

Marie huma l'air comme un cabot à l'affût et s'arrêta au pied d'un escalier de bois qui grimpait raidement vers l'étage. La peur lui tordit l'intestin, en douceur, mais quand même. Je lui ordonnai de passer outre.

Elle se faufila derrière l'escalier, s'appuya contre le mur et tenta de visualiser l'organisation de la maison.

Ils étaient revenus de la boîte de nuit dans la Fiat

Uno de Robert, qu'il avait garée sur la place. Ils étaient entrés par le garage. Elle avait attaqué l'escalier et s'était cogné le genou. Franck lui avait plaqué la main sur les fesses et avait poussé vers le haut.

« Tu peux fermer les yeux, il avait gloussé, j'ai trouvé la télécommande. »

Et elle sentait ses doigts écartés en tire-fesse. Mais quand elle avait fermé les yeux, ça tournait tellement qu'elle avait dû les rouvrir et elle s'était aplatie sur les marches, prise de fou rire.

« Allez, monte.

– C'est là-dedans que ça remonte. »

Alors, passant devant elle, il l'avait juchée sur son dos.

Elle se rappelait son envie de pisser, atroce. C'était en haut. On passait une porte. Il y avait une grande pièce avec un coin cuisine et un matelas à même le sol contre une cloison à mi-hauteur qui isolait une douche et un cabinet. Elle avait enlevé sa culotte pour pisser et ne l'avait pas remise. Elle avait retiré son tee-shirt et était sortie en se trémoussant, réclamant de la musique pour qu'on se marre un peu. Robert l'avait fait tomber sur le matelas en disant qu'il allait lui apprendre une nouvelle danse et, comme elle avait immédiatement commenté, elle était pas contre le zapping, mais là, elle avait même pas eu le temps de voir ce qu'il y avait au programme. Et il avait répondu qu'elle avait qu'à pas être aussi excitante.

En plus du reste, Robert manque totalement de conversation.

Bref, quand elle s'était réveillée, ils étaient trois. La multiplication des mecs. Le genre de miracle dont on peut se passer.

Bon, maintenant, c'était clair au moins. Robert avait pris deux jours pour l'assouplir avant de lui proposer le coup.

Inutile de revenir sur les deux jours. Ils avaient de l'herbe et de la bière, une radio, quelques provisions. Ils n'étaient plus sortis. De temps en temps Franck les laissait. C'était un silencieux. Marie n'aimait pas sa façon de la regarder. Quand elle ne sait pas sur quel pied danser, Marie, elle s'allonge. Elle s'imagine que c'est le meilleur moyen de pas se faire avoir ! Alors, elle a carrément provoqué Franck, et Robert a dit : « Pas de chance, il aime que les putes.

– C'est pas un problème a répondu Marie, j'ai besoin de blé pour mes vacances. »

Elle perd jamais une occasion de l'ouvrir.

Voilà, c'est à ce moment qu'il lui avait proposé l'affaire.

Marie se raidit de colère. Ils l'avaient piégée comme un colis anonyme. Ils l'avaient laissée avec un cadavre sur les bras, ni vu ni connu, bonjour monsieur l'agent, quand je me suis réveillée il était mort mais c'est pas de ma faute.

Et ils avaient gardé tout le pognon.

Là, j'ai repris la main. Marie trouvait ça suffisant comme raisonnement ? Si elle s'était fait ramasser par les flics, elle aurait pu dénoncer Robert et Franck, non ? S'ils n'étaient pas complètement débiles, les deux gars devaient avoir une autre idée en tête.

Marie, je la connais bien et pour cause, elle joue les héroïnes, mais dès qu'une situation la dépasse, et elle a pas besoin d'aller très vite la situation, elle plonge dans le fossé et elle se noie dans cinq centimètres d'eau parce qu'elle pense pas à lever la tête.

Je fis ma Samantha de choc, hypercool et rassurante :

– Marie, s'il te plaît. Fais-moi confiance. Je sais où je vais.

– Si c'est pour se taper un réveillon chez les keufs, sans moi.

À la plus minuscule occase de me rappeler mon seul et unique quoique retentissant fiasco, Marie fonce. Ça devient lassant à la longue. La vérité, c'est que j'aurais pu lui balancer cent foirages qui lui reviennent en toute propriété, à Marie, mais à quoi ça nous avancerait de nous tirer dans les pattes ?

Je lui ai juste signalé que le pognon, on pouvait encore se le faire.

J'avais prononcé le mot-sésame. Seulement, avant que Marie ait pu demander comment, la porte en haut de l'escalier s'est ouverte.

Marie a voulu ouvrir le sac nylon mais elle a fait que s'emmêler les doigts et j'ai pu l'arrêter à temps. Je savais bien ce qu'elle avait en tête.

Penser avant d'agir. Toujours. Et pour penser, savoir.

Je l'ai accroupie dans le recoin. Elle était invisible, de toute façon.

La voix de Franck d'abord :

– Où tu vas comme ça ?

– L'arrêt du car.

– Ça la fera pas arriver plus vite.

– Au cas où elle reconnaîtrait pas les lieux.

– Et si tu te fais repérer ? Avec elle.

– Des comme elle, y en a treize à la douzaine. Tu parles d'un risque !

– Robert, stop. On ne sait pas. On ne sait rien. Elle peut être suivie. Putain, quel besoin t'as eu de téléphoner !

– Ça valait mieux, non, vu qu'elle était, enfin qu'elle était pas... ?

– Oui, ben, parlons-en. Qui c'est qui a fait le mélange ?

– Figure-toi qu'il y a toujours une marge d'aléatoire.

– Moi, je crois que c'est toi la marge aléatoire, oui.
– Tu veux préciser ?

Robert s'était arrêté sur une marche. Si l'escalier n'avait pas été en bois plein, Marie aurait pu le toucher. Et Marie, c'est pas qu'elle est courageuse, comme on a vu, mais elle est comme les enfants. La seconde à venir n'existe pas. Alors, la tentation de piquer Robert en passant une lame dans la fente à angle droit, d'accord. Mais après ?

Pour lui occuper l'esprit, vite, je lui ai conseillé de réfléchir à ce qu'ils venaient de dire. Je sentais bien qu'elle n'avait pas envie de se rappeler, mais si chacune garde ses souvenirs pour elle, ça finira par creuser des trous assez grands pour nous avaler.

Je soufflai doucement sur sa colère : « Une petite conne encore plus bête qu'eux, c'est ça qu'ils pensent. T'as pas envie de leur montrer à qui ils ont vraiment affaire ? »

Petit à petit, c'est revenu.

L'homme était retombé sur elle une dernière fois. Elle avait essayé de se dégager mais il était plus lourd mort que vivant. Elle avait poussé des petits gémissements parce qu'elle manquait d'air pour expulser ce qui hurlait à l'intérieur. Elle était clouée au matelas par le poids du cadavre dont la peau tiède et gluante adhérait à sa peau à elle, chaude et moite, et elle s'était dit que la mort ne saurait pas faire la différence, qu'elle allait traverser leurs épidermes. Alors elle s'est mise à pleurer et Robert a commencé à rire. En réalité, lui aussi, il était flippé. On voit souvent ça, une même cause avec des effets contraires. Mais Marie, tout ce qu'elle entendait, c'est le ricanement d'un vivant qui la poussait chez les morts.

Franck est venu à sa rescousse. Il a fait rouler l'homme par terre et ça a fait un gros bruit mou et Marie a eu froid d'un coup. Elle s'est réfugiée à la tête du lit, les genoux contre la poitrine. Franck a poussé l'homme sous le lit et puis il a roulé le drap taché comme un linceul rouge et l'a fait disparaître avec l'homme. Puis il a ramassé le dessus-de-lit et en a recouvert le matelas.

Pendant ce temps, Robert s'affairait au lavabo. Il s'est retourné pour tendre à Marie un verre à dents plein d'un liquide opaque :

– Ça t'arrêtera peut-être de chialer.

Elle avait bu docilement.

– Réfléchis bien, j'ai dit. Ils te filent un médicament soi-disant et ils te laissent dormir au-dessus d'un cadavre.

– Pour que je sois accusée ?

– Accusée et morte.

– Mais..., commença à nouveau Marie.

J'ai l'habitude avec elle. Il faut enfoncer le clou profond avant qu'il n'atteigne la petite boule d'intelligence enfouie sous les replis inutiles de sa naïveté.

– Eh oui, j'ai dit. Ils t'ont piégée pour te tuer. La question est de savoir pourquoi et ce que ça leur rapporte. C'est-à-dire ce que ça peut nous rapporter.

J'ai bien senti qu'elle refermait un tiroir en douce pour que je ne sache pas ce qu'il y avait dedans. Elle n'était rien qu'une lâcheuse au bout du compte. Elle a murmuré :

– Samantha, c'est plus drôle. On devait se marrer. Bon, d'accord, surtout moi. Tu peux pas savoir ce que c'est... On est pleines de mauvaises vibrations. La vengeance, je m'en fous. Et si moi, je m'en fous, toi, encore plus. Je veux rentrer. Trop fatiguée.

J'ai dû la secouer si fort que c'est un miracle que les gars n'aient pas été alertés. Heureusement ils étaient occupés de leur côté. Franck avait rejoint Robert et le ceinturait pour l'empêcher de partir. Ils avaient le même type de rapports que Marie et moi.

– Arrête tes conneries, je lui ai dit.

– Arrête tes conneries, a dit Franck en stéréo. Bien sûr qu'elle va venir. Où tu veux qu'elle aille ?

– Elle venait bien de quelque part, non ? Elle peut toujours y retourner.

– Et alors ? Peinard.

– Et ses empreintes sur le couteau ?

– T'as vu l'âge de la gamine ? T'imagines qu'elle est déjà fichée ?

– Mais la dame de l'hôtel ?

– Et alors, une petite blondasse comme on en voit des masses, tu parles d'une piste. Et nous, on nous a vus avec une brune.

– Alors pourquoi je l'ai fait venir ici ?

– Parce que t'es con, je veux dire impulsif. Mais c'est pas grave. Dans ce cas, on la laisse ici et avant que quelqu'un la retrouve, nous on sera loin.

– Et si on se tirait tout de suite ?

– Décidément, vous étiez faits pour vous rencontrer, Robert et toi, je chuchotai à Marie qui n'avait pas envie de rire.

– Eh, il faut qu'on touche d'abord. Donc on est bloqués tant que l'affaire est pas officielle.

C'était une bonne nouvelle. S'ils avaient le temps, nous aussi. Et si Franck était un aigle comparé à Robert, pour moi, c'était rien qu'un pigeon.

Les deux gars ont fini par remonter. Je ne me sentais pas trop d'attendre dans la maison. Mais en même temps, comment savoir quand ils récupéreraient l'argent ? Et où se planquer ? Ça commençait à faire du monde qui avait vu Marie, la petite blonde au diamant. Bon, trop tard pour avoir des regrets.

Et instantanément j'ai senti que Marie était plus là.

Le temps que je récupère, elle était déjà à deux marches de la porte, les ciseaux ouverts à la main et sa rage, que je connais trop bien, commençait à monter aussi en moi. Marie n'arrêtait pas de gagner du terrain. Je devais l'arrêter. Ma volonté contre sa colère. Un combat que je sais éviter à temps habituellement. Parce qu'il fait trop de ravages. Ça commence par en haut, dans la tête, comme une centrale électrique qui disjoncte. Exit Samantha, plus de pensée, plus de logique. Ça hurle en éclairs jusqu'au blanc aveuglant, une glace qui brûle avant de gonfler à faire éclater le crâne et, après, ça durcit partout et ça fait tellement mal dans tout le corps qu'il faut l'amocher de l'extérieur pour l'empêcher de péter.

Là, il y avait les ciseaux, alors j'ai un peu tailladé à l'endroit des veines, au poignet, et quand j'ai commencé à pleurer, j'ai su que tout irait bien et j'ai sucé le sang et j'ai appelé Marie mais elle ne répondait plus.

J'avais gagné mais à chaque fois, c'est des cicatrices en plus.

Évidemment la migraine a commencé et je n'avais plus de cachets dans le sac en nylon. Je n'entendais rien de l'autre côté de la porte et je suis redescendue.

J'ai soufflé un moment mais j'avais pas trop le temps.

J'ai essuyé les ciseaux sur la bâche et j'ai regardé au-dessous. C'était une carcasse de voiture sans roues, inutilisable.

Je me suis consolée de ma solitude en pensant au calme dans ma tête quand j'y suis seule. La campagne moins les petits oiseaux. Il faut bien essayer de garder un peu d'humour dans les moments difficiles.

J'ai serré les dents, je me suis appuyée sur l'établi à l'entrée du garage et c'est comme ça que je suis tombée sur les clés de la Fiat abandonnées.

Robert avait proposé à Marie de conduire, et elle avait pris son air de sainte-nitouche pour dire qu'elle avait pas l'âge. C'est fou comme ça les excite les mecs, la jeunesse de Marie. Ils doivent croire à la contagion.

Je me faufilai hors du garage, retournai sur la place et montai dans la bagnole, côté chauffeur, sous les regards attentifs du garçon de café, de deux vieux assis près de la fontaine et d'une mère de famille accompagnée de deux bambins. Bon courage à elle.

Parfait. Tout le monde aurait vu une petite blonde, en trench malgré la chaleur, monter dans la voiture des deux étrangers de l'impasse.

Quand je suis seule, migraine ou pas, ma pensée file droit au but. Marie, elle est comme un gardien de but qui se serait trompée de poteaux... Elle est balèze pour les arrêts de pensée.

Je conduisis à petite vitesse jusqu'à La Souterraine. C'est là que j'avais laissé mon sac de voyage à la consigne et pris le car jusqu'à Guéret, jusque chez tante Lucette. Je lui avais raconté que j'allais camper avec des amies. Au cas où maman appellerait. Elle n'appelle jamais mais on peut rêver.

Marie s'est réveillée, changement de programme garanti. Et pour commencer, auto-stop, le meilleur moyen de se faire des relations comme elle dit. Et pas n'importe lesquelles. Elle voulait une belle voiture. Ce fut une Xantia blanche. La Xantia de monsieur Colin.

J'obliquai vers la gare à l'entrée de la ville et laissai la voiture à l'ombre des tilleuls. C'est une allusion poétique. Je m'intéresse à la poésie, moi. Marie, elle ne lit jamais. Donc, moi, je sais qu'on n'est pas sérieux quand on a dix-sept ans. L'année prochaine, quand j'en aurai dix-huit, Inch Allah, je dis pas.

Je récupérai le sac à la consigne, avalai trois comprimés sans eau et sortis un chapeau en crochet que je m'enfonçai sur la tête, des lunettes de soleil que je chaussai. De toute façon, avec la chaleur, personne ne traînait dehors. Je me dirigeai à pied vers le centre-ville où j'eus un mal de chien à trouver du shampooing colorant. Y avait même pas de Monoprix. Jamais je ne pourrais vivre en province.

Je retournai à la gare. Les toilettes étaient sur le quai. Je pus y accéder directement, vue par personne.

L'eau froide me fit du bien et je profitai du temps de pose, vingt minutes, pour réfléchir un moment.

J'enfilai une culotte propre, un jean, un soutien-gorge et une chemise, des méduses en plastique transparent. Autour de ma tête à nouveau brune, je nouai un ruban qui maintenait la frange lissée en arrière. C'était bien moi, Samantha, jeune fille correcte, mignonne sans plus et surtout, n'attirant pas l'attention. Marie dormait toujours. Je remis le sac de voyage à la consigne, n'emportant que les vêtements ensanglantés que je planquai dans le coffre de la Fiat. Mon plan commençait à se préciser.

Puis je retournai à Ahun. C'était l'heure du déjeuner. Toute vie arrêtée jusqu'à trois heures au moins. Je déposai la Fiat sur un bateau avec INTERDIT DE STATIONNER écrit en gros, trois fois sur la porte, une fois sur le sol, laissai les portières déverrouillées et repris le chemin de la maison.

Je vérifiai que tout était tranquille avant de laisser tomber le trousseau de clés dans l'herbe, devant la porte du garage.

Un bruit de voix indistinct sortait de la fenêtre du premier étage. Je rebroussai chemin, remontai la rue qui contournait le bâtiment. Le premier étage du passage devenait rez-de-chaussée sur la rue. Les fenêtres de part et d'autre de la porte d'entrée étaient fermées.

Je passai en promeneuse, me glissai à l'angle et trouvai la lucarne de la petite salle de bains ouverte.

J'aurais pu m'y faufiler. J'avais une espèce d'impatience de les confronter à Samantha, la jumelle de Marie. On l'a jamais fait. Mais je manquais de munitions. Il me faudrait tout contrôler en même temps, moi, Marie et les crétins. Je les devinais capables de me supprimer, faute d'une meilleure idée Marie ne connaît pas sa chance quelquefois. Moi, je devais me résoudre à l'intelligence quand je mourais d'envie de passer à l'action. De prendre la place de Marie en quelque sorte.

Les gars écoutaient la radio. Une chanson du nouvel Aznavour à la voix qui tremble.

Maman pleure toujours quand elle écoute *Tu te laisses aller* ou *Le Petit Bois de trousse-chemise.* Ça doit lui évoquer des trucs. Le jour où elle daignera partager ses secrets avec moi, les chômeurs rouleront en Cadillac. À part la radio on n'entendait rien, mais ils étaient forcément là, et, en attendant, ils écoutaient la radio. En attendant quoi ?

Petit jingle musical, flash d'information :

– *Un meurtre vient d'être découvert à l'Hôtel du Passage, sur la nationale I 45. C'est en s'inquiétant de ne pas obtenir de réponse à ses appels que la patronne, madame Dureix, a fini par entrer dans la chambre, faisant la macabre découverte. Encore sous le choc, madame Dureix a bien voulu nous confier ses premières impressions :*

« Ouh, y avait du sang, tout partout, le drap, le matelas. Jusqu'à une taie d'oreiller qui a disparu, allez savoir pourquoi. Qu'est-ce que je pourrais vous en dire ? Un homme normal, sans histoire quoi. On se serait jamais douté... Vous savez on a toujours tout laissé ouvert ici mais je peux vous dire que cette nuit, on verrouille. »

Bien sûr, tout le monde ici espère que le meurtrier sera rapidement mis hors d'état de nuire. Nous avons appris qu'un témoin est recherché activement par la police, mais nous n'avons pas pu en savoir plus. Plus de détails sur cette terrible affaire dans notre journal de quinze heures.

– T'as entendu ? a demandé Robert le naze.

– Non, quoi ? a fait Franck.

Je les entendais aussi clairement que si j'avais été dans la même pièce. J'aimais bien l'humour de Franck. Si j'étais aussi portée que Marie sur ce genre de saloperie, y aurait pas eu photo. Robert, c'était vraiment la honte. Enfin je n'ai pas à juger. Marie m'évite suffisamment de corvées.

Pour ne rien perdre de la conversation, j'avais la tête en plein dans le cadre de la fenêtre. Une sensation furtive de mouvement sur ma droite m'aplatit contre le mur de façon réflexe et j'ai entendu Robert qui grommelait : « Faut en finir. » L'eau s'est mise à couler, tout de suite, au maximum, et ça faisait des grands *splash*. Qu'est-ce qu'il peut être nerveux, ce type. Tout pour plaire.

– Faut conclure. Fin, rideau, lumière. J'ai un mauvais pressentiment. Elle est où, la petite ? Qu'est-ce qu'elle mijote ?

– Les cruches, ça mijote pas, ça se vide par où ça s'est rempli.

– Fais pas chier. Si tu parles, dis quelque chose.

– Elle s'est donné des émotions. Elle a vécu des trucs inracontables. Elle doit déjà être rentrée chez elle en attendant qu'un voisin lui fasse un môme. J'espère pour lui qu'elle sentira rien parce que cette gamine-là, son plaisir, il est pas innocent.

Merde, du premier coup, il mettait le doigt sur un truc qui me tracasse depuis un bout de temps. Décidément pas con, le Franck. Alors que Robert, qui est plutôt du genre à annoncer qu'on y voit rien quand il fait noir, a aussitôt demandé :

– Pourquoi tu dis ça ?

– Putain, tu vois rien, toi. Laisse tomber. Et puis

patience. On a demain à attendre. On se fait payer et cassos. File-moi les clés de la bagnole, je vais faire un tour.

– Où tu vas ?

– Juste vérifier que la petite salope traîne pas dans le coin. Et toi, t'attends, au cas où elle finirait par arriver.

– Je préférerais venir avec toi, sans vouloir te contrarier.

– Je viens de t'expliquer pourquoi non. Écoute, fume un joint, ça te détendra et, ce soir, on se fera une sortie pour fêter ça. Alors ? Les clés ?

– En bas, sur l'établi.

On allait enfin rigoler un peu.

Je jetai un œil prudent par la petite fenêtre. Robert s'était désapé et il tournait le robinet de la douche.

Franck gueula d'en bas un truc inaudible à cause du bruit de l'eau. Ses pas retentirent dans l'escalier. La douche s'arrêta d'un coup.

Je n'osai pas regarder car Franck était rentré. C'est lui qui avait coupé le robinet. Il fouillait les poches de son pote en répétant que les clés, elles y étaient pas, ça se trouve, Robert les avait laissées sur la voiture.

Robert jura que non et décida de l'accompagner en bas pour bien lui montrer où elles étaient les clés. Même pas possible de prendre sa douche tranquille !

C'était risqué mais comment résister à certaines tentations ?

Je me glissai à l'intérieur, embarquai le pantalon, la chemise, le slip, les Nike de Robert, et au point où j'en étais... je passai la tête dans la pièce. En bas, ça faisait du boucan. Ils cherchaient partout. Franck annonça qu'il allait vérifier dans la voiture pendant que Robert s'entêtait à regarder quinze fois au même endroit. Moi, je traversai la grande pièce. Le blouson de Franck traînait par terre. J'aperçus quelques billets de cent euro qui dépassaient de la poche intérieure. On verrait ça plus tard.

Je quittai les lieux, les fringues de Robert sous le bras, et m'en débarrassai dans une poubelle.

Pas le moment de flancher.

J'emboîtai le pas à une famille de randonneurs qui se dirigeaient vers la place, leurs gourdes à la main. Franck était en train de discuter avec le garçon du bistrot. Il était livide. Je filai dans l'impasse. Devant le garage, je tendis l'oreille, ce qui était inutile car on devait entendre Robert gueuler depuis la planète Mars. Il était de nouveau à l'étage et, de toute évidence, avait constaté la disparition de ses effets. J'entrai, soulevai la bâche et me faufilai dans la voiture HS. Pour être dangereux, faut vivre dangereusement.

C'était poussiéreux mais tenable et je risquais d'avoir à tenir longtemps. Le problème, c'est que la bâche assourdissait tous les bruits extérieurs. Je fouillai dans le sac en nylon et avec les ciseaux de Marie, découpai un trou dans l'épais tissu.

Venant d'en haut, ça donna (voix de Robert) :

– Putain, je le crois pas.

Je l'imaginai, basculé par la lucarne pour vérifier dehors, ses fesses velues pétant au ciel, ses jambes cagneuses en accent circonflexe. Les hommes tendent rarement les jambes, allez savoir pourquoi. Tordus de nature.

Puis, venu de dehors, ça donna (voix de Franck) :

– Putain, tu le croiras pas...

– Parle plus fort. Je peux pas descendre.

Voix blanche de Franck :

– T'es pas seul ?

– Si mais...

– Descends, merde.

Un temps.

– Tu te crois drôle ?

– Tu m'as dit de descendre.
– T'aurais pu enfiler un calbar.
– Mes fringues ont disparu.
– La bagnole aussi.
– Quoi ?

Ceci simultanément des deux. Y avait pas l'image mais elle manquait pas.

– C'est la môme. Elle a piqué la Fiat.
– Mais elle sait pas conduire.
– Elle t'a dit qu'elle savait pas conduire. Nuance. Le mec du bistrot me l'a décrite. C'est Marie. Elle est venue. Elle a pris les clés et elle a tiré la tire. Cette fille est dangereuse.
– Je l'ai toujours dit. C'est pas normal une fille de son âge qui se laisse tirer comme ça.
– Tu devrais faire un tour aux objets trouvés.
– Pour mes fringues, tu crois ?
– Non, pour ton cerveau, connard.

La voix de Franck s'était éloignée. Il était ressorti. Rentra. Nerveux. Il tenait pas en place.

Un long silence. Puis la voix de Robert très pensive et s'éloignant à son tour :

– Dis donc, Franck, elle pourrait pas être de mèche avec l'autre folle, la madame Colin là ?
– Qu'est-ce que tu fous ? T'es à poil, merde. Tu veux rameuter tout le quartier ?
– Aïe, qu'est-ce que c'est que ça ?
– T'avais qu'à pas sortir. Quoi ?

Et là, Robert d'une voix ratatinée :

– Les clés de la Fiat.

Silence. Pas lourds et lents. La porte qui glisse. Ils étaient à l'intérieur, bouclés, terrorisés. Évidemment, c'était inexplicable. La voiture disparue. Les clés revenues. Les fringues envolées. Marie devait leur apparaître comme une créature douée de pouvoirs surhumains.

Moi, j'aurais voulu en apprendre plus long sur madame Colin, mais, pour l'instant, ils avaient d'autres soucis en tête.

Franck retrouva ses esprits le premier :

– Ça veut dire que la voiture est dans les parages. Je vais aller voir.

– Tu me laisses seul ?

– Oh arrête, tu ne risques rien.

– Et si elle a prévenu la police...

– Ça la mouillerait trop.

– Elle doit bien vouloir quelque chose, autrement, elle serait partie sans demander son reste.

– Enfile un vêtement et attends-moi ici.

– Notre sac est dans la voiture.

– Ouais, donc il faut d'abord retrouver la bagnole. Je serai pas long.

Franck sorti, Robert poussa le verrou derrière lui et avant que j'aie pu esquisser le moindre geste de rattrapage, Marie souleva la bâche, s'extirpa de la bagnole et dit d'une voix sucrée :

– C'est vous le copain de Marie ?

Allez savoir depuis combien de temps Marie attendait son heure en douce ? En tout cas, elle m'avait bien eue et, puisqu'elle avait la main, je la lui laissai. Pas le choix. J'essayai de me convaincre que ses intuitions nous avaient déjà sauvées de coups foireux et restai prête à intervenir si elle perdait les pédales.

Le seul gain immédiat, de mon point de vue, c'est que maintenant j'avais l'image. La tête de Robert, ses mains en coupelle devant sa queue en berne et ses genoux pliés en X, valait le voyage. On sentait qu'il avait des mots plein le gosier mais ça devait faire masse parce qu'aucun ne réussit à trouver la sortie. Il était figé sur la deuxième marche de l'escalier, sa peau blanchâtre hérissée en petites boules dures. Encore moins joli que d'habitude.

Marie s'approcha de lui, la main tendue comme une jeune fille bien élevée, la garce :

– Bonjour, je suis Samantha, la sœur de Marie.

Il lui serra la main de façon réflexe, écartant en éventail les cinq doigts restants, par où pointa un petit bout de queue rose pâle que Marie fixa sans vergogne comme si elle la voyait pour la première fois. « Adorable », commenta-t-elle avant d'enchaîner :

– Pourquoi Marie préfère-t-elle celle de Franck ? Fouillez-moi, j'ai pas la réponse.

Apparut dans l'œil de Robert l'abruti l'étincelle d'une lueur s'apparentant à une intelligence primitive qui fondit rapidement dans le rougeoiement de confusion qui lui empourprait les joues.

Marie ajouta d'un air négligent :

– C'est une vraie salope, vous savez. Excusez ma franchise mais vous êtes en train de vous faire doubler. Réfléchissez. Qui a très tranquillement pu faire disparaître vos vêtements pour vous retenir dans la maison ? Qui a pu, après cela, vous faire croire que votre Fiat avait été volée alors que les clés étaient encore ici ? Et avec qui croyez-vous que votre pote est en train de comploter pendant qu'il est supposé chercher une voiture qui n'a jamais disparu ?

Je croyais m'entendre. À mon contact, Marie a fait de sacrés progrès en grammaire, vocabulaire et imagination. On était loin de ses combines habituelles pour faire accuser un instituteur trop sévère d'attouchements pédophiles ou un camarade de racket.

J'aurais été plus parfaitement admirative si je n'avais pas mesuré les risques qu'elle nous faisait prendre. Robert avait commencé par avaler ces informations tout rond mais il les régurgitait une à une pour les mâcher, les tester et il finit par demander d'un air soupçonneux comment Samantha savait tout ça.

– On est jumelles. Marie, je la connais comme si je l'avais faite. Elle m'appelle avec des excuses invraisemblables pour m'expliquer que finalement elle ne me rejoindra pas à la date prévue, j'ai pas mis longtemps à lui faire cracher la vérité. La vantardise, vous savez.

Pendant ce temps je gambergeais fissa. C'était la première fois qu'on travaillait en équipe et je venais de comprendre que Marie se nourrissait de « mes » idées. Il fallait continuer à fournir.

Les ersatz de pensée qui frémissaient dans le cerveau de Robert s'envolèrent comme des pétales dispersés par le vent : Impossible, jamais Franck... Samantha... comment... pourquoi... Et soudain, illumination :

– Ça tient pas votre histoire. Votre sœur, elle a tué un type. Il y a même ses empreintes sur le couteau.

Merde. C'était un sale coup. Je soufflai à Marie de tenter un ultime bluff et croisai les doigts parce que dans le genre mission impossible...

Marie fut impeccable d'assurance :

– Ma sœur a tué personne. Mais si c'est vous qui avez mis ses empreintes sur l'arme, elle l'a dans l'os. Pourtant elle m'a juré qu'elle avait tout combiné avec Franck. Pourquoi elle m'a menti ? Comment je vais pouvoir l'aider maintenant ?

À voir la tête de Robert, j'avais tapé dans le mille. C'est pas lui qui avait trafiqué les empreintes.

Avant qu'il ait retrouvé ses esprits, j'embrayai car il fallait accélérer le tempo. Franck pouvait revenir d'une minute à l'autre :

– Vous savez quoi ? Je vais me cacher sous la bâche. Autant en avoir le cœur net. Laissez Franck parler. Vous êtes intelligent, vous. Il ne faut pas qu'il soupçonne ma présence. Peut-être qu'il manipule ma sœur mais il vous manipule, vous aussi. Réfléchissez-y. Moi, je veux sortir ma sœur du pétrin et, vous et moi, on a intérêt à faire équipe.

Robert était K.-O. Il s'affala sur sa marche pendant que nous disparaissions sous la bâche où je fustigeai Marie pour son numéro de vedette-surprise. Elle triomphait comme un gagnant du loto qui se croit responsable du hasard. Et qu'est-ce qu'elle dirait, Marie, si on se retrouvait au tribunal accusées de meurtre ? Et maman, elle y avait pensé ?

Ça, c'était un vrai coup bas parce que c'est notre point faible. Et du coup, je l'encaissai en même temps que Marie. Régression immédiate. On avait dix ans et on se voyait embarquées dans une histoire trois fois trop grande pour nous et Marie geignait qu'elle le disait depuis le début qu'elle voulait rentrer à la maison et moi je répondais qu'elle avait raison mais que Robert nous laisserait jamais partir et qu'il était plus costaud que nous.

Et puis Marie a dit que tout ça c'était de ma faute, qu'elle avait juste voulu se faire des petites vacances peinardes. J'en ai oublié d'avoir peur. Je lui ai rappelé qu'elle était pas tombée sur Robert par hasard. Qu'elle l'avait bien repéré avec ses liasses de biffetons et son allure de truand en croisière. Je lui ai rappelé que contrairement à moi qui me contente d'un bon bouquin pour passer le temps, elle, il lui fallait de l'embrouille bien crade, bien glauque pour pas se faire chier comme n'importe quelle pisseuse qui confond son trou du cul avec celui des cabinets.

Et là... convulsion de rire. On avait des larmes qui coulaient en même temps que la morve nous dégoulinait sur les joues et on se tenait le ventre, pliées sur la banquette arrière qui couinait et quand Robert est intervenu en toussant très fort avant de dire : « Allô, ça va là-dedans ? », j'ai cru qu'on allait mourir sur place.

J'ai réussi à prendre mon souffle pour le rassurer que ça... allait... aller et puis j'ai fait le seul truc qui marche, j'ai arrêté de respirer jusqu'au moment où j'ai cru que mes yeux allaient sortir de leurs orbites et Samantha cœur d'airain a repris les commandes.

Fallait quand même pas oublier que si on pouvait rapporter un peu d'argent à la maison, ce serait une bonne chose pour tout le monde. Et même si on savait pas combien les gars devaient toucher...

– 10 000 euro, a dit Marie. J'y serais pas allée à moins.

J'ai senti un grand froid. En principe, les décisions importantes, c'est moi qui les prends, même si c'est celles de Marie. Parce que je la contrôle. Mais si elle commençait à me cacher des trucs importants, ça voulait dire...

– T'inquiète pas, ma vieille, toi et moi, on pourra jamais se passer l'une de l'autre mais on a chacune son terrain, pas vrai ? Je sais ce que tu penses de moi mais je sais aussi additionner deux et deux et j'avais bien compris que le divorce des Colin, il devait être définitif et irrévocable. Je voulais ma part, c'est tout.

C'est comme si Marie avait grandi d'un coup. Sans moi. Je n'osais même plus me poser de questions tant qu'elle dormait pas. Et si elle restait toujours là ? Parce que, évidemment, on ne peut rien se cacher quand on est ensemble et franchement, à toutes les deux, on pourrait facilement virer cinglées.

Le retour de Franck nous a valu un quart d'heure qui valait bien trois heures de philo en Sorbonne. Franck disait la vérité et Robert entendait du mensonge. Comme quoi, rien n'est vrai. Ni réel. Comme Marie et moi.

Donc, Franck est arrivé d'autant plus furieux qu'il avait les jetons. Il avait repéré la Fiat garée comme une provocation, et pour preuve les flics y étaient déjà. Il serait bien intervenu mais la voiture était au nom de Robert. Qu'est-ce qu'il lui avait pris de se garer dans un endroit pareil ? Et pourquoi il était toujours pas sapé ?

Ah oui, se rappela-t-il, leur sac était dans la bagnole. Vraiment, c'était parfait.

Bon, il allait filer ses propres vêtements à Robert qui ferait bien d'aller en vitesse récupérer la bagnole.

Après un interminable silence, Robert demanda si Franck n'avait rien de plus grossier en magasin pour le faire tomber.

J'imaginai la tête de Franck avec une bulle au-dessus, pleine de points d'interrogation.

– Oui, explicita Robert, je mets ton pantalon dans lequel je pourrais rentrer à deux, ton polo qui me fait une minirobe et je vais trouver les flics sans papiers d'identité parce que mon portefeuille était dans mon pantalon figure-toi. Tu l'aurais pas vu par hasard ?

– Qu'est-ce qui se passe, là ? Je deviens dingo ou quoi ? C'est franchement pas l'heure de nous faire une crise de parano.

– Oui, eh ben quelquefois c'est pas parano d'être parano. Tu fouilles dans mes vêtements, ils disparaissent. Tu m'annonces des nouvelles à marcher sur la tête et...

– Vas-y voir toi-même. C'est ce que je me tue à te proposer.

– Et pourquoi ce serait pas toi qui l'aurais déplacée ma bagnole ?

– Et pourquoi j'aurais fait ça ?

– Parce qu'elle est à moi, à mon nom.

– Mais pourquoi ? Ça n'a pas de sens.

Un son incongru interrompit la conversation. Un téléphone sonnait dans cette baraque abandonnée...

– C'est un portable, me souffla Marie.

– C'est la Colin, disait Franck en même temps. Moi, je réponds, et toi, tu mets le magnéto en route.

On entendit leur cavalcade dans l'escalier. On ne pouvait pas rater ça. En plus, j'étais mûre pour une confrontation avec Franck. Et puis Marie voulait rester planquée. C'était l'occasion de montrer qui était le chef.

Je suis montée carrément jusqu'à la porte, à temps pour entendre Franck qui gueulait que le boulot, il était fait et qu'ils voulaient leur blé. Puis il essaya de placer un ou deux mots. En vain. Madame Colin devait être bien remontée. Le problème avec les amateurs, c'est qu'ils se laissent submerger par leurs émotions. La réalité, et je m'en coltine de la sévère depuis sept ans, ça demande du détachement. Je suis née comme ça, détachée. Autrement, sûr qu'on serait mortes.

Bref, il réussit à placer que la petite, la police allait bien finir par la retrouver. Puis encore qu'elle n'était au courant de rien et qu'ils contrôlaient la situation. N'importe quoi et son contraire.

Enfin, à bout de nerfs, il menaça la femme de tout raconter. Même qu'il avait une preuve. Elle avait oublié la bague ? Il marqua un temps et puis, d'un ton plus calme, il proposa un autre rendez-vous téléphonique en lui rappelant qu'ils dépendaient tous les uns des autres, qu'ils devaient rester solidaires. Et se taire.

Quoi qu'il arrive. Elle était intelligente. Elle pouvait le comprendre non ?

On traite les gens d'intelligents quand on les prend pour des cons. À la place de madame Colin, je me serais méfiée.

Il raccrocha, annonça à Robert que tout ça, c'était valable pour lui aussi. Il sortait acheter de quoi être décent à son pote, ce dernier mot étant soudain entouré de triples guillemets.

Cette fois, j'étais d'accord avec Marie et on a juste eu le temps de se planquer derrière l'escalier.

Franck venait à peine de passer la porte quand le téléphone a sonné à nouveau, alors j'ai grimpé très vite.

Robert regardait l'appareil comme un serpent venimeux. Il avait encore dans les mains un petit magnétophone à piles. Intéressant ça. Toutes les conversations avec madame Colin avaient dû être enregistrées.

Marie n'a fait ni une ni deux. Elle a décroché. Si on se coordonnait pas mieux, ça allait mal se terminer.

– Allô, a dit Marie.

Une voix de fumeuse manqua s'étouffer à l'autre bout.

– Qui est à l'appareil ?

– Madame Colin ?

Et c'était parti. Elle s'est présentée comme Marie, la fille perdue, et a demandé d'un ton de VRP où était le problème.

La Colin a dit sèchement qu'elle voulait parler à Franck et qu'est-ce que c'était que cette plaisanterie ?

Marie a expliqué que Franck était désormais neutralisé. À force de vouloir doubler tout le monde, il s'était mélangé les pédales dans le peloton. Si madame Colin l'avait recruté par petites annonces, elle ferait bien de changer de canard. En attendant elle s'était mise dans un beau pétrin. Enfin, maintenant, entre femmes, les choses seraient plus claires.

Elle parlait comme un livre. Un mauvais livre. Donc, ça marchait. Mais elle resta soudain à sec.

Je soufflai la suite. Que dirait madame Colin d'un coupable livré, empaqueté, hors d'état de nier ?

Là, Marie improvisa un petit rire diabolique qui me plaisait bien et madame Colin redemanda d'une voix inquiète qui était à l'appareil.

– C'est moi qui parle, l'interrompit Marie. En échange, vous déposerez la somme due au café de la gare, à La Souterraine, au nom de Samantha. Sinon... il vous en cuira.

La Souterraine, c'était une bonne idée, pratique. Juste avant de prendre le train... Je pensai tout à coup à un truc :

– Pourquoi avez-vous rappelé au fait ?

La pauvre madame Colin avait du mal à retrouver ses esprits pas très malins. Les gendarmes avaient mis la main sur une voiture où se trouvaient des vêtements tachés de sang, une voiture au nom de Robert Alban.

– Eh bien, c'est parfait. Ah, ne rappelez plus ce numéro. En aucun cas. Ce serait dangereux.

Et crac, on a raccroché.

Robert était toujours là, de plus en plus malingre et défait, ses mains éternellement en coquille pour masquer sa déprime.

Marie annonça d'un ton péremptoire qu'elle filait retrouver Marie et elle pouffa de rire. C'est le risque de jouer en duo, à un moment ou à un autre ça disjoncte. Je lui ai mordu les joues et elle a grogné, furieuse. Robert avait l'air de flipper sérieux.

On a ajouté que tout allait s'arranger du moment qu'il faisait comme on lui disait. Qu'il parte en vadrouille le plus longtemps possible avec Franck. Nous, on les attendrait en début de soirée et on réglerait son compte au traître.

– On te racontera plus tard ce que nous a raconté madame Colin. Il te double plus, là, il te triple ou quadruple. Une vraie photocopieuse. Allez, on y va. Courage.

– Pourquoi vous dites « on » ? a bredouillé ce pauvre Robert qui avait l'air glacé alors qu'il faisait plutôt chaud.

Merde, on n'avait pas fait gaffe.

– T'inquiète, a lancé Marie.

Et on est sorties par en haut avec Marie qui se rengorgeait comme si elle avait inventé le mensonge et moi qui commençais à fouetter parce que laisser Robert et Franck dans la nature, c'était risquer qu'ils rétablissent la communication. On poussait peut-être un peu notre chance.

– Et alors ? a répliqué Marie. Ils sont cuits de toute façon. Et Marie n'existe plus.

C'est elle qui l'a dit et c'est bien la preuve qu'on commençait à dire n'importe quoi.

J'ai cherché un coin peinard pour faire le point pendant que Marie me tapissait le cerveau de sa diarrhée verbale :

– Avoue que je t'ai épatée, allez, juste une fois, avoue. Le sang-froid, non ? C'est comme une accélération, y a un moment, faudrait arriver à plus penser du tout, genre SuperMario, l'obstacle, t'as même pas eu le temps de le voir venir, crac, t'es déjà deux mètres au-dessus, les deux, faut dire, ils sont lents, surtout Robert, circuits rouillés. Lui, il voit l'obstacle il commence à se dire : « Tiens, c'est quoi, ça ? » L'obstacle explose et il se dit : « Merde, c'était quoi ? » Il se retourne, il se dit : « Ha oui, y avait un obstacle », et pendant ce temps la vie l'a trimballé au bord du précipice, il lui tourne le dos, il est déjà tombé dedans, sonné il est. Si tu penses, t'es cuit. Roue libre. Et la veuve, t'as vu, elle se ramasse un gadin, elle s'en prend dix à la suite, elle sait plus comment elle s'appelle. Et en plus, j'ai sa bague. J'étais comme dans sa tête. Je t'assure, là, j'ai trouvé un truc.

Moi, je connais les mots, je connais infiniment plus de mots que Marie mais question sensations, je peux pas fournir et ça lui donne un avantage terrible et c'est pas une question de bien ou de mal, c'est juste un tunnel qui grandit à une vitesse accélérée et je suis pas sûre qu'on va pas rater l'entrée mais Marie, elle se croit éternelle.

Apparemment son petit voyage intime l'avait calmée et elle m'a dit qu'elle avait eu une idée rapport à Franck, histoire de corser un peu l'affaire et j'ai dit pas question, je ne voulais pas savoir. Juste comme une solution de rechange quoi, elle a insisté, parce que Robert, au bout du bout, il aurait jamais les couilles, et là j'ai été très sèche parce que les couilles, c'est comme le reste, ça va ça vient. Elle m'a dit que si je croyais que la vie était un roman, elle me souhaitait bonne chance et que j'aurais qu'à la réveiller quand la réalité court-circuiterait mes théories.

Et elle s'est absentée pour de bon. Elle pouvait. Elle ne m'avait pas laissé le choix du sale boulot, pour moi encore un coup.

J'ai vidé mon sac sur le gazon du square.

Sur la taie d'oreiller une gerbe de petits points rouge sombre garnissait un angle.

J'ai senti, du bout des doigts, que la serviette de toilette collait au couteau. Sûr que là, Marie avait eu le bon réflexe. Le préservatif, en revanche... J'allai le balancer dans une poubelle avec une petite culotte sale.

Et je tombai sur le portefeuille de Jérôme Colin, cinquante-six ans, négociant en vins, il habitait Segonzac. Il avait deux grands enfants comme on n'en souhaite à personne, le jogging et le sourire bien repassés, et leurs deux femmes inodores, en photo du moins.

Lui avait une bonne tête rougeaude. Alcoolique. À la cité, on en a des échantillons à plus savoir qu'en faire, toutes les tailles et tous les âges. On ne me la fait pas, même avec des lunettes rectangulaires et un nœud de cravate trop serré.

Elle, c'était une autre paire de seins. Cheveux en cascade, plantureuse, ça se voyait, même en portrait, aux joues et aux épaules. On aurait dit qu'elle avait quatorze colliers et vingt-cinq boucles d'oreilles avec son regard de pelleteuse à dents ouvertes. Carte de crédit, carnet de chèques au nom de sa société Colin Frères. Pas de photo du frère. Deux cent cinquante trois euro en liquide. Un carnet de rendez-vous Quo Vadis avec *Vacances* écrit en gros pour la semaine suivante. Il avait pris un peu d'avance.

Marie avait disparu. Qu'elle boude. Ça me reposait de pouvoir penser sans interruption. Mais ç'aurait été bien de savoir.

Quand même, je me sentais un peu seule et ce qui restait à accomplir ne me plaisait pas trop. Du tout nouveau, tout pas beau.

J'aurais voulu partir à toutes jambes mais je me suis forcée à avancer, mon sac comme un boulet sur l'épaule. Je n'arrêtais pas de vérifier derrière moi. Il faisait encore un peu jour et j'ai senti les regards de la terrasse du bistrot.

Je me suis engagée dans l'impasse et j'ai entendu des pas dans mon dos. J'ai fait mine de me baisser, gorge sèche et palpitante. Une vieille m'a dépassée et a disparu dans la maison du bout.

La porte du garage était poussée à fond. Je n'arrivai pas à la faire coulisser, ni à croire que Robert l'ait fermée à clé ou alors c'est qu'il se méfiait. Mes doigts dérapaient. Je me suis cassé un ongle. J'avais envie de pleurer. Mais je n'avais pas le choix, non ? J'ai fini par remarquer un interstice en haut, j'ai glissé la tranche de ma paume et la porte s'est enfin débloquée.

Dedans, il faisait sombre et silencieux. J'ai retenu mon souffle parce qu'ils m'attendaient peut-être, tapis dans l'ombre. J'ai refermé la porte et j'ai attendu.

Comme il ne se passait rien, j'ai déposé mon sac près de la voiture bâchée et je suis allée vérifier en haut. Personne. C'était tout noir.

Après j'ai sorti la serviette de l'hôtel et en tirant bien j'ai réussi à la décoller du couteau. Il était vraiment impressionnant avec tout le sang qui avait séché sur la lame. J'ai glissé mon sac sur la banquette arrière, je suis entrée dans la voiture et j'ai fait glisser la bâche derrière moi. Je me suis installée, en tenant le couteau par la serviette, et le temps s'est ralenti et puis il s'est arrêté.

Sûr que la police allait arriver. De toute façon, Franck et Robert ne reviendraient jamais, pas fous, ou alors Franck seul. Et de toute façon, qu'est-ce que je pouvais faire, seule face à eux ?

J'ai lancé des petits signaux de détresse à Marie. Si elle s'était endormie pour de bon, ça pouvait durer des semaines.

Et si elle ne revenait jamais ?

Ça m'a crispé le ventre, et mon cerveau s'est mis à grésiller et mon estomac à riper, j'ai essayé de résister aux images tordues venues d'il y a longtemps. Je sais qu'il ne faut jamais regarder les fantômes du passé. J'ai chantonné ma comptine pour être moins seule :

Tu es une petite fille normale avec un papa qui, un papa qui,
Une maman qui t'aime. Tu es la vie de ta maman qui a tout ça.
Tout sacrifié pour toi, même papa, m'aime papa,

C'était mieux comme ça, on n'en parle pas.
Tu dois tout ça, tout sacrifier à la mama
Qui a tout abandonné pour toi, même papa
Elle a grand besoin de toi car la faim la hante
Pourras jamais rassasier sa bouche béante
Sa bouche géante qui veut à jamais t'aimer
Et finira par t'avaler.

Je me suis traitée de pauvre niaiseuse histoire d'arrêter de tout dramatiser et j'ai entendu la porte du garage s'ouvrir.

Il n'y eut pas un mot, juste la porte qui se referme et des pas dans l'escalier, l'autre porte, ouverte, franchie deux fois, fermée et puis plus rien. Moi, j'étais paralysée, incapable de bouger et bête donc car la pensée a besoin d'énergie et d'activité aussi.

Je n'aimais ni ce silence, ni cette obscurité trop familiers. Petite fille obéissante qui n'allume pas la lumière parce qu'il lui est interdit d'allumer quand elle reste seule le soir. C'est fou ce qu'on peut voir dans le noir quand il a effacé la réalité. Lorsque maman est là, il y a les bruits du jour, de la télévision. Quand elle s'en va, c'est comme si elle emportait le mouvement de la vie avec elle.

Mais là je ne voyais rien à part le luisant de la lame du couteau.

Des chaussures raclèrent le sol au-dessus de ma tête. Les deux hommes ne se parlaient toujours pas. C'était bien ma veine. Ils s'étaient tout dit avant. Mais les mots n'auraient fait que retarder l'action. Il fallait en finir.

La porte s'ouvrit enfin, à l'étage, et se referma. Des grincements m'indiquèrent que quelqu'un s'approchait de la voiture. Je planquai le couteau dans mon dos, contre le dossier.

Une voix, la voix de Robert, chuchota :

– Vous êtes là ?

Il jouait le jeu. Je ne pouvais pas le croire. Au fond, j'avais espéré le contraire mais c'était trop tard.

– Oui.

– Vous avez retrouvé Marie ?

– Oui. Elle est partie. Je l'ai mise dans le train. Vous n'entendrez plus parler d'elle. Elle est d'accord avec moi.

– Quoi ?

– Vous pouvez soulever la bâche ?

Je vis d'abord le pantalon tout neuf, en jean trop raide, le polo vert pistache qui se plia en deux, et le visage effaré du grand couillon. Je ne pus résister à la question qui me triturait les lèvres :

– Vous faites quoi dans le civil, Robert ?

– Ben euh, je fais comme on dit des commissions en bicyclette, enfin bon, coursier, quoi, on peut appeler.

– Franck aussi ? demandai-je, résignée.

– Non, lui, c'est chauffeur de taxi.

Je ne m'en sortirais jamais avec des gus pareils. Qu'est-ce que j'allais faire ?

– Mais comment vous vous êtes retrouvés à... ?

– Franck, il était dans l'armée et puis...

Là-haut, la porte s'ouvrit en force et Franck gueula en même temps que Robert laissait retomber la bâche qui resta à moitié coincée mais il ne s'en rendit pas compte :

– Qu'est-ce que tu fous, en bas ?

– Rien, rien.

– Colin a pas laissé de message. Faudrait réfléchir à ce qu'on va lui dire...

Je chuchotai :

– Que Franck est mort et qu'il sera notre coupable.

Bon, je tremblais et ma voix aussi. Je faisais ce qui

avait été décidé mais je voyais pas comment notre plan pouvait tenir la route. Avançons toujours, je m'encourageai, ça déclenchera peut-être la mécanique.

Et donc, de ma main flageolante, je glissai le couteau dans la paume de Robert qui s'était appuyé instinctivement contre la carrosserie, les mains dans le dos. Ça dut lui faire une sensation de froid ou autre chose car il sursauta, se retourna, vit le couteau et, dans son émotion, le fit sauter en l'air, comme une patate trop chaude. Ça retentit dans le garage silencieux, *cling, clang, ding, tac, beng.*

Il m'avait pas crue. On était cuits.

Franck poussa une brève interjection interrogative et descendit, œil soupçonneux sur son copain qui était, il faut dire, l'image de la culpabilité triomphante, oreilles en berne, tête inclinée, œil fuyant, etc. Franck vit aussi le couteau, le ramassa.

Robert le gentleman pointa la bâche aussitôt :

– C'est pas moi, c'est elle.

Quand faut y aller... Je n'avais plus le choix. Le temps d'un battement de cils, je m'imaginai ailleurs, à la maison ou dans la cour du bahut en train d'échanger des vannes avec Nadia et Jordan mais quand je rouvris les yeux, j'étais toujours dans une bagnole sans roues, à moitié couverte par une bâche, au milieu d'un garage sonore et froid. La seule différence, c'est que Robert, après l'avoir dégagée, avait ouvert la portière et que Franck s'était baissé pour mieux voir à l'intérieur.

Je sortis, tremblant comme une crème caramel. J'avais froid parce que mon cœur s'était mis en grève : il pompait plus rien. Franck me regarda longtemps, le visage de plus en plus plissé de questions muettes, et il finit par dire :

– Marie ? C'est toi ?

Et Robert, comme un candidat ravi de trouver la bonne réponse le premier, répondit à ma place :

– Non, elle, c'est Samantha, sa sœur. Marie lui a tout raconté et elle m'a tout raconté, donc je sais tout.

Franck, ahuri, dit l'évidence :

– T'avais besoin qu'on te raconte ?

– Non, mais toi, et Marie et ma bagnole et tout.

– Mais tu vois pas que c'est elle Marie. C'est toi qui la tronches et c'est moi qui la reconnais ! Attrape-la et tiens-la bien. Tu vas voir qui c'est !

Il agitait le couteau dans tous les sens et Robert, trop content d'être commandé, m'attrapa effectivement et je baissai la tête, résignée à la défaite, me contentant de répéter au cas où :

– C'est pas vrai. Moi je suis Samantha et j'ai rien fait. On n'est pas la même. C'est ma sœur. Marie. C'est Marie.

Ça avait été une blague tout du long. Elle avait tout le temps été là à faire semblant de dormir. Elle savait superbien passer inaperçue maintenant. Bon, elle voulait me laisser m'enferrer et il n'est pas dit que je n'aurais pas fait pareil à sa place.

L'air a vibré d'énergie ranimant ma circulation sanguine, ma gorge s'est détendue, le calme a couvert ma déroute et Marie a dit :

– Vous pouvez me lâcher, Robert, je ne risque pas de vous échapper. Je suis totalement en votre pouvoir. Mais rappelez-vous que Franck et Marie ont tout manigancé.

La peur brouillait l'esprit déjà assez confus de Robert et tout ce qui justifiait sa terreur instinctive devenait vrai.

Robert fit un pas jusqu'à la voiture. Les yeux de Franck allaient de lui à Marie et retour. Franck, s'apprêtant sans doute à démontrer combien cette histoire était absurde, leva sa main libre dans un geste d'apaisement. Robert lui balança un coup de poing sur la tempe. Franck, désarçonné, lâcha le couteau. Il inspira, prêt au combat, mais déjà Robert lui envoyait un direct du gauche. La tête de Franck bascula. Robert arrêta le mouvement d'un crochet du droit. Franck tomba comme une masse et s'explosa la tempe contre une poutrelle de fer fixée au sol.

Le bruit résonna longtemps.

Franck resta allongé, le visage figé dans la stupeur. Puis ses narines se remplirent de sang. Robert s'agenouilla à côté du corps de son ami, et, pour le ranimer, j'imagine, plus con tu meurs, lui fila deux ou trois claques vibrantes qui auraient achevé un bœuf.

Dans le silence alourdi d'irréparable, Marie s'accroupit, ramassa le couteau et se pencha vers les deux hommes, bras levé, hurlant à pleins poumons comme dans une attaque de kamikaze, brandissant l'arme qui s'abattit dans le dos de Franck et dérapa, déchirant sa chemise dans un crissement aigu, et elle recommença, entamant à peine la peau, tirant quelques gouttes de sang, alors que de toute façon il était déjà mort. Mais il ne s'agissait pas de ça bien sûr. Marie cherchait à raviver un plaisir pâli par le souvenir.

Moi, je sais qu'un corps c'est plein d'os, qu'un corps mort, ça réagit pas, et que seule une folie aveugle peut forer assez profond pour libérer la force de tuer à l'arme blanche. Je croyais que c'étaient des mots trop compliqués pour Marie mais la suite prouva qu'elle m'avait entendue.

Marie leva à nouveau le bras, grimaçant d'impuissance. Robert bloqua le mouvement et, à ma grande satisfaction, saisit le couteau à pleines mains pour l'arracher à Marie. C'était instinctif. Il voulait protéger son ami qu'il venait de tuer. Robert, on vous l'encadre quand vous voulez.

– Il est mort, dit-il d'une voix lugubre.

Sans blague.

Il était agenouillé près du cadavre, le couteau serré à plat le long de sa cuisse.

Le reste était dans mes cordes. Je m'accroupis donc près du nabot en larmes et lui caressai la tête tout en le berçant.

Je dus trouver les mots qu'il fallait. À force de lui répéter que ce n'était pas « vraiment, totalement, absolument, réellement » sa faute, je gonflai allègrement sa culpabilité vagissante et il pleura, d'abord doucement, puis de plus en plus violemment. Ses forces s'échappaient avec son chagrin et je ravivai alors quelques sales émotions qui sommeillaient, c'est les mêmes pour tout le monde, jalousie, rancœur, pouvoir, mais bon, je me fiche de leurs histoires de garçons. Simplement, je lui rappelai que Franck avait tout provoqué, mais vraiment tout. Robert s'était laissé entraîner mais il n'était pas un assassin, ni dans l'âme, ni dans les faits, et je l'aiderais à s'en sortir avant de rejoindre Marie. Nous ne nous reverrions plus mais il fallait boucler cette histoire pour qu'il n'y ait plus de victime inutile.

On se releva ensemble et je prononçai une épitaphe simple et émouvante sur le corps figé de Franck :

– On aurait tous préféré que ça se passe autrement.

Je murmurai gentiment à Robert de monter se laver la figure et les mains. Moi, je restais pour faire un peu de ménage.

Il déposa le couteau par terre et monta en reniflant, avec son polo vert pistache et son jean qui crissait à chaque marche et ses tennis trop blancs.

En montant à mon tour, hissant mon sac de marche en marche, je préparai mentalement mon entrée. L'échine basse, j'allai m'affaler sur le matelas où j'agitai violemment mes épaules, la tête dans les mains.

De l'entrée de la salle de bains, Robert m'interrogea, inquiet :

– Qu'est-ce qui se passe ?

Ce type me sciait. Je lui expliquai donc l'évidence, que c'était horrible, que je n'avais jamais vu de mort, et encore moins violente, que je ne comprenais pas l'acharnement de Marie...

Heureusement, il ne releva pas mon petit faux pas. C'est vrai que, quelquefois, ça devient compliqué. Il faudrait peut-être qu'on ait le même nom mais ce ne serait pas pareil. Et puis qu'est-ce qu'on peut y faire ? Hein ? Qu'est-ce qu'on peut y faire ?

Et je le lui dis d'ailleurs, tout franc, que je ne savais plus quoi faire.

Et comme lui non plus, il ne répondit rien. Il alla rouler un joint que je fis semblant de partager et quatre taffes plus tard j'eus droit au récit désopilant de leur lamentable aventure.

Une course en taxi et Franck laisse son numéro à madame Colin qui fait appel à lui de plus en plus souvent. Comme il se donnait des airs d'affranchi avec des relations longues comme le bras, elle lui laisse entendre à demi-mot que s'il connaît quelqu'un qui pourrait l'aider à se débarrasser de quelqu'un... Alors il en cause à Robert vu qu'ils avaient un vieux projet de monter une petite affaire de mécanique mais qu'ils n'avaient jamais eu le premier sou et que les banques, elles ne prêtent qu'aux riches.

Bref, ils avaient pisté Colin jusqu'en Creuse. Ils l'avaient suivi en boîte, envisageant vaguement de l'estourbir dans la rue, genre agression qui a mal tourné, mais il en était ressorti avec Marie.

– C'est là qu'on aurait dû laisser tomber. Quand les complications commencent... On a cherché une autre idée et la suite, tu connais. Le lendemain, Marie, elle était de retour à la boîte. Je l'ai dragouillée, elle m'a semblé bien déjantée et c'est venu presque tout seul. Je l'ai charriée sur son ticket avec le vieux. On lui a parlé de photos compromettantes. Une histoire de divorce. Et elle s'est occupée du reste, elle lui a filé un rencard.

Je n'en croyais pas mes oreilles. Sûr qu'on n'avait pas les mêmes lectures. Eux, ça devait être *Détective*, *« Ne supportant plus que son amant soit marié, elle le tue dans une crise de folie et se suicide après. »*

Quand même on l'avait échappé belle. Les maladroits chanceux, ça existe. Il se rendait même pas compte qu'il était en train de me bassiner de ses regrets d'avoir raté ma sœur. Et pour dire le manque de délicatesse, il recommença à sangloter sur son copain et ses remords et comment s'en sortir maintenant...

– Hé, c'est pas le moment de flancher, Robert. Personne n'est irremplaçable. Et t'as l'air d'oublier que si Franck avait été réglo avec toi... Écoute, c'est le passé, c'est fait et je t'ai déjà dit que tu pouvais compter sur moi. Y a juste un truc qu'il faut que je sache, c'est comment vous avez déniché cette baraque.

– Oh, encore un client de Franck...

Dès qu'il prononçait le nom, la fontaine se remettait en marche, genre automatique. Je sais pas : j'ai jamais fumé, moi.

Un peu désemparée, je lui ai vaguement massé le cou que j'avais envie de tordre.

– Allons, allons. Ça va aller. Tu me disais ? Le client en question, c'est à lui la maison ?

– Oui, c'est ça. Il cherchait quelqu'un pour retaper la baraque avant de la mettre en vente. On se faisait du blé comme ça aussi de temps en temps. C'est pour ça que la Creuse, ça tombait à pic pour nous.

C'était génial, ils avaient laissé plus de traces que le

Petit Poucet. Décidément, Marie repérait les cloches mieux qu'un junkie les dealers.

Je suggérai un peu de repos car demain matin, avant que chacun rentre chez soi, il faudrait nettoyer la maison. Quant à la mort de Franck, une bagarre qui tourne mal, pas de quoi se relever la nuit. De toute façon, ils seraient tellement contents d'avoir résolu le meurtre de Colin... Et comme il n'y avait que Marie pour pouvoir mouiller Robert et qu'elle était déjà loin...

Il dut avoir une vision de fumette ou autre chose mais il se redressa tout d'un coup, l'œil voilé, et demanda :

– T'es sûre que c'est pas toi ?

– Quoi ?

– Marie...

Il m'attira vers lui et ma réaction violente fut si spontanée que lui au moins comprit une vérité dictée par sa vanité : Marie et moi, ça fait deux.

Le malheureux Robert s'endormit donc sur son gros chagrin pendant que la sage Samantha s'effaçait dans la nuit sans savoir que Marie restait derrière pour finir le sale boulot et ramasser l'acompte... en attendant le solde.

Le premier car passa sur les cinq heures, comme chaque matin. La lumière rosée était d'une douceur à pleurer. La jeune fille dormait sur le banc, les poings serrés devant les yeux. Elle était brune, les cheveux emmêlés par son mauvais sommeil. Le klaxon du car la réveilla. Elle regarda autour d'elle, puis les quatre personnes qui s'apprêtaient à grimper dans la machine. Elle demanda d'une voix enfantine où elle était et on lui répondit, Ahun. Sa voix allait bien avec son visage gonflé de sommeil.

Elle ramassa son sac en nylon noir et monta dans le car, jetant parfois des regards en arrière.

– La Souterraine ? demanda le chauffeur attendri.

Elle hocha la tête et ouvrit son sac, plongea la main et rencontra une liasse craquante sous ses doigts. Sa main se mit à trembler et elle se mordit la lèvre, au bord des larmes.

– Vous n'avez pas assez ? demanda le chauffeur compatissant.

Elle secoua la tête et sortit un billet de cent euro d'un air penaud.

– Quelqu'un a la monnaie de cent euro ? hurla le chauffeur.

La jeune fille rentra la tête dans les épaules mais rien ne se passa, sauf l'arrivée d'un monsieur à casquette qui compta cinq fois ses cinq billets de vingt euro avant de procéder à l'échange.

Le chauffeur tendit la monnaie à la jeune fille qui enfourna tout dans son sac sans vérifier et le referma prestement.

Le chauffeur secoua la tête et démarra.

La jeune fille alla s'asseoir seule au fond du car et sa tête s'inclina doucement vers la fraîcheur de la vitre.

À peine sorti de l'obscurité, le soleil s'élargit dans un éclat tonitruant. La jeune fille cligna des yeux, aveuglée par un éclat soudain. Elle baissa la tête vers le diamant étincelant à son annulaire gauche. Elle inspira silencieusement, bloqua sa respiration et fit glisser le solitaire dans son sac. Elle haletait comme après une course. Elle ferma les yeux menacés d'inondation, posa ses phalanges à plat sur ses paupières et les massa doucement. Puis elle croisa les bras et attendit l'arrêt, insensible à la beauté du jour nappé de brume.

Devant la gare, elle descendit, partit récupérer son sac de voyage à la consigne. Un jeune homme lui proposa son aide mais elle secoua la tête, raffermissant sa prise sur son baluchon pesant.

Elle contourna la gare et se dirigea, comme une somnambule suit un trajet familier, vers le quai et sur le quai vers les toilettes qui sentaient l'eau de Javel et l'humidité.

Elle se regarda dans la glace. Une frange tombait de son bandeau rejeté en arrière et elle l'écarta machinalement, essaya de se peigner, les doigts écartés. Elle remonta les manches de sa chemise. Du sang avait séché sur sa peau. Elle sortit une jupe de gabardine bleu marine, un chemisier blanc à manches courtes et se changea.

Elle tira sur la doublure du sac en nylon qui se décousit et cherchant à tâtons, finit par extraire une carte d'identité froissée qu'elle ouvrit. Son visage la regardait, cheveux lissés en arrière en natte docile. Elle dit :

– Luisa Ruggieri, et le répéta au miroir.

Puis elle se coiffa à l'identique du photomaton sur la carte, coinçant sa frange à l'aide du bandeau. Elle grimaça un sourire jusqu'à ce qu'il ait l'apparence du naturel.

Elle trouva un gilet de coton à manches longues et l'enfila puis alla faire la queue au guichet des voyageurs.

Elle demanda un aller pour Paris, paya avec ses billets de vingt euro, composta son ticket et alla attendre le train.

Le quai se remplit petit à petit sans qu'elle semblât s'en apercevoir.

Son œil vide, à la pupille dilatée, lui donnait l'air un peu simple.

À un moment elle se mit à fredonner un *Ave Maria* incertain qu'elle interrompit pour sucer le bout de sa natte.

Quand le train entra en gare, elle accepta l'aide d'un jeune militaire mais, quand il vint s'asseoir en face d'elle, elle alla délibérément s'installer en face d'un vieux couple qui l'accueillit d'un sourire réconfortant. Elle sourit aussi de son sourire répété devant la glace. Puis tout à coup, elle bâilla comme les enfants, sans mettre la main devant sa bouche et tomba dans le sommeil comme les étoiles se perdent dans un trou noir.

Il y eut d'abord un hurlement, genre glapissement :

– Quoi... oua... oi... ! mais qu'est-ce qu'on fait dans ce foutu train et la thune, elle est où ?

– Héhéhé oh, du calme.

– Quoi ? Du calme ! Après tout le mal que je me suis donné...

– Luisa s'est réveillée.

Les mots créèrent le silence, ce qui devrait toujours être leur rôle.

Quand Marie reprit la parole, ce fut en chuchotant :

– Elle a pas l'air réveillée. Je veux dire, si elle était réveillée, on serait pas...

– C'est moi qui l'ai réveillée.

– Quoi ?

– Chut.

Et de nouveau ce silence qui me fait du bien et qui torture Marie.

Mais nous allions disparaître, alors je ne voulais pas être chienne.

– Trop de danger. Il fallait tout annuler.

– Mais... Tu as appelé les flics avant de...

– Je ne suis pas sûre. Je crois que...

Marie fit un drôle de son de gorge :

– De toute façon, il y aura l'odeur.

– Robert se sera réveillé avant...

J'écoutai l'autre silence de Marie, quand elle fait semblant de n'être plus là.

– Marie ? Marie, tu y es retournée ? C'est ça ?

– Mais qu'est-ce que ça change ? La bonne question, c'est pourquoi t'es pas allée au bistrot de la gare ?

– Je t'ai dit que Luisa s'est réveillée.

Il n'y avait rien à dire à cela, nous le savions. En fait Marie faisait du remplissage avant le grand silence. J'essayai de la consoler.

– Comme ça, la Colin va tomber aussi.

– Tu parles. Les bistrotiers vont garder le pognon.

– Ça se trouve, elle l'a même pas déposé, l'argent.

– Moi, je crois que si. On le saura jamais maintenant. Elle a... Elle a bien tout nettoyé comme il faut, Luisa ?

– Ben, j'en sais rien.

– Samantha ?

– Oui ?

– C'était horrible. Et génial aussi, comme si... Tu peux pas savoir.

– Je veux pas savoir.

Nous partageâmes en silence le seul sentiment que nous avons en commun : la terreur.

Nos voix se ressemblaient maintenant, enfantines et tremblantes, au bord des larmes :

– Ce qui est fait...

– Est fait.

– Je suis fatiguée.

– Moi aussi.

– Peut-être qu'elle aura plus jamais besoin de nous.

– Peut-être.

– Bon.

– Mademoiselle, mademoiselle, contrôle des billets !

– Oh pardon.

Le contrôleur sourit à la jeune fille ensommeillée. Comment ne pas sourire à ces yeux naïfs et confiants.

– Merci mademoiselle.

– Au revoir monsieur.

Le vieux couple avait déballé son pique-nique de voyage. Ça sentait fort le jambon sous cellophane et l'œuf dur. Ils proposèrent à la jeune fille de partager leur en-cas mais elle déclina gracieusement. Elle voulait faire un peu de toilette.

Elle s'enferma dans les cabinets, sortit ses gros comprimés de son sac. Elle sentait l'attaque de migraine revenir. Maman en ferait une maladie.

Elle approcha son visage du miroir. Elle était très pâle. Après des vacances au grand air ! Maman ne serait pas contente. Elle se pinça les joues et refit son exercice de sourire.

Elle arriva à la cité vers les vingt et une heures. Il faisait encore très jour. Elle tourna ostensiblement la tête en croisant le gardien qui cracha par terre bruyamment. Grossier.

Elle n'essaya même pas l'ascenseur, grimpant les marches, jusqu'au cinquième, à peine essoufflée. Elle ouvrit la porte de gauche avec ses clés.

Elle entendit aussitôt le bruit familier des voix qui parlaient comme personne jamais ne parle :

– *Alors on a repris ses activités sexuelles ?*

– *Bonsoir Max. Parlez-moi de ces voix que vous entendez.*

Luisa ramassa l'imperméable qui gisait dans l'entrée et l'accrocha dans le placard à manteaux. Elle garda sa veste.

Au loin, une voix brouillée appela :

– Luisa, c'est toi ?

– Oui maman.

Elle entra dans le salon à droite. La scène se passait dans une prison. Le détenu avait l'air bizarre et la jeune femme blonde en face bizarrement normale.

Enfin Luisa regarda sa mère. Elle était comme une ventouse, collée jour et nuit à la paroi de verre où bruissait un monde lointain et plus réel que sa vie.

La femme était à moitié couchée dans un canapé recouvert d'un tissu indien, les jambes repliées sous elle, les cheveux d'un noir de jais, presque bleu, le teint livide. Elle écrasa sa cigarette dans une assiette sale posée sur la table basse devant elle où se trouvaient aussi le programme télé, la télécommande, une bouteille de porto.

– Tu devais rentrer aujourd'hui ? demanda la mère à son poste de télévision.

De la porte, Luisa répondit :

– Je suis rentrée deux jours plus tôt pour réviser un peu mes cours.

– C'est bien, ma fille. Tu as passé de bonnes vacances ?

– Tranquilles.

– Lucette va bien ?

– Comme d'habitude. Sans histoire. Je te laisse maman. Tu vas perdre le fil du film.

– À demain, chérie. Tu as mangé ?

– Oui, oui, merci maman.

Luisa traîna son sac jusqu'à sa chambre. Elle ouvrit grand la fenêtre, vida ses vêtements sales et partit lancer une machine dans la salle de bains.

Elle passa une éponge sur l'évier crasseux et balaya d'un jet de douche les cheveux épars dans la baignoire.

Elle retourna dans sa chambre et ferma la porte. Elle s'assit devant la coiffeuse sans glace qui lui servait de bureau.

Elle glissa la main dessous et décolla un scotch qui maintenait une petite clé collée hors de vue. Elle ouvrit alors un coffret en bois clouté et le diamant tomba entre un étui à lunettes Ray-Ban, un rasoir mécanique argenté et une gourmette où se devinait le nom *Christian.*

Elle referma le coffre et la clé disparut sous le pupitre, inaccessible.

Le jour de la rentrée, il faisait un soleil éblouissant quand Luisa traversa la route pour s'engager dans la ruelle qui séparait les deux pâtés de maisons. Le vent poussa vers elle des feuilles de journal, encore humides d'une nuit passée dehors.

Luisa les ramassa. Elle s'appuya contre le mur pour réorganiser les pages du *Journal du dimanche.* Puis elle le feuilleta. Elle resta un moment sur la photo en page trois. Une femme s'engouffrait dans une voiture. À la place de sa tête il y avait une veste qui la dissimulait des regards. Deux photomatons agrandis illustraient également l'article : un blond souriant, le regard clair et une tête de bulldog, un brun aux petits yeux hargneux.

Le gros titre annonçait :

LA FEMME AVAIT ENGAGÉ LES TUEURS

Luisa parcourut rapidement l'article qui débutait sur la découverte des cadavres de deux hommes dont un avait été sauvagement agressé à l'arme blanche. Le couteau, trouvé sur les lieux, avait révélé le lien entre ces hommes et le mystérieux assassinat quelques jours auparavant de monsieur Colin. La police avait émis l'hypothèse que les deux tueurs s'étaient entretués après une dispute quand, coup de théâtre, une patronne de café était venue trouver la police avec une valise pleine de billets qui lui avait été confiée par... madame Colin justement, et que l'honnête bistrotière avait fini par ouvrir quand personne n'était venu la réclamer.

La police avait lancé un appel à témoin concernant une jeune fille blonde d'environ dix-huit ans, s'appelant Samantha et habitant sans doute la région...

– Hé, Luisa, t'attends depuis longtemps ? Qu'est-ce que tu lis ?

Une grosse fille en survêtement s'approchait de Luisa à pas pressés.

Luisa leva la tête en souriant.

– Oh rien, dit-elle.

Elle lâcha le journal qu'une rafale de vent disloqua dans la seconde. Elle embrassa sa copine et les deux jeunes filles se dirigèrent d'un pas de promenade vers le collège.

TABLE

DU MÊME AUTEUR

Aux Éditions Albin Michel

SECRETS DE FAMILLE, Albin Michel Jeunesse, 1998.
L'HOMME QUI N'ÉTAIT PAS MORT, Albin Michel Jeunesse, 2001.
DOUBLE JE, 2002.
LE PASSÉ N'OUBLIE JAMAIS, 2003.

Chez d'autres éditeurs

COURRIER POSTHUME, Régine Deforges, 1990.
MORT SANS LENDEMAIN, Ramsay, 1992.
COMME UN COQ EN PLÂTRE, Baleine, 1996.
DODO, « La Série Noire », Gallimard, 1999.
SUEURS CHAUDES, « La Série Noire », Gallimard, 2000.

« *SPÉCIAL SUSPENSE* »

MATT ALEXANDER
Requiem pour les artistes

STEPHEN AMIDON
Sortie de route

RICHARD BACHMAN
La Peau sur les os
Chantier
Rage
Marche ou crève

CLIVE BARKER
Le Jeu de la Damnation

LAWRENCE BLOCK PRÉSENTE
Choix de maître

GILES BLUNT
Le Témoin privilégié

GERALD A. BROWNE
19 Purchase Street
Stone 588
Adieu Sibérie

ROBERT BUCHARD
Parole d'homme
Meurtres à Missoula

JOHN CAMP
Trajectoire de fou

CAROLINE CARVER
Carrefour sanglant

JOHN CASE
Genesis

PATRICK CAUVIN
Le Sang des roses
Jardin fatal

JEAN-FRANÇOIS COATMEUR
La Nuit rouge
Yesterday
Narcose
La Danse des masques
Des feux sous la cendre
La Porte de l'enfer
Tous nos soleils sont morts

CAROLINE B. COONEY
Une femme traquée

HUBERT CORBIN
Week-end sauvage
Nécropsie
Droit de traque

PHILIPPE COUSIN
Le Pacte Pretorius

DEBORAH CROMBIE
Le passé ne meurt jamais
Une affaire très personnelle

JAMES CRUMLEY
La Danse de l'ours

JACK CURTIS
Le Parlement des corbeaux

ROBERT DALEY
La nuit tombe sur Manhattan

GARY DEVON
Désirs inavouables
Nuit de noces

WILLIAM DICKINSON
Des diamants pour Mrs Clark
Mrs Clark et les enfants du diable
De l'autre côté de la nuit

MARJORIE DORNER
Plan fixe

FRÉDÉRIC H. FAJARDIE
Le Loup d'écume

FROMENTAL/LANDON
Le Système de l'homme-mort

STEPHEN GALLAGHER
Mort sur catalogue

CHRISTIAN GERNIGON
La Queue du Scorpion
(Grand Prix de littérature policière 1985)
Le Sommeil de l'ours
Berlinstrasse
Les Yeux du soupçon

JOHN GILSTRAP
Nathan

JEAN-CHRISTOPHE GRANGÉ
Le Vol des cigognes
Les Rivières pourpres
(Prix RTL-LIRE 1998)
Le Concile de pierre

SYLVIE GRANOTIER
Double Je
Le passé n'oublie jamais

JAMES W. HALL
En plein jour
Bleu Floride
Marée rouge
Court-circuit

JEAN-CLAUDE HÉBERLÉ
La Deuxième Vie de Ray Sullivan

CARL HIAASEN
Cousu main

JACK HIGGINS
Confessionnal

MARY HIGGINS CLARK
La Nuit du Renard
(Grand Prix de littérature policière 1980)
La Clinique du Docteur H.
Un cri dans la nuit
La Maison du guet
Le Démon du passé
Ne pleure pas, ma belle
Dors ma jolie
Le Fantôme de Lady Margaret
Recherche jeune femme aimant danser
Nous n'irons plus au bois
Un jour tu verras...
Souviens-toi
Ce que vivent les roses
La Maison du clair de lune
Ni vue ni connue
Tu m'appartiens
Et nous nous reverrons...
Avant de te dire adieu
Dans la rue où vit celle que j'aime
Toi que j'aimais tant
Le Billet gagnant
Une seconde chance
La nuit est mon royaume

CHUCK HOGAN
Face à face

KAY HOOPER
Ombres volées

PHILIPPE HUET
La Nuit des docks

GWEN HUNTER
La Malédiction des bayous

PETER JAMES
Vérité

TOM KAKONIS
Chicane au Michigan
Double Mise

MICHAEL KIMBALL
Un cercueil pour les Caïmans

LAURIE R. KING
Un talent mortel

STEPHEN KING
Cujo
Charlie

JOSEPH KLEMPNER
Le Grand Chelem
Un hiver à Flat Lake
Mon nom est Jillian Gray

DEAN R. KOONTZ
Chasse à mort
Les Étrangers

NOËLLE LORIOT (LAURENCE ORIOL)
Le tueur est parmi nous
Le Domaine du Prince
L'Inculpé
Prière d'insérer
Meurtrière bourgeoisie

PATRICIA MACDONALD
Un étranger dans la maison
Petite Sœur
Sans retour
La Double Mort de Linda
Une femme sous surveillance
Expiation
Personnes disparues
Dernier refuge
Un coupable trop parfait
Origine suspecte

PHILLIP M. MARGOLIN
La Rose noire
Les Heures noires
Le Dernier Homme innocent
Justice barbare
L'Avocat de Portland

DAVID MARTIN
Un si beau mensonge

LISA MISCIONE
L'ange de feu

MIKAËL OLLIVIER
Trois souris aveugles
L'inhumaine nuit des nuits

ALAIN PARIS
Impact
Opération Gomorrhe

DAVID PASCOE
Fugitive

RICHARD NORTH PATTERSON
Projection privée

THOMAS PERRY
Une fille de rêve
Chien qui dort

STEPHEN PETERS
Central Park

JOHN PHILPIN/PATRICIA SIERRA
Plumes de sang
Tunnel de nuit

NICHOLAS PROFFITT
L'Exécuteur du Mékong

PETER ROBINSON
Qui sème la violence...
Saison sèche
Froid comme la tombe
Beau monstre
L'été qui ne s'achève jamais

FRANCIS RYCK
Le Nuage et la Foudre
Le Piège

RYCK EDO
Mauvais sort

LEONARD SANDERS
Dans la vallée des ombres

TOM SAVAGE
Le Meurtre de la Saint-Valentin

JOYCE ANNE SCHNEIDER
Baignade interdite

THIERRY SERFATY
Le gène de la révolte

JENNY SILER
Argent facile

BROOKS STANWOOD
Jogging

WHITLEY STRIEBER
Billy
Feu d'enfer

MAUD TABACHNIK
Le Cinquième Jour
Mauvais Frère
Douze heures pour mourir

THE ADAMS ROUND TABLE PRÉSENTE
Meurtres en cavale
Meurtres entre amis

Composition Nord Compo
Impression Bussière en octobre 2004
Editions Albin Michel
22, rue Huyghens, 75014 Paris
www.albin-michel.fr
ISBN 2-226-15513-9
ISSN : 0290-3326
N° d'édition : 22799. – N° d'impression : 044235/4.
Dépôt légal : novembre 2004.
Imprimé en France.